Außergewöhnlich Besonders

MAIN Verlag

Printausgabe, erschienen 2019
1. Auflage

ISBN: 978-3-95949-274-4

www.main-verlag.de
www.facebook.com/MAIN.Verlag
order@main-verlag.de

Texte © A. D. Ellis

Umschlaggestaltung: © Marta Jakubowska, MAIN Verlag
Umschlagmotiv: © Shutterstock 527569807 / 193335386 / 334479005 / 433780255

Übersetzung: Michael Hoffmann

Druck: AAVAA Verlag UG

Bibliografische Information der Deutschen Nationalbibliothek:
Die Deutsche Nationalbibliothek verzeichnet diese Publikation in der Deutschen Nationalbibliografie; detaillierte bibliografische Daten sind im Internet über http://dnb.d-nb.de abrufbar.

A. D. Ellis

Außergewöhnlich Besonders

Bryan & Jase

Gay Romance

Widmung

Für Bryan und Jase in meinem wahren Leben

PROLOG

Bryan und Jase: Der Anfang

Ich sah ihn, als er den Raum betrat, den wir immer alle als Aufenthaltsraum nutzten. Gott, wie liebte ich es, wie seine Augen funkelten, wenn er lachte! Ich wünschte, sein Lächeln würde mir gelten, aber es galt irgendetwas, das ein Freund gesagt hatte. Er nahm mich nicht wahr. Es war nicht so, als ignorierte er mich, er war einer meiner besten Freunde. Jedoch, egoistischerweise, wollte ich dieses Lächeln ganz für mich allein.

Ich kannte ihn bereits seit mehr als einem Jahr. Wir waren für eine Weile zusammen in einer Einheit stationiert gewesen, bevor man uns nach Übersee verlegte. Für fast neun Monate waren wir an einem ganz bestimmten Ort gewesen. Fragen Sie aber nicht nach der genauen Ortsangabe, das ist geheim. Eines dieser »Ich könnte es Ihnen sagen, aber dann müsste ich sie umbringen« Dinge.

Jedenfalls war Jase Rafferty ein echt super Typ. Mir ging es immer gut, wenn wir zusammen waren. Ihn dabei zu haben, machte es ein wenig einfacher, weit weg von Freunden und Familie zu sein. Wir durchstreiften zusammen die Kneipen der Base oder der umliegenden Städte. Er war bekannt dafür, einheimischen Mädchen freie Drinks zu spendieren. Sie stürzten sich auf Militärpersonal, wenn man eine Bar betrat. Die Mädchen waren schlau. Sie wussten genau, wie einsam einige von uns waren. Ihre Anmache war bei mir verschwendet, aber Jase ließ sich dazu hinreißen, ihnen ein paar freie Drinks zu spendieren, bevor die Nacht vorbei war.

Wenn wir nicht gerade in der Stadt unterwegs waren, spielten wir mit unseren Freunden einige der vielen verschiedenen Spiele im Gemeinschaftsraum. Diese Spiele konnten mehrere Stunden dauern. Oder Jase würde es sich auf meiner Stube gemütlich machen und wir würden einfach chillen.

Wie ich sagte, ihn als Freund zu haben, machte die Sache um vieles einfacher.

Außer, wenn »ihn als Freund zu haben«, die Sache um vieles härter machte.

Jase war ein wenig größer als sechs Fuß. Strahlend blaue Augen, charmantes Grinsen, schnell beim Lachen oder Späße machen, und mit einem tollen Körper. Und absolut, hundert Prozent, komplett hetero.

So zumindest behauptete er.

Und, nur um Klischees zu begraben: Ich wollte nicht mit jedem Typen, den ich sah, ins Bett. Wenn Heterosexuelle nicht jedes Mitglied des anderen Geschlechtes attraktiv finden, ist es nur logisch, dass Homosexuelle nicht ständig darauf warten, jedes Mitglied des gleichen Geschlechts zu bespringen. Außerdem versuchen wir nicht, eure Kinder zu bekehren. Ich schwöre, setzt mich in ein Zimmer mit einem Kind und ich neige eher dazu, mir selbst, aus Furcht, vor dem Kind zu fluchen, in die Hose zu machen, oder mich in einer Ecke zu verkriechen, da ich Angst vor Kindern habe. Versteht mich nicht falsch, ich kenne einige tolle Kids, aber ich habe sicher keine spezielle Agenda, was sie betrifft. Keine Bekehrung oder Unterrichtsstunde über das Schwulsein. Klar, wenn ein Junge eines Tages zu mir kommt und Rat oder Hilfe will, tue ich, was ich kann, aber ich versuche nicht, Kinder zur dunklen Seite zu konvertieren.

Dass Jase also hetero war, sollte dann eigentlich kein Problem sein, stimmt's? Ich meine, ich habe in den gleichen Betten mit vielen männlichen Kumpels geschlafen und hatte niemals Fantasien darüber, wie sie sich an meinen Hintern pressen. Das Problem mit Jase ist nur, dass er mir einige Dinge erzählt hat. Dinge, von denen er wahrscheinlich wünscht, dass er sie für sich behalten hätte.

»Hey Mann, weißt du noch, was du über deine exzellenten Blowjob-Fähigkeiten erzählt hast?« Jases Worte waren gelallt.

»Klar? Texas Blowjob Queen 2013, genau hier. Ich hätte dafür wirklich einen Pokal kriegen sollen.« Ich lachte. Das Bier machte alles lustiger.

»Was, wenn ich dir sagen würde, ich hab' da mal ein wenig rumexperimentiert?« Seine glasigen Augen starrten direkt in meine, als würde er in meine Seele blicken.

»Wie, Drogen?« Ich fühlte mich, als hätte ich eine Pointe nicht mitbekommen.

»Nein, Keating, keine Drogen. Rumexperimentiert mit Gay-Zeug. Wie Blowjobs und Schwänze.« Er legte seinen Kopf in den Nacken, als wäre er erleichtert, die Worte zu sagen, aber ich konnte nicht glauben, dass er das gerade zugegeben hatte.

»Echt? Also bist du bi?« Ich hatte Probleme damit, mit dieser neuen Info klar zu kommen, weil ich wusste, dass Jase drüben in seinem Heimatstaat eine Frau hatte.

»Nein, ich bin schon hetero. Habe nur mal mit Schwänzen rumgemacht.« Er lachte.

»Aber hast du es gemocht?« Ich wusste, dass jetzt ein schlechter Zeitpunkt war, ihm meine Blowjobfähigkeiten zu offerieren, aber zur Hölle, ich wollte jetzt nicht vor ihm auf die Knie fallen.

»Hab niemals gesagt, ich hab es nicht genossen. Aber ich bin nicht schwul …« Seine Worte waren genuschelt und erstarben, als sein Kopf auf meine Schulter fiel. Seine Lichter waren gerade ausgegangen.

Soso, mein ›hetero‹ verheirateter Kumpel hatte also mal irgendwann mit Typen herumexperimentiert und es gemocht. Was zur Hölle sollte ich mit dieser Info anfangen?

Jase ließ sich auf die Couch im Aufenthaltsraum fallen und riss mich damit schnell aus meinen Gedanken.

»Wie geht's?« Er knallte eine Hand auf mein Bein und kniff zu. Es tat verdammt weh, aber ich würde es niemals zugeben.

»Gut. Bei dir?« Ich rieb mich dort, wo er mein Bein berührt hatte. Es war verrückt, dass eine vollkommen normale Geste wie diese alle möglichen verrückten Gedanken in meinem Kopf hervorrief. »Wie geht's der Frau?«

»Ach, die ist eine verdammte Schlampe, Mann.« Er legte seufzend seinen Kopf auf der Couch zurück.

Ich hatte das Gefühl, dass Jase das Mädchen als Alibi geheiratet hatte, bevor er den Dienst angetreten hatte. Sie hatten jung geheiratet, zu jung, wenn Sie mich fragen, und es schien so, als hätten sie kaum etwas gemeinsam. Seit ich ihn kannte, hatten sie zusammen viel mehr Schlechtes als Gutes in ihrer Zeit durchgemacht. Vor kurzem hatte er herausgefunden, dass sie ihn ein paar Mal betrogen und ein paar seiner Sachen aus Boshaftigkeit verkauft hatte.

»Sie hat mich angerufen, um mir zu sagen, dass sie glaubt, sie sei schwanger.« Er verbarg sein Gesicht mit einer Hand.

»Du hast sie seit fast neun Monaten nicht gesehen, Jase.« Die Verwirrung war meiner Stimme klar anzumerken.

»Sag bloß, Sherlock.« Er rieb sich mit der Hand über sein Gesicht, während er schwer ausatmete. »Erstens, sie weiß, dass es für mich fast unmöglich ist, sie zu schwängern. Zweitens, sogar, wenn ich nicht mit Platzpatronen schießen würde, ich habe sie neun Monate nicht gesehen.«

Ich wusste, dass es in Jases Vergangenheit irgendwelche medizinische Altlasten gab, was ihn ziemlich deutlich glauben ließ, dass er keine Kinder zeugen konnte. Versuchte also seine Frau, ihm was anzuhängen?

»Sie hat dich also angerufen, um dir zu sagen, dass sie schwanger ist, wenn es physisch und geografisch unmöglich ist, dass das Baby deins sein könnte? Verdammt Mann, das ist scheiße, das tut mir leid.«

Ich wollte meine Arme um seine Schultern schlingen. Wenn wir in meiner Stube wären, hätte ich es getan und er wäre nicht ausgewichen. Aber im Gemeinschaftsraum, mit anwesenden Freunden, hätte er sich von mir wegbewegt, wenn ich dies getan hätte.

»Ich weiß, ich hab einen Fehler gemacht damit, sie zu heiraten. Ich weiß, dass sie auch nicht glücklicher mit dieser Ehe ist, als ich es bin. Aber es ist scheiße, wenn ich hier drüben bin, sie rumvögelt, und es mir auch noch ins Gesicht reibt.«

Er lehnte sich vorwärts, die Ellenbogen auf den Knien und atmete tief durch. »Sowie ich zurück auf US-Boden bin, reiche ich die Scheidung ein. Verdammt, vielleicht hab ich Glück und sie überreicht mir die Papiere schon, wenn wir landen.«

Wir standen auf und schlossen uns einer Pokerpartie an, die gerade am Tisch begann. Ein wirklich freudiges Zucken durchfuhr mich, als ich bemerkte, dass die einzigen beiden freien Stühle genau nebeneinander standen.

Als die Nacht voranschritt und mehr und mehr Alkohol konsumiert wurde, flirtete Jase mehr und mehr.

Er war oftmals extra freundlich, wenn die Dinge mit seiner Frau mehr als üblich katastrophal liefen. Dazu kamen noch die Drinks, die er in sich hineinschüttete, und es wurde ein verdammt vergnüglicher Abend. Wenn man es so nennen kann, neben dem Objekt der eigenen Begierde zu sitzen, zu versuchen, das Zelt in der eigenen Hose zu verstecken und sich ins Gedächtnis zu rufen, wieder und wieder, dass er hetero ist, nur ein Kumpel.

Als er seinen Kopf zum fünften Mal gegen meinen lehnte, schaute ich mich am Tisch um. Niemand sah etwas, alle hatten ihre Gesichter in ihren Handys. Ich ergriff die Gelegenheit, bevor sie verstrich, lehnte mich herüber und flüsterte, »Wollen wir rummachen? Wir könnten kurz austreten, uns hinter dem Container verstecken.«

Ich vergewisserte mich, dass mein Spruch harmlos klang, damit ich ihn einfach weglachen konnte, wenn er wie ein Bumerang zurückkam.

Er grinste mich nur an, mit seinen verdammt atemberaubend blauen Augen.

Also sagte er nicht Nein dazu, hinter dem Container rumzumachen.

Sehen Sie mein Problem? Er ist mutmaßlich hetero, aber er lässt mein Gaydar ausschlagen, als würde er an einer Pride-Parade teilnehmen. Er ist verheiratet, aber wenn sie mehr ist als einfach nur ein Bartstoppel, schneide ich mir den Daumen ab. Er flirtet wie bescheuert, und sagt mir Sachen mit so vielen sexuellen Anspielungen, dass ich nicht anders kann, als sie zu bemerken. Trotzdem ist er immer noch unerreichbar für mich.

Ein Freund von mir sagte mir, ich solle ihm einfach klar sagen, dass ich ihn nicht nur als Freund mag. Ihn danach fragen, ob er mit mir ein Abenteuer möchte, bevor wir in die USA zurückkehren. Aber das ist einfach nicht meine Art. Klar, wenn er schwul wäre, würde ich mich über jede verfügbare Fläche beugen und mich ihm wie ein Schwein auf dem Präsentierteller darbieten. Aber er ist hetero. So sagt er zumindest.

»Ja, ich könnte aber nicht weitergehen als bei meinen Experimenten mit Typen.« Eine weitere Nacht der Geständnisse unter Alkoholeinfluss.

»Weil du hetero bist?« Ich fragte nach, dachte, dies sei die offensichtlichste Antwort.

»Nein, weil meine Eltern mich enterben würden, wenn ich ihnen jemals erzählen würde, ich sei schwul.« Er schüttelte angewidert den Kopf. »Ich kann meinen Vater schon hören. ›Keiner meiner Söhne wird unseren guten Namen entehren, indem er eine Schwuchtel ist.‹«

»Also bist du schwul?« War dies nicht das, was er gerade zugegeben hatte?

»Was? Nein verdammt, ich weiß es nicht. Das zählt doch eh nicht, sogar, wenn ich es wäre. Ich kann es nicht sein. Niemals. Also ist ein wenig experimentieren vor langer Zeit alles, was ich jemals kriegen werde.« Sein Gesicht sah traurig aus, voller Sehnsucht.

»Willst du hinter dem Container etwas mit mir experimentieren?« Ich setzte ein Lächeln auf, als ich meine übliche Eisbrecher-Frage stellte.

Mein Magen fuhr fort, sich in einem Gemisch aus heißen Schmetterlingen zu verdrehen, weil er wieder mal nicht Nein sagte.

Als das Spiel vorbei war, ging jeder auf seine Stube. Wir alle wussten, morgen früh würde der Frühsport sehr kalt sein. Also konnte man wenigstens versuchen, ein paar Stunden Schlaf in der Wärme zu erhaschen, bevor es in die gefrorene Tundra hinausging. Na gut, es war nicht die Tundra, aber es war verdammt kalt. Zu schade, dass die Leibesertüchtigung an den kältesten Tagen des Jahres nicht indoor sein konnte.

\- * - * - * - * -

»Hey Keating, da ist Eis auf deiner Mütze.« Jase war an meinen Füßen, gab mir Hilfestellung bei meinen Sit-ups.

»Das liegt daran, dass es hier draußen kalt wie Hölle ist.« Ich wusste, dass meine Wangen tiefrot waren, meine Nase lief ziemlich wahrscheinlich, und die Worte, die ich sprach, verwandelten sich in Frost, sobald ich sie aussprach.

Als wir zwischen den Durchgängen ein paar Momente pausierten, nahm Jase seinen Finger, um in die Eisschicht auf meiner Kappe zu malen.

»Hast du gerade nen Schwanz auf meinen Kopf gemalt?« Ich fror, konnte mir aber nicht verkneifen, dennoch belustigt und ein wenig angetörnt zu sein.

»Klar, du bist jetzt ein Schwanzgesicht. Verstehst du?« Jase lachte.

»Fick dich, Rafferty«, war alles, was ich antworten konnte. Später in meiner Stube würde mir etwas Beißenderes einfallen, so wie »Ich geb dir deinen Schwanz, ins Gesicht.« Aber in diesem Moment kam mir einfach nichts in den Sinn.

-*-*-*-*-

Wir hatten weniger als einen Monat bis zu unserer geplanten Rückkehr in die USA. Ich war so verdammt reif dafür, wieder zuhause zu sein. Naja, es war nicht exakt zuhause, aber wenigstens würde ich im selben Land sein wie meine Eltern. Und sowie ich zurück war, hatte ich weniger als ein Jahr, bevor mein Dienst im Militär beendet sein würde. Will heißen, komplett beendet. Vorüber. Zeit, der echten Welt zu begegnen.

Fuck.

Zu sagen, dies wäre nicht verdammt-noch-mal angsteinflößend, wäre eine komplette und absolute Lüge.

Aber ich hatte meine Zeit gedient. Es war nicht so, als hasste ich die Armee. Okay, ja, ich hasste eine ganze Menge am Militär, aber ich war gleichzeitig auch mit sehr vielem davon vertraut geworden. Es war nicht der einfachste Job auf der Welt, aber ich erhielt eine Menge Training, und für ein Dach über dem Kopf und Verpflegung war auch gesorgt. Ich war selbstständig, obwohl ich nicht wirklich selbstständig war. Ich hatte ein paar wirkliche gute Freunde gewonnen, einige ziemlich wertvolle Fertigkeiten erlernt, war an einige wunderschöne Orte gereist und hatte es vermieden, getötet zu werden. Ich war verdammt gut in dem, was ich tat. Ich wusste, dass meine Vorgesetzten begeistert sein würden, wenn ich entscheiden würde, zu bleiben und mich lebenslang zu verpflichten. Das würde aber nicht passieren. Ich machte mich hier vom Acker.

Ich hatte schon mit vielen Leuten viele Pläne geschmiedet. Ich konnte es kaum erwarten, mit meiner Familie Zeit zu verbringen, ohne irgendwelche Dienstpläne oder Marschbefehle im Hintergrund. Ich hatte einem Freund versprochen, ihn in die Welt der Dragqueens einzuführen. Ich hatte sogar Pläne, zu einer der größten E-Sport-Conventions des Landes zu fahren, um meinen inneren Gaming-Nerd zufrieden zu stellen. Verdammt, wenn meine spätnächtlichen Chats mit diesen Grindr-Typen für irgendwas Indiz waren, würde ich die ganze Welt bereisen und Schwänze lutschen.

Und, haha, als Witz, hatte einer meiner Freunde bereits einen Plan skizziert, um meine Blowjobfähigkeiten öffentlich zu machen.

»Warum sich damit zufriedengeben, die Blow-Job-Queen von Texas für nur ein Jahr zu sein? Lass uns deine talentierte Zunge dem Land vorstellen, nein, der ganzen Welt! Wir nehmen uns 'nen Bus, malen ihn an wie 'nen großen Schwanz, fahren von Bundesstaat zu Bundesstaat und bieten Weltklasse-Blowjobs an. Naja, du kannst sie blasen. Ich sammel einfach nur die Kohle ein. Du wirst der meist gesuchte Schwanzlutscher der Welt.«

Wir hatten über diesen Plan sehr oft gelacht.

Aber, ich schweife ab. Meine Dienstzeit war fast vorbei. Was bedeutete, meine Zeit mit Jase war ebenfalls fast vorbei. Sobald wir in unsere Heimatkasernen zurückkehrten, würden er und die meisten anderen in komplett verschiedene Bundesstaaten versetzt werden. Ich würde mit den anderen zurückbleiben, deren Dienstzeit ebenfalls vorbei war.

Wenn also irgendwas zwischen uns beiden passieren sollte, würde es noch in diesem Monat passieren müssen.

Scheiße. Kein Druck oder so was.

~ * ~ * ~ * ~ * ~

Es ist an der Zeit, etwas kurz vorweg zu nehmen.

Es ist nicht so, dass ich in Jase verliebt war. Er konnte tatsächlich manchmal ein wirklicher Idiot sein. Er ließ mich und einige andere Freunde sitzen und in der Luft hängen, wenn wir schon Pläne hatten. Er wusste, dass ich ihn mochte! Ich hatte es ihm ins Gesicht gesagt, als wir während einer Nacht zum Trinken unterwegs waren. Er spielte die »ich bin hetero und verheiratet«- Karte aus, so wie ich es schon vorher wusste, dass er es tun würde, und dann ignorierte er mich für eine Woche. Diese Scheiße tat weh. Also machte ich gute Miene zum bösen Spiel, tat es als versoffenes Geschwätz ab und kehrte dazu zurück, ihm streng vertrauliche Treffen hinter dem Container anzubieten. Er schien weit mehr Gefallen daran zu haben, Witze zu reißen, als ernste Gespräche über seine Gefühle zu führen.

Also, keine Pläne für die Zukunft mit Jase. Verdammt, sogar, wenn er jemals sein Coming-out haben würde, und das war ein riesiges Wenn, wusste ich nicht, ob wir überhaupt gut als Paar funktionieren würden. Wir waren großartige Kumpels, wenn wir zusammen fernab der Menschheit stationiert waren, aber Dates und tägliche Konversationen und vielleicht sogar in einer absolut sexuellen Art und Weise Seite an Seite mit ihm sein? Ich war mir nicht sicher, ob ich ihn so sah.

Wow, was ich mich also gerade sagen höre, ist, dass ich eigentlich nur mit ihm herummachen, seinen Schwanz lutschen und dann selbigen in meinen Arsch geschoben haben will. Und zwar je früher, desto besser. Zu dumm, dass ich nur mein komisches, stotterndes, schüchternes Selbst hatte, auf das ich mich verlassen konnte, damit dies geschah.

Ach, wahrscheinlich war es besser, wenn zwischen uns nichts lief. Ich meine, es konnte die Dinge verdammt kompliziert machen.

Und genau, als ich entschied, dass es besser war, Jase gehen zu lassen, würde er umschwenken und wieder absolut mit mir flirten. Und ich würde es lieben. *Verdammt.*

-*-*-*-*-

»Keating, du solltest dich anmelden, um mit mir schnorcheln zu gehen.« Jase zwinkerte mir zu, während wir mit der Inspektion einiger Fahrzeuge beschäftigt waren.

»Und warum würde ich mit dir tauchen gehen wollen, Rafferty?« Ich versuchte, desinteressiert zu klingen.

»Weil du dich danach verzehrst, mich in einem Taucheranzug zu sehen.« Er lachte.

»Da liegst du nicht falsch.« Ich tat mein Bestes, selbstbewusst und flirtend zu klingen.

Später, als Jase bis zu den Ellenbogen in Arbeit versank, trat ich hinter ihn. Ich hatte eine Stunde gebraucht, den Mut dazu aufzubringen. Mich vergewissernd, dass niemand in der Nähe war, lehnte ich mich nach vorne und flüsterte ihm zu: »Eigentlich würde ich dich gerne ohne den Taucheranzug sehen.«

Sein Kopf fuhr hoch und knallte gegen die Motorhaube über ihm.

»Fuck, Keating, erzähl mir nicht so ein dummes Zeug.« Er rieb sich den Kopf und sah gleichzeitig frustriert und angetörnt aus.

»Oder wir könnten hinter dem Container rummachen.« Ich zwinkerte ihm frech zu, bevor ich wegging und ihn seiner Arbeit überließ.

-*-*-*-*-

Eine Woche später war die ganze Gruppe in der Stadt unterwegs. Wir waren essen, spielen, tanzen und hatten einfach eine gute Zeit. Alle hatten daran zu knabbern, dass wir bald nach Hause zurückgehen würden, denn es war deutlich, dass wir enge Freundschaften geschlossen hatten und diese Zeit vermissen würden.

Jase und ich waren mit den anderen tanzen gewesen, und im Club war es extrem heiß. Er beugte sich zu meinem Ohr. »Ich gehe mal raus, rauchen und abkühlen. Willst du mit mir kommen?«

»Mit Dir? Immer.«

Er schüttelte über meinen echt schlechten Witz den Kopf.

Draußen verbiss sich die kalte Luft in unserer schweißnassen Haut, aber es war eine willkommene Erlösung nach dem gefühlten Flammeninferno des Lokals.

Wir überquerten die Straße zu einem kleinen Park, gingen zum Spielplatz. Jase streckte seine Hände nach oben, um die oberste Stange einer Schaukel zu greifen. »Verdammt, ich brauch 'ne Kippe, aber sich hier draußen mal abzukühlen fühlt sich so verdammt gut an.« Er lächelte mit geschlossenen Augen, als die kalte Luft um uns herum wehte.

Wagemutig, wahrscheinlich mehr durch den Alkoholkonsum als durch etwas anderes angespornt, schritt ich hinter ihn.

»Soldat, ich habe begründeten Verdacht zu der Annahme, dass sie illegale Substanzen mit sich führen. Ich werde Sie durchsuchen müssen.« Ich versuchte, meine Stimme fest klingen zu lassen, jedoch fühlte ich, dass ich drohte, in Lachen auszubrechen.

»Bitte, Officer. Ich habe nichts falsch gemacht. Sie können mich durchsuchen, Sie werden nichts finden.«

Rafferty spielte mit, in seiner Stimme schwang ein Lächeln mit.

Ich legte meine Hände auf seinen Schultern und fuhr mit ihnen an seinem Oberkörper herab und seine Brust wieder hinauf, nur kurz innehaltend, um ihn zu mir zu ziehen. Er hielt seine Hände um die Stange über seinem Kopf fest geschlossen.

Schnell klopfte ich seine beiden Beine nach unten ab, und dann begann ich, im gleichen Tempo, seinen Körper wieder emporzufahren. Als ich seine Taschen erreichte, von denen ich wusste, dass er dort seine Kippen aufbewahrte, ließ ich meine Hände wie zufällig wandern und sie einen Sekundenbruchteil länger als normal über seinem besten Stück verharren.

»Hey, Keating?« Seine Stimme klang belustigt.

»Ja?«

»Ich glaube, du hast gerade meinen Penis erwischt.«

»Nur ein klein wenig.« Ich grinste, während meine Hand in seinen Taschen die Zigarettenschachtel herausfischte, auf die ich es ursprünglich abgesehen hatte.

Er ließ seine Arme sinken und nahm mir die Zigaretten ab.

»Soll ich nach deinem Feuerzeug sehen?« Ich fragte mit einem Grinsen.

»Nein, ich glaube, ich komm klar. Ich bin heute Nacht genug belästigt worden.« Er zwinkerte mir zu, steckte sich eine an und nahm einen tiefen Zug.

»Bist du sicher? Wir können die Leibesvisitation und die Untersuchung hinter dem Container fortsetzen. Es könnten Körperöffnungen in dringendem Aufmerksamkeitsbedürfnis stehen.« Während ich sprach, konnte ich kaum mein ernstes Gesicht bewahren.

»Fick dich, Keating. Meine Körperöffnungen und ich gehen zurück auf die Tanzfläche. Kommst du?«

Er ging zurück in den Club.

»In meinen Träumen«, sagte ich und er rollte nur mit den Augen.

- * - * - * - * -

Zwei Wochen bevor wir planmäßig in die Staaten zurückkehren sollten, begannen die Abreisevorbereitungen. Das bedeutete, dass wir immer noch unseren täglichen Dienstplänen nachkamen, allerdings noch weitere Aufgaben dazukamen. Als der Freitag kam, versanken wir alle bis zum Anschlag in Arbeit.

»Wenn ihr Jungs die letzte Aufgabe fertig habt, könnt ihr alle früher Schluss machen.«

Ich heulte fast vor Erleichterung, als die Worte meines kommandierenden Offiziers von meinem Gehirn verarbeitet wurden.

Innerhalb einer Stunde war ich daheim, duschte und war bereit, mich ins Bett zu begeben, für eine atemberaubende Freitagnacht voller Grindr Chats, Youtube Videos und allem anderen, worüber ich so stolpern würde.

Ich war gerade mit etwas Essen und Alkohol in mein Bett gegangen, als mein Handy vibrierte.

Rafferty: *Hast du was vor?*

Ich: *Nicht wirklich, ich chille nur. Du?*

Rafferty: *Komm raus.*

Okay, es war nicht total unüblich, diese Art von Nachrichten von Jase zu kriegen. Er wohnte in einem anderen Gebäude, verbrachte aber eine Menge Zeit in dem Gebäude, in dem ich war. Er war wahrscheinlich einfach nur gelangweilt vom alleine Rauchen.

Ich nahm ein paar schnelle Schlucke Schnaps aus der Flasche, zog mir noch meine Trainingshose über meine Shorts und einen Hoodie über den Kopf. Mit meinem Handy in der Hand ging ich nach unten.

Die Nacht war kalt genug, so kalt, dass ich meinen Atem sehen konnte, aber nicht so verdammt schlimm wie die Nächte zuvor oder heute Morgen beim Frühsport. Ich sah mich um, konnte Jase aber nicht entdecken. Ich rief seine SMS auf meinem Handy auf und schickte ihm eine schnelle Nachricht.

Ich: *Wo zum Teufel bist du?*

Rafferty: *Hinter dem Gebäude*

Ich schüttelte den Kopf, wunderte mich, warum ich ihn meinen Arsch hier heraus hatte zitieren lassen, um ihm Gesellschaft zu leisten, während er rauchte.

Als ich die Rückseite des Gebäudes erreichte, sah ich mich um. Immer noch kein Jase.

Ich: *Ich sehe dich nicht, Arschloch.*

Rafferty: *Container*

Bei diesem einen Wort spürte ich mein Herz in meiner Brust schlagen. Ich warf ein paar sichernde Blicke über meine Schulter, aber hier war niemand sonst. Der Stützpunkt war ziemlich ruhig für eine Freitagnacht. Sah aus, als hätten sich, wie ich, eine Menge Leute dazu entschieden, drinnen zu bleiben.

Container? So wie »hinter dem Container«, wo ich angeboten hatten, mit ihm rumzumachen, mehrere Male, über die letzten neun Monate hinweg? Das war doch Zufall, richtig?

Mit fast schon schmerzhaft pochendem Herz in der Brust, in meinen Ohren rauschte heiß das Blut, nicht zu vergessen, ein ganz anderer Körperteil, in den ebenfalls mein Blut rauschte, ging ich langsam in Richtung Container.

Er war dort. Jase Rafferty, für über ein Jahr das Objekt meiner Zuneigung, lehnte sich gerade gegen die Ecke, an der zwei Wände des Gebäudes sich hinter dem Container trafen.

Meine Zunge schwoll auf das Dreifache ihrer normalen Größe und alle rationalen Gedanken verließen meinen Körper.

»Hey.« Ich versuchte zu sprechen, aber es hörte sich mehr wie ein Quieken an.

»Hey.« *Seine Augen beinhalteten viele Fragen. Ist dies in Ordnung? Machen wir das jetzt wirklich? Ist dein Angebot überhaupt noch aktuell?*

Ich wusste, wie hart ein Coming-out gegenüber der Familie und Freunden war, deswegen verstand ich Jase' Unsicherheit. Ich wollte, dass er sich besser fühlte, also lehnte ich mich gegen die Wand neben ihm und stupste ihn an der Schulter an.

Unsere Finger rieben aneinander.

»Also, der Container, was?« Ich grinste.

»Ja. Denke, es ist der einfachste Weg, zu sagen, was ich sagen will.« Er blickte mich an, sah dann schnell weg.

»Und was genau wolltest du sagen?« Ich wusste, ich war ein Arsch, aber ich wollte das hier nicht missverstehen.

»Ich bin nicht sicher, Mann. Vielleicht denke ich an diese Zeit, als ich mit anderen Typen herumexperimentierte. Vielleicht denke ich daran, dass ich dich nicht mehr sehe, wenn wir wieder daheim sind, vielleicht dich nie wiedersehe. Vielleicht bin ich einfach nur einsam.«

»Also, was ist es, wofür du mich hierher gerufen hast, Rafferty?«

»Verdammt, willst du mich zwingen, es zu sagen?« Er drehte sich, um mich anzusehen, genau als ich meine Position änderte, um ihm direkt gegenüber zu stehen.

Brust an Brust, unsere Blicke verkeilt, glitt meine Hand wieder über seine.

»Wir sind gleich, Keating.« Er lehnte sich vor, um mich zu küssen. Dann zog er sich zurück, seine Augen glühend, als sein Blick erst meine Lippen traf und dann direkt meine Augen fand. »Genau gleich, hoffe ich.« Und er küsste mich erneut, dieses Mal inbrünstiger.

Er drehte unsere Körper, sodass wir uns in die Ecke des Gebäudes schoben. Jase benutzte seine Zunge, als der Kuss heißer wurde. Meine Arme schlangen sich um seinen Körper, während er einen Arm um meine Hüfte und den anderen um meinen Nacken schlang.

Was Küsse anbelangte, war es nicht der ausgefeilteste Stil, aber was ihm an Feinheit fehlte, machte er mit Enthusiasmus wett.

Heilige Scheiße, ich küsse Jase Rafferty.

Als seine Hand sich tiefer bewegte, um nach meinen Hintern zu greifen, stieß ich mich von der Wand ab. Als unsere Schwänze für einen Moment durch die Kleidung aneinander rieben, brauchte Jase eine Pause, um zu Atem zu kommen.

»Fuck, Keating, mach das noch mal.« Er stöhnte, zog meinen Körper zu seinem und stieß seinen Schwanz gegen meinen.

Nach einigen Momenten Mund auf Mund, Schwanz gegen Schwanz und unseren Händen, die überall waren, füllten Gelächter und laute Stimmen vom Hof unsere kleine, halbgeheime Liebeslaube.

Jase zuckte zusammen, als wäre er angeschossen worden, als er die Geräusche hörte.

Er sah mich an wie ein Reh im Scheinwerferlicht, seine Brust hob sich schwer, während er mühsam wieder zu Atem kam.

»Scheiße, Keating, es tut mir leid. Das war falsch. Ich dachte, ich kann das durchziehen, aber ich lag falsch. Ich bin nicht schwul. Ich hätte dich nicht hier reinziehen sollen.« Er drehte sich auf dem Absatz um und flüchtete in die andere Richtung.

-*-*-*-*-

Eine Woche noch. Es war geplant, dass wir in sieben Tagen fliegen sollten. Ich hatte alle Dinge in Gepäckboxen gepackt, von denen ich wollte, dass sie nach Hause geschickt wurden und ja, ich hatte ziemlich viel Zeit gehabt, einzupacken und aufzuräumen, während ich Jase ausgewichen war.

Er hatte mich ein paar Mal angeschrieben, um mich zu fragen, ob ich okay sei, aber ich hatte die Nachrichten ohne zu antworten gelöscht.

Ich hatte noch einen letzten 24-Stunden Dienst, also half mir das, mich für eine Weile von ihm fern zu halten.

Ich war nicht wirklich sicher, wie ich mich mit der ganzen Sache fühlte. Auf der einen Seite war ich sauer, dass Jase mich als sein eigenes kleines Experiment benutzen wollte. Auf der anderen Seite waren diese Küsse nicht die Küsse von jemand, der einfach nur etwas ausprobieren wollte. Jase küsste mich, als sei dies etwas, über das er eine lange Zeit nachgedacht hatte, ob er es tun wolle.

Mit Jase hinter dem Container rummachen: Abgehakt.

Wenigstens konnte ich sagen, dass ich mein Ziel erreicht hatte. Obwohl, wenn ich ehrlich zu mir selbst war, wollte ich wirklich mehr von ihm. Ich wollte Haut auf Haut, verknitterte Bettwäsche, schweißnasse Körper. Aber da wir nur noch eine Woche hatten, und ich ihm aus dem Weg ging, soweit es möglich war, sah es nicht wirklich danach aus, als würde noch mehr passieren.

Klopf, klopf, klopf.

Was zur Hölle? Ich hatte es mir gerade im Bett gemütlich gemacht. Scheiß drauf, ich würde meinen Stubenkameraden zur Tür gehen lassen. Ich hörte Stimmen in der Küche. Bier wurde geöffnet und zusammen angestoßen. Super. *Murray feiert 'ne Party. Bin ich jetzt sauer, dass er feiert, oder dass er mich nicht eingeladen hat?*

Ich ignorierte die Stimmen und versuchte mich mit dem Musikvideo, das ich gerade ansah, zu zerstreuen.

Eine Tür öffnete sich und schloss sich. *Großartig, mehr Partygänger.*

Dann allerdings ein leichtes Klopfen an meiner Tür. Ich fühlte mich wie eine Furie, als ich vom Bett hochschoss und die Tür öffnete, bereit dazu, Murray verbal ein neues Loch zu verpassen und ihm zu sagen, dass er die Party gefälligst leise halten sollte. Ich war nicht in Socializer-Laune gerade.

Jase stand vor der Tür, seinen Kopf schüchtern eingezogen. Er hielt mir eine Bierflasche hin.

»Frieden?«

»Wie bist du hier reingekommen? Hat Murray dich auf die Party eingeladen?« Ich streckte meinen Kopf raus und warf einen Blick auf den Wohnraum. Ich sah niemand anderen.

»Welche Party? Murray ging einfach nur zur Tür, als ich anklopfte. Er sagte, er würde jetzt für die Nacht verschwinden und dass er dich morgen sehen würde, murmelte irgendwas von zusammen arbeiten müssen, um den Ofen und den Kühlschrank sauberzumachen.«

Jase sah sich nervös um.

»Ähm, kann ich reinkommen?«

Seine Worte lösten etwas aus und ich trat sofort beiseite und gewährte ihm Einlass. .

Mein Raum war dunkel, bis auf das gedimmte Licht meiner Tischlampe. Ich nippte an meinem Bier und versuchte, zu erfahren, warum verdammt noch mal Jase vorbei gekommen war.

»Hör zu, Keating, ich muss mich entschuldigen. Neulich, hinter dem Container, tut mir leid, wie das gelaufen ist.«

»Keine Sorge, Mann. Hätte nicht gewollt, dass du etwas tust, das du nicht tun willst.« Ich nickte und nippte erneut an meinem Bier.

»Genau darum gehts, Bry.«, Er kam näher zu mir, so nah, dass ich seinen Atem auf meinem Nacken fühlen konnte.

»Es war etwas, das ich sehr wohl tun wollte. Und es ist etwas, das ich seit jener Nacht wieder und wieder tun will. In dem Augenblick, in dem ich flüchtete, wollte ich mich umdrehen und es wieder gutmachen.«

Seine Lippen berührten meinen Hals und ich fühlte den Drang, meine Knie nachgeben zu lassen.

»Du bist also gekommen, mir zu sagen, dass es dir leidtut? Entschuldigung angenommen.« Meine Stimme war atemlos, als seine Lippen zärtliche Küsse entlang meiner Kinnlinie hinterließen.

»Um Dir zu sagen, dass es mir leidtut, ja. Aber auch, um herauszufinden, ob du immer noch interessiert daran bist, dort weiterzumachen, wo wir aufgehört haben.« Seine Augen blickten durchdringend in meine.

Ich hatte Probleme mit dem Atmen, Probleme damit, zu dechiffrieren, was ich in seinen Augen sah. Angst? Hoffnung? Verlangen?

Scheiße. Eine Woche übrig. Sich mit jemand einzulassen, eine Woche, bevor man ihn vielleicht nie wiedersieht, ist das wirklich eine gute Idee?

Ich versuchte, logisch zu denken. Ich war nicht in Jase verliebt. Ich würde nicht am Boden zerstört sein, wenn er sich danach niemals mehr melden würde. Ich würde sauer und ein wenig verletzt sein, wenn er mich nach einer Nacht wegignorierte, aber ich würde nicht daran zerbrechen.

Ich hatte sehr oft einmalige, unverbindliche Dates gehabt, sogar mit guten Freunden. Also war es nicht das erste und sicher auch nicht das letzte Mal, mit einem Typen etwas anzufangen, ohne etwas Festeres werden zu lassen, falls es überhaupt darauf hinauslief, Sex mit Jase zu haben.

Es gab wirklich keinen Grund, es jetzt nicht geschehen zu lassen. Ja, Jase war verheiratet, aber sie war eine lügende, fremdgehende Schlampe, die versuchte, ihn mit einer Schwangerschaftsnachricht zu verletzen. Ja, Jase behauptete, er sei hetero, aber er war ebenso ein großer Junge und konnte Entscheidungen für sich selbst treffen. Ja, Jase trank, aber er war momentan überhaupt nicht beschwipst, geschweige denn betrunken, also vertraute ich darauf, dass er in dieser Situation klaren Verstandes war und genau wusste, was er tat.

»Bist du sicher, dass es das ist, was du willst?« Ich schmiegte meine Nase gegen ihn, während ich flüsterte.

»Nein.«

Und damit fühlte ich, wie die ganze Geschichte auf Wiederholung neu startete.

»Scheiße, Rafferty.«

»Nein, Ich meine, dies ist nicht alles, was ich will.« Er versuchte, seinen Fehler wiedergutzumachen. Zunge und Lippen knabberten an und verwöhnten mein Ohr.

»Was willst du dann?« Ich war nicht sicher, wo dies hinführte.

»Ich will dich. Alles von dir. Deinen Mund, deinen Schwanz, deinen Körper.« Jases Mund stürzte sich auf meinen, mit einer Inbrunst, die beängstigend hätte sein können, wenn ich nicht das gleiche Gefühl zur gleichen Zeit verspürt hätte.

Wir stolperten zum Bett. Ich stand daneben und zog Jase schnell das Hemd aus. Meins folgte. Als ich sah, wie sie auf dem Boden landeten, traf mich ein Gedanke. *Scheiße. Das passiert echt.*

Ich hatte Jase das letzte Jahr über schon ziemlich oft ohne Hemd gesehen, aber ihn nun ohne Hemd zu sehen, schwer atmend, neben meinem Bett stehend, das war ziemlich surreal.

Ich schritt vorwärts, vergrub dabei meine Finger im Gummizug seiner Trainingshose. Ein kurzes Ziehen und er stolperte gerade genug in meine Richtung, damit unsere Schwänze aneinander rieben.

»Scheiße« war alles, was er murmelte, bevor er meinen Mund in einem weiteren Kuss nahm und seine Hüften gegen meine stieß.

Ich konnte es nicht länger ertragen. In einer sauberen Bewegung zog ich seine Trainingshose mitsamt den Boxershorts nach unten und sank auf meine Knie. Mit den Händen auf seinen Hüften drehte ich ihn so, dass er keine Möglichkeit hatte, außer auf dem Bett Platz zu nehmen, als ich ihm einen kleinen Schubser gab. Ich hatte ihn dort, wo ich ihn haben wollte, dort, wo ich ihn mehrere Monate lang hatte haben wollen, und berührte mit meiner Nase seinen Oberschenkel, seine Hüften und seine Bauchmuskeln. Und dann begann ich damit, ihm vorzuführen, warum ich den ruhmreichen Titel der Blow Job Queen of Texas 2013 verdiente.

Er lag danach flach auf dem Bett, außer Atem. Ich entledigte mich meiner Hose so schnell wie es ging und krabbelte neben ihm aufs Bett.

»Du bist verdammt gut darin«, schnaubte er.

»Oh, danke Ihnen, mein Herr.« Ich schenkte ihm scherzhaft einen verspielten Augenaufschlag.

Seine Augen wurden schläfrig und ich wusste, er würde ein wenig brauchen, um sich zu sammeln und seine Gedanken zu ordnen. Es passiert nicht jeden Tag, dass ein guter Freund dir einen bläst, schon gar nicht, wenn du dich für hetero hältst.

Circa eine Stunde später waren wir beide weggedämmert. Er bewegte sich, ich drehte mich herum und mein Bein rieb über seins. Wir wurden beide wach, als unsere harte Hitze aneinander rieb.

Irgendwann hatte er einen Arm um mich gelegt und benutzte ihn, um mich näher an sich zu ziehen. Seine Nase fuhr meine Wange entlang und er küsste mich zärtlich, dann flüsterte er in mein Ohr. »Bitte sag mir, dass du etwas hier hast, das wir für den nächsten Teil brauchen können.«

Nächster Teil? Etwas, das wir brauchen können? Hm, wie, was meinte er?

»Ähm, nächster Teil?« Ich hatte über mehr mit Jase fantasiert, aber nachdem ich vor ihm auf die Knie gegangen war, ging ich davon aus, dass meine Träume sich bereits vollständig erfüllt hatten.

Er grinste. »Wenn ich das durchziehe, dann mache ich das richtig. Kondome? Gleitgel?« Seine Hand fuhr meine Rippen hinunter, über meine Hüfte, bis er meinen Arsch in einen festen Griff bekam. »Ich nehme an, es ist dir recht, unten zu sein?«

»Du nimmst richtig an«, war alles, was ich an Worten hervorbringen konnte.

Ich stand auf, um nach Kondomen und Gleitgel zu suchen, *Gott sei Dank hatte ich beides parat*, dann kehrte ich zum Bett zurück.

Jase hatte keine Erfahrung darin, mit Männern Sex zu haben, also war es mir egal, dass er nicht viel Zeit mit Vorbereitungen verbrachte. Ich nahm an, dass er mit dem, was er gerade tat, so ausgelastet war, dass er kaum darüber nachdachte. Außerdem, war mir das Stechen und das Brennen egal. Nach so einer langen Zeit, die ich ihn schon wollte, war der kurz aufflammende Schmerz, als er meinen Körper nahm, fast schon eine willkommene Erlösung.

Neun Monate im Einsatz ist eine lange Zeit. Neun Monate im Einsatz mit keinem Sexualpartner außer deiner rechten Hand ist eine sehr lange Zeit. Jase gebrauchte und missbrauchte meinen Körper in einer Art und Weise, die ich nicht anders als lieben konnte und wir beide brachen danach entkräftet auf meinem Bett zusammen.

-*-*-*-*-

Im Laufe der nächsten Woche trafen Jase und ich uns, wann immer wir die Chance hatten. Wir ließen niemals die Spieleabende der Gruppe sausen, und wir hingen immer noch mit den Leuten ab, die zu verlassen uns traurig machte, aber wir nutzten die späte Nacht, dunkle Ecken und vereinzelt auch die Toilette, um unsere Körper zu erkunden. Was soll ich sagen? Wir mussten ein ganzes Jahr in einer Woche unterkriegen.

Das Risiko, ihn über Nacht da zu haben, war zu groß und die Kameras zeichneten jede Bewegung auf, obwohl nach der Ausgangssperre kein Wachsoldat mehr präsent war, folglich verbrachten wir unsere Zeit vorschriftsmäßig in meiner oder seiner Stube.

Aber, was wir einander antaten, in diesen Räumen, Stunde für Stunde, wenn es erlaubt war, war definitiv nicht nach Militärvorschrift.

»Ich werde das vermissen«, flüsterte ich ihm eines Nachts zu. Ich wusste, dass er sich jetzt anziehen und seinen Arsch aus meinem Gebäudetrakt bewegen musste, wenn wir nicht in höllische Schwierigkeiten kommen wollten.

»Nur das?« Er zwinkerte.

»Naja, das und vielleicht dich. Ein wenig.« Ich lächelte.

»Wir werden, wenn wir wieder daheim sind, ein paar Wochen Zeit haben, bevor wir wieder ausrücken.« Er fuhr mit einer Hand meine Brust herab.

»Und du wirst dich vorbereiten, mit deiner Frau fortzugehen.« Ich wollte nicht sauer klingen, jedoch war dies die einfache Wahrheit. »Wirklich, wenn wir ehrlich sind, dann ist dies alles in dem Augenblick vorbei, an dem wir in den Flieger zurück nach Hause steigen.« Dramatisch? Möglich.

Er atmete tief durch. »Du hast recht. Aber wir bleiben in Kontakt. Vielleicht kann ich dich besuchen kommen, wenn ich Urlaub habe.«

»Wenn du geschieden bist, und keinen anderen heißen Typen findest, mit dem du rummachen kannst.« Ich zog ihn auf.

»Oh, ich plane sicher, geschieden zu sein. Sie und der Kindsvater können für immer und ewig glücklich leben, was mich angeht. Wenn es überhaupt ein Baby gibt.« Er beugte sich herüber, um mich zu küssen. »Das mag sich komisch anhören, und lass dir das bloß dein Ego nicht noch mehr aufplustern, aber ich denke nicht, dass ich das hier mit irgendeinem anderen heißen Typen könnte. Wahrscheinlich hast du irgendwas an dir, schätze ich.«

Ich machte einen Witz darüber, wie er mich hart werden ließ und wir kümmerten uns direkt danach um diese Thematik, aber seine Worte gingen mir die ganze Zeit im Kopf herum. *Wahrscheinlich hast du irgendetwas an dir, schätze ich.* Es ließ mich lächeln. Und ich will nicht lügen, es machte mich glücklich, zu denken, dass er nicht vorhatte, seine Zeit mit anderen Typen im Bett zu verbringen.

Ich wusste, dass er sich mit anderen einlassen würde, männlich oder weiblich. Ich konnte nicht verlangen, dass er es nicht tat. Verdammt, ich wusste, dass ich mich mit anderen Typen einlassen würde. Aber was wir im letzten Jahr und besonders in der letzten Woche zusammen geteilt hatten, das waren Dinge, die ich in meinem Herz und meiner Erinnerung für viele Jahre behüten würde.

\- * - * - * - * -

Zwei Tage später betraten wir nach einigen verstohlenen Küssen und einer langen, von Herzen kommenden Umarmung das Flugzeug, um zurück in die Staaten zu fliegen.

Ich war so froh, endlich meine Familie zu sehen und das letzte Jahr Dienstzeit zu beginnen, dass ich meine Gedanken nicht viel Jase widmete.

Ich will nicht lügen. Es war schwer, ihn mit seiner Frau zusammen zu sehen. Sie turtelten nicht, und er sagte mir danach, dass sie ihm die Scheidungspapiere in der Nacht, in der wir zurückgekommen waren, mitgegeben hatte. Ich hasste es, dass ihm nun eine Scheidung bevorstand, und er keine Zeit hatte, sondern alles innerhalb der nächsten Monate regeln musste. Aber wenigstens hatte er in unserer Einheit gute Freunde, die mit ihm zur nächsten Base versetzt werden würden.

Wir hatten ein paar Treffen, als wir wieder zurück bei unserer Einheit waren. Es war tatsächlich schwieriger, spezielle Orte in unseren Armeebasen ausfindig zu machen, als es in Übersee gewesen war. Wir nahmen uns ein paar Tage frei und verzogen uns in ein Hotel, klammerten die Realität aus und erkundeten unsere Körper ohne Furcht davor, dabei gehört, erwischt oder bestraft zu werden.

Aber viel zu schnell wurde es Zeit zu gehen. Jase betrat meinen Raum mit gerade mal fünfzehn Minuten Zeit, sich zu verabschieden, bevor sein Weg ihn von mir weg führte. Tiefe, hungrige Küsse wurden zwischen geflüsterten Worten ausgetauscht.

»Ich habe nie gedacht, dass dies mehr werden würde als nur ein paar Treffen. Ich meine, ich bin nicht sicher, ob ich bereit bin, einen Antrag zu machen, aber du hast dich echt in mein Herz gemauschelt, Keating.« Jase lächelte mich an.

Tränen glitzerten in meinen Augen. »Wow, danke.« Ich grinste ihn an. »Du bedeutest mir auch sehr viel. Ich werde dich vermissen, Rafferty. Lass was von dir hören.«

Mit kaum zurückgehaltenen Tränen, leisen Worten und langen Küssen, sagten wir Freunde und Liebende uns auf Wiedersehen. Wir standen beide einer durchgeplanten, aber immer noch ungewissen Zukunft gegenüber. Würden sich unsere Wege wieder kreuzen? Würde Jase jemals dazu kommen, seine Sexualität zu akzeptieren? Sogar wenn er es tat, würde er jemals in der Lage sein, sein Coming-out zu haben? Wenn wir uns wieder trafen, würden wir beide offen für eine Beziehung sein? Ich war schon ziemlich lange Single, ich war nicht sicher, ob ich mich wieder einpferchen lassen würde, sogar für Jase.

Als ich ihm zusah, wie er die Base verließ, die wir unser Zuhause nannten, flüsterte mir eine Stimme in meinem Kopf zu, *dass ich doch etwas an ihm finden könnte …*

Wer wusste das schon so genau? Vielleicht wäre ich ja bereit, für Jase Rafferty so ziemlich alles zu tun.

Kapitel 1

Bryan

Ich ging durch das Flughafenterminal von Austin, nahm mir Zeit, bevor ich zum Gepäckband lief. Ich war sehr glücklich mit meinem Leben in Indianapolis, aber ich würde lügen, wenn ich sagte, dass ich nicht aufgeregt war, mal wieder für einen längeren Besuch daheim in Texas zu sein.

Ich freute mich darauf, mich mit alten Freunden zu treffen, ehemalige Militärkumpel zu sehen, die ich über ein Jahr nicht getroffen hatte, und vor allem Zeit auch mit meiner Familie zu verbringen. Mich mit der Hausmannskost meiner Mom vollzustopfen, stand ganz oben auf meiner Must-do-Liste.

»Keating!«

Die Stimme hinter mir schreckte mich aus meinen Gedanken an Mutters Kekse und Bratensoße auf. Ich kannte diese Stimme, aber es war unmöglich, dass er es war.

Ich drehte mich langsam um, machte mich auf die Enttäuschung gefasst, sollte ich ein anderes Gesicht erblicken als das, das ich erhoffte, und suchte in der Menschenmenge.

Und da war er.

Jase Rafferty!

Es war mehr als ein Jahr her, seit ich ihn zuletzt gesehen hatte.

Das mit uns beiden war ziemlich heftig gewesen, bevor wir getrennte Wege gegangen waren, und es war offensichtlich, dass mein Herz und Körper sich daran erinnerten.

Er sah gut aus. Wirklich gut! Dunkle Haare, noch immer militärisch kurz, die Muskeln unter seinem Hemd erkennbar, hellblaue Augen und ein Grinsen, bei dem ich schwören könnte, dass es nur mir galt.

Er stand abseits der Masse und wartete darauf, dass ich zu ihm kam. Auf halber Strecke erkannte ich, dass noch jemand neben ihm stand.

Eine Frau.

Seine Ehefrau. Ich dachte, sie würden sich scheiden lassen? Letztes Mal, als ich mit ihm gesprochen hatte, gleich nachdem wir von einem Einsatz zurückgekehrt waren, hatte sie ihm die Scheidungspapiere hingeknallt.

Der Anblick seiner Frau schockierte mich.

Aber die grün-graue Babytrage zu ihren Füßen zwang mich fast in die Knie.

Jase. Der Mann, der mir in unserer kurzen Zeit, die wir vor über einem Jahr zusammen verbracht hatten, so vertraut geworden war. Jase. Immer noch verheiratet. Hatte ein Baby.

All dies ging mir durch den Kopf, als ich die verbleibende Strecke zwischen uns zurücklegte.

»Rafferty!« Ich glaube, ich brachte eine ziemlich überzeugende kumpelhafte Umarmung zustande.

»Keating. Mann, tut das gut, dich zu sehen. Wie steht's bei dir?« Seine Augen leuchteten.

Ähm, genauso gut wie es wohl bei dir gerade steht, jetzt, obwohl du immer noch verheiratet bist und ein Baby hast?

»Bist du zu Macs Hochzeit hier?«

Ich war von Indianapolis hergeflogen, um zwei Wochen im Haus meiner Eltern zu verbringen und um bei der Hochzeit eines ehemaligen Militärkameraden dabei zu sein. Diese Feier war für das kommende Wochenende geplant, aber ich hatte eh meinen Urlaub genommen, der Urlaub von der Schule und die Hochzeit fielen so zusammen, dass ich länger hierbleiben konnte.

»Yeah, wollte nicht die Hochzeit verpassen. Hätte nie gedacht, dass der Kerl mal sesshaft werden würde, also dachte ich, es ist besser, das mit eigenen Augen zu sehen.« Jase lächelte.

Ich warf einen schnellen Blick auf seine Frau und erkannte, dass ich sie immer noch genauso wenig leiden konnte wie schon vor einem Jahr. Sie hatte Jase schrecklich behandelt, ihn betrogen während wir im Einsatz waren, das ihm auch noch unter die Nase gerieben, und Unmengen von seinem hart verdienten Geld ausgegeben. Ich mochte sie nicht und stellte fest, dass sich das nicht verändert hatte.

Ich verbarg es und runzelte dafür nur leicht meine Stirn, als ich meinen fragenden Blick zu Jase wandte.

»Oh ja. Bryan, du erinnerst dich doch sicher an meine Frau, Sierra. Und dieser kleine Mann ist unser Sohn, Grayson James Rafferty. Er ist etwa drei Monate alt. Mit einem Baby im Flugzeug macht Fliegen zu einer ganz neuen Erfahrung, aber zum Glück schlief er fast die ganze Strecke.«

Es schien mir, dass Jase rumschwafelte, aber ich lächelte nur und reichte Sierra meine Hand.

»Schön, Sie wiederzusehen.« Die falschen Worte blieben mir fast im Hals stecken.

»Wir gehen unsere Taschen holen, du auch? Wir können zusammen gehen.« Jase nahm ihr Handgepäck und Graysons Trage, während Sierra in Richtung Gepäckausgabe losstapfte.

Während sie vor uns herging, drehte ich meinen Kopf zu Jase und schaute ihn fragend an. Die Fragen, die ich stellen wollte, mussten mir im Gesicht gestanden haben, aber ich hatte nicht das Gefühl, jetzt wäre der richtige Zeitpunkt, sie zu äußern.

Jase schloss kurz die Augen, dann seufzte er tief. »Lange Geschichte. Lange, übel beschissene Geschichte. Vielleicht können wir uns auf ein Bier treffen und ratschen, während wir hier sind. Ich werde dir alles darüber erzählen.«

Er warf einen Blick auf das Baby, das in der Trage schlief. »Aber egal, wie beschissen die Geschichte auch ist, ich bereue es nicht. Ein Schlamassel nach dem anderen brachte mich dorthin, wo ich nun stehe, aber er schenkte mir Gray und niemals könnte ich diesen kleinen Kerl bereuen.«

Die Liebe für seinen Sohn in seiner Stimme ging mir ans Herz.

Ich schluckte mein Gefühl runter und lächelte ein wenig. »Du siehst gut aus als Vater.«

Er lächelte zurück.

Die Funken knisterten zwischen uns wie damals und gaben mir das Gefühl, dass wir wieder zurück in der Zeit vor einem Jahr waren. Nichts was unsere Anziehung zueinander betraf, hatte sich verändert. Aber es schien auch das Einzige, was gleich geblieben war. Alles andere drumherum hatte sich verändert.

Jase war in Bezug auf seine versteckte Homosexualität schon schwer beladen. Fügte man dem noch die vermeintliche Exfrau, die immer noch ein sehr angetrautes Ehegespons war, sowie einen geliebten kleinen Jungen hinzu, hatte er genug emotionales Gepäck, um ein Frachtflugzeug damit zu füllen.

Nun über Jase zu stolpern, nachdem sich unsere Wege im vergangenen Jahr getrennt hatten, hatte nicht in meiner Reisevorbereitung für diesen Trip gestanden, aber ich würde verdammt sein, wenn ich nicht alles dransetzen würde, meine Zeit mit ihm zu genießen, wenn es ging. Selbst wenn alles, was dabei herauskäme, nur Informationen wären, die ich selbst nicht zusammenfügen konnte.

KAPITEL 2

Jase

Bryan Keating!

Ich würde lügen, wenn ich sagte, ich sei nicht glücklich, ihn zu sehen. Die Zeit, die wir zusammen beim Militär verbracht hatten, gehört zu einigen meiner besten Erinnerungen. Aber ihn nach einem Jahr wiederzusehen, in dem ich mein Bestes gab, ihn zu vergessen, brachte eine Menge der Gedanken zurück, an denen ich hart gearbeitet hatte, sie loszuwerden. Erinnerungen, Scham und Schuld. Ich hätte nie gedacht, dass ich Bryan meine Situation würde erklären müssen. Aber ihm am Flughafen zufällig zu begegnen, zu wissen, dass ich ihn zumindest ein paar Mal in den nächsten Tagen sehen würde, bedeutete, dass ich keine andere Wahl hatte, als ihm von Sierra und mir zu erzählen.

Ich meinte, was ich sagte, dass ich Gray für nicht eine einzige Sekunde bereuen würde. Aber damit war's das auch schon. Alles andere bedauerte ich in meiner Scheinehe.

Ich musste mich dieser Scham und Schuld stellen. Musste es Bryan erklären.

Fuck, ich brauchte einen Drink.

Wir erreichten das Gepäckband. Sierra hatte sich bereits eine unserer Taschen vom Band geschnappt und ich sah die andere schon über die Rutsche purzeln, als wir uns näherten.

Bryan griff seine eigene Tasche und stellte sich ein wenig abseits, als warte er auf uns.

»So, ich wohne nach der Hochzeit in meinem Elternhaus, aber ich dachte, mir für ein paar Tage bis zur Feier ein Hotel zu nehmen, um andere besuchen zu können, die auch zur Hochzeit in der Stadt sind. Wo wohnt ihr?« Bryan wirkte zögerlich und hoffnungsvoll zugleich.

»Wir haben ein Zimmer im Executive. Ich habe einen Rabatt-Code bekommen, falls du versuchen möchtest, auch dort ein Zimmer zu ergattern. Es würde dir und Jase Zeit geben zu plaudern, weißt du, nachdem ihr euch im vergangenen Jahr so nahe gekommen seid.« Sierra schenkte Bryan ein widerlich süßes Lächeln und ich spielte mit dem Gedanken, sie zu erwürgen. Jetzt und sofort.

Sie hatte diese perfekte Anmut drauf, aber ich wusste, dass sie in ihrem verqueren Geist etwas vorhatte. Wenn ich die Chance hätte, Gray weit weg von ihr zu bringen, würde ich es tun. Zurzeit wusste ich, wäre es am besten, sie zu ignorieren und Bryan sich seine eigene Meinung bilden zu lassen.

»Oh yeah, das hört sich gut an.« Bryan hatte Sierras falsche Begeisterung deutlich gespürt, bei dem Gedanken, dass wir beide Zeit zusammen verbringen würden. Er blickte uns argwöhnisch an, bevor er die Schultern zuckend antwortete: »Ich denke, ein paar der anderen sind auch dort. Wir könnten eine große Wiedersehensparty veranstalten.«

»Wie wunderbar! Klingt nach einem perfekten Plan.« Sierra zwinkerte uns beiden zu.

»Sollen wir uns den Shuttle-Bus zum Hotel teilen?« Ich wusste, es war nicht der beste Plan, aber ich wollte Bryan nicht aus den Augen lassen.

Er war genauso attraktiv, als er durch den Flughafen von Austin schritt, wie beim letzten Mal als ich ihn umarmte. Er hatte seine hellbraunen Haare wachsen lassen, länger, als ich es je gesehen hatte, aber es sah immer noch ordentlich aus. Der verwuschelte Stil, den er beibehielt, bettelte geradezu darum, mit den Händen hindurchzufahren, und ich wollte, dass es meine Hände waren. Seine blauen Augen hatten immer noch diesen Ausdruck des Vertrauens und der Unsicherheit. Bryan Keating war ein totaler Widerspruch in sich.

Während unserer gemeinsamen Zeit beim Militär hatte ich gelernt, ihn als Freund und wirklich guten Soldaten zu respektieren. Als wir uns zum ersten Mal trafen, beide frisch von der Highschool, hatte ich mich sofort zu ihm hingezogen gefühlt. Er war wohl der klügste Mensch, den ich je getroffen hatte; er konnte mich schwindlig reden, wenn es um soziale Fragen, Regierungspolitik oder Finanzen ging. Aber nie gab er mir das Gefühl, dumm zu sein. Bryan war der Typ Mensch, der andere anzog. Doch trotz all seines Selbstvertrauens, in bestimmten Dingen war er auch hilflos und unsicher. In Bezug auf seine Attraktivität oder die Fähigkeit, Kerle anzusprechen, die er attraktiv fand.

Bryan hatte nie vor mir oder jemandem andern verheimlicht, dass er schwul war. Er war nicht super auffällig, und es war auch nicht so, dass er es jedermann auf die Nase band, den er traf. Tatsächlich brauchte ich etwa eine Woche, in der wir mit unserer neuen Gruppe von Freunden rumhingen, bis ich schließlich realisierte, dass er schwul war.

Und als ich das kapiert hatte, musste ich immer häufiger an ihn denken. Dieses Gefühl, bei ihm sein zu wollen, wurde immer stärker. Ich hatte mit ein paar Jungs in der Highschool rumgemacht, war mir aber sehr wohl bewusst gewesen, dass die Welt, wie ich sie kannte, enden würde, wenn meine Eltern auch nur den kleinsten Anhaltspunkt fänden, dass ich schwul sein würde. Und so ich war einfach nicht schwul, sondern nur neugierig und genoss es zu experimentieren.

Folgerichtig heiratete ich Sierra, einfach, weil wir uns während der Schulzeit ab und zu verabredet hatten. Ich liebte sie nicht, aber verheiratet zu sein würde mich von den Gedanken abhalten, wie richtig und gut es sich anfühlte, als ich mit den Jungs herumgemacht hatte. Ich war hetero! – oder zumindest das, was ich alle um mich herum glauben machte; und es war einfacher, wenn ich auch selbst daran glaubt.

Bei einem unserer Auslandseinsätze hatte ich schließlich meinen wachsenden Gefühlen für Bryan nachgegeben. Es hatte fast neun Monate gedauert, bis ich es mir erlaubte, aber irgendwann kamen wir zusammen und es war die beste Woche meines Lebens.

Doch allzu bald waren wir in den USA zurück und ich kam auf eine neue Basis in Oklahoma, während Bryan in Texas blieb, um seine Zeit beim Militär zu beenden. Ich habe es nicht bereut, dabeizubleiben, hatte mich immer als Berufssoldaten gesehen. Aber ich wollte ihn nicht verlassen. Und ich wollte mich nicht mit Sierra beschäftigen. Ich hatte keine Wahl – glaubte ich.

»Rafferty? Bist du so weit?« Bryans Stimme riss mich aus meinen Gedanken.

Ich blickte auf und sah den Shuttle an der Bordsteinkante parken. Ich schüttelte innerlich den Kopf, um den Bryan-Nebel zu vertreiben, verlud schnell die Taschen und hängte Grays Kindersitz ein. Noch vor einem Jahr hatte ich keine Ahnung, wie man einen Kindersitz sicher in einem Fahrzeug befestigte, jetzt kicherte ich in mich hinein, wie sehr Graysons Geburt meine Erfahrungen verändert hatte.

Sierra belegte den Vordersitz. Wahrscheinlich, weil sie so besser mit dem Fahrer flirten konnte.

Bryan kletterte an Grays Sitz vorbei und ließ sich neben dem Fenster nieder. Ich nahm den Platz neben der Tür und stellte die Trage meines Sohns zwischen uns.

Der Fahrer ließ den Wagen aufheulen und wir rasten in den Verkehr von Austin.

Ich kochte innerlich, als Sierra unseren Fahrer vollquatschte. Ich wusste, was sie tat. Sie liebte es, mich in unangenehme Lagen zu versetzen. Meine Frau war wirklich ein jämmerlich verabscheuungswürdiger Mensch. Ich glaube, dass sie die meiste Zeit nicht einmal an ihren Sohn dachte. Das Einzige, was sie interessierte, waren Partys, Sex und mein Geld. Grayson passte nicht in diesen Lebensstil. Aber sie hatte mich in der Falle und sie wusste es.

Eine Bewegung zu meiner Linken erregte meine Aufmerksamkeit und in der nächsten Sekunde klopfte mir das Herz in der Brust. Bryan hatte seine Hand auf Graysons Brust gelegt und mein kleiner Junge hatte sofort seine Finger gegriffen.

Bryan errötete heftig, räusperte sich und stieß hervor: »Wow, hat der einen festen Griff!«

»Yeah, du bist jetzt so etwas wie sein bester Freund fürs Leben«, scherzte ich. »Sobald er etwas zu fassen bekommt, ist es, als müsstest du die Faust mit dem Rettungsspreizer öffnen, damit er loslässt.«

Ich langte hoch, um die Hand meines Sohns zu streicheln. Elektrizität knisterte zwischen Bryan und mir, als unsere Hände sich berührten. Seine Augen strahlten Wärme und Sehnsucht aus, als er meinen Blick erwiderte. Ich lächelte leise und drückte seine Hand fast so fest wie Gray seine Finger umklammerte.

»Später«, war alles, was ich mit meinem Mund formen konnte, bevor der Shuttle mit quietschenden Reifen auf dem Hotel-Parkplatz zum Halten kam.

KAPITEL 3

Bryan

Scheiße, Scheiße und nochmals Scheiße.

Ich habe gerade mit meinem früheren Geliebten Händchen gehalten. Normalerweise nichts Ungewöhnliches. Aber dieser ehemalige Geliebte behauptet hetero zu sein und ist verheiratet und hat ein Kind! Und ich habe hinter dem Rücken seiner Frau seine Hand gehalten, über der Babytrage seines Sohnes.

Yeah, das war ziemlich beschissen!

Wir verließen den Shuttle und gingen rein. Wie versprochen überreichte mir Sierra einen Coupon-Code, mit dem ich einen ziemlich guten Rabatt auf das Zimmer bekam. Ich war nicht mittellos, aber das Flugticket hatte meine Finanzen strapaziert, ich war froh, Geld bei dem Zimmer zu sparen.

Der Hotelportier hatte uns zusammen ankommen sehen und platzierte mich auf der gleichen Etage wie Jase und Sierra. Ich war nicht sicher, ob das ein Segen oder ein Fluch war.

»Oh, perfekt!« Sierra schwärmte mit ihrer falschen Herzlichkeit. »Ihr Jungs werdet euch richtig wohlfühlen, euch wieder näher kommen.«

Ich war mir nicht sicher, was für ein Spiel sie spielte, aber ich hatte das Gefühl, es war kein freundlich gesinntes.

Die Fahrt mit dem Aufzug fühlte sich unbehaglich an. Wir stiegen aus, Jase und Sierra nahmen den kleinen Gray und gingen zu ihrem Zimmer. Meines lag am anderen Ende des Flurs.

»Also, äh, ich denke, ich werde mich kurz frisch machen und dann runtergehen, einen Happen essen und sehen, wer dort alles rumhängt.« Ich artikulierte meine Pläne, damit Jase mich wissen lassen konnte, was er vorhatte.

»Yeah, hmm, das klingt gut. Wir werden Grayson füttern und umziehen, dann stoßen wir zum Abendessen dazu.« Jase nickte, als sie den Flur hinunter verschwanden.

* * * *

Eine Stunde später saß ich allein an einem Tisch für vier und wartete auf mein Essen. Es fühlte sich seltsam an, für Jase und Sierra einen Sitz zu reservieren, aber das Restaurant und die Bar füllten sich rasch und ich wollte nicht, dass sie auf einen Platz warten müssten. Ich hoffte nur, dass sie tatsächlich kamen, sonst würde ich wie ein Trottel dastehen.

Genau in dem Moment, als mein gemischter Vorspeisenteller vor mir platziert wurde, schlängelten sich Jase und Sierra an den Tisch.

»Sind diese Plätze besetzt?« Jase lächelte mich an.

»Nee, die habe ich für euch gerettet, weil es sich hier füllte.« Ich deutete ihnen an, sich zu setzen.

Jase hatte Gray in einer Art Tragetuch an seine Brust gekuschelt. Nie in einer Million Jahre hätte ich mir Jase Rafferty so vorstellen können – dass er seinen kleinen Sohn in einem Tragetuch an sich geschmiegt trug. Heiß, wie ich ihn schon während unserer gemeinsamen Zeit in der Armee fand, schoss er auf dieser Hitze-Skala, mit diesem kleinen Menschlein vor sich, um das Hundertfache nach oben.

Sie bestellten Getränke und Essen. Sierra erkannte eine der anderen Frauen jenseits der Bar und verschwand dorthin, um zu plaudern. Ich zeigte ihm meine deutliche Erleichterung mit einem Aufseufzen.

»Also, du und Sierra …« Ich ließ die Worte verklingen, als ich mir eine Wan-Tan in den Mund steckte.

»Yeah, aber das ist nicht der richtige Ort für diese Geschichte. Vielleicht können beide wir nach dem Essen einen Spaziergang machen oder in deinem Zimmer abhängen?« Jase' Dackelaugen blickten mich hoffnungsvoll an.

»Sicher, klingt wie ein Plan. Musst du irgendwelche besonderen Vorkehrungen für Gray treffen?« Es war seltsam für mich, wie sehr ein Leben durch ein Baby auf den Kopf gestellt wurde. Ich hatte nie darüber nachgedacht, wie viel Arbeit es sein könnte. Füttern, Umziehen, Zeiten fürs Schlafen – alles musste bedacht und geplant werden.

»Er ist recht genügsam. Ich werde ihn hier füttern und umziehen. Ich habe die Windeltasche dabei, also alles, was er brauchen könnte.« Er nippte an seinem Drink und tätschelte das flaumige Köpfchen seines Kindes.

»Ich nehme mal an, Sierra macht nicht viel für das Baby?« Das hatte ich schon bemerkt, seit ich sie auf dem Flughafen getroffen hatte.

»Das ist die Untertreibung des Jahres, Mann.« Er schüttelte den Kopf und lachte kläglich.

Wir verbrachten die nächste Stunde damit, mit alten und aktuellen Armeekameraden, die auch für diese Hochzeit nach Texas gekommen waren, zu plaudern. Es war toll, sie zu sehen, und als Mac und seine Zukünftige ankamen, begann die Party erst richtig. Ich wollte für mein Gespräch mit Jase völlig nüchtern sein, also lehnte ich die harten Sachen ab und entschuldige mich für kleine Jungs.

Ich hörte Schritte hinter mir, als ich den langen Korridor zur Toilette der Hotellobby hinunterging, drehte mich um und sah Jase, der mir mit dem Baby und der Windeltasche im Schlepptau folgte.

»Dachte, ich wechsle seine Windeln und lass dich kurz auf ihn aufpassen, solange ich pinkeln bin.« Jase lachte. »Mann, beruhige dich. Es ist einfach, er geht nicht kaputt. Du wirst im Grunde nur dort stehen und sicherstellen, dass er sich nicht vom Wickeltisch in den Tod stürzt.«

Ich bin sicher, dass sich mein Gesicht in schierer Panik verzogen hatte.

Jase fluchte, als wir die Toilette betraten.

»Scheiße. Ich hasse es, wenn es keinen Wickeltisch gibt. Ich bin ja wohl nicht der einzige Vater, der auf sein Baby aufpasst. Alle Toiletten sollten Wickeltische haben.« Er sah zum Waschbecken, aber es war nur Standardporzellan ohne nennenswerte Ablagefläche. »Doppelt verdammt.«

Ich erleichterte mich schnell, als er mir andeutete, dass ich mal machen solle, während er sich geistig darauf vorbereitete, wie er Grays Windel wechseln würde.

»Wir könnten nach oben gehen? Legen ihn auf das Bett?«, schlug ich vor.

»Nee, ich habe das auf dem Toilettensitz schon allein gemacht, dich dabeizuhaben, wird mir helfen, macht es leichter, einfacher.« Er öffnete die Kabinentür und hängte die Windeltasche von innen an den Haken, wühlte darin herum und fand schließlich Feuchttücher und eine Windel.

»Okay, ich sag, was du zu tun hast …«, begann Jase und ich hatte das Bedürfnis, aus der Toilette zu fliehen. »Entspann dich, Mann, du musst ihn nur für mich halten!«

Jase fuhr fort, mir meine Rolle als Herrentoiletten-Windelwechsler zu erklären. Alles, was ich tun musste, wäre Gray unter seinen winzigen Ärmchen zu halten, und Jase würde sich um den Rest kümmern.

Er löste die Laschen des Tragetuchs und hob Gray von seiner Brust ab. Das kleine Bündel wand sich und grunzte, streckte sich und wimmerte.

»Oh Gott, Jase. Er weint schon. Ich kann ihn nicht halten, wenn er weint.« Die Panik in meiner Stimme ließ meine Worte zittern.

»Das ist kein Weinen, glaub's mir. Du wirst es erkennen, wenn dieses Kind sich aufregt oder sauer ist. Er hat kräftige Lungen. Hier, halt ihn so, dass er mich anschaut.«

Er drängte mir das Baby entgegen und begann sofort, die winzig kleine Hose vom Körper des Säuglings zu streifen. Er öffnete die Verschlüsse im Zwickel des mikroskopisch kleinen Strampelanzugs – *ah, so machte man das also, um an eine Windel zu kommen, ohne das Hemd jedes Mal über den Kopf zu ziehen* – und gab mir keine Zeit, mich zu sträuben.

Ich stand auf der Toilette eines Hotels mit einem drei Monate alten Baby in den Händen, während mein Freund und ehemaliger Lover ihm die Windel wechselte! WOW, das war auf jeden Fall surreal!

Jase löste schnell die Klettverschlüsse der Windel, zog aber die Vorderseite der Windel nur langsam zurück. Er wartete einen Moment, dann zog er sie ein bisschen mehr herunter. Gray zitterte in meinen Händen und Jase lachte, sprang ein wenig zurück und bedeckte das Baby wieder.

»Holla, Buddy!« Jase lachte wieder und schüttelte den Kopf. »Er versucht jedes Mal, mich zu erwischen.«

»Dich zu erwischen? Womit?« Ich hatte nichts gesehen, aber Jase hatte ja wohl eine bessere Sicht als ich.

»Er liebt es zu pinkeln, wenn die Windel einmal weg ist. Er hat mich mehr als einmal direkt getroffen. Es ist, als ob die kühle Luft ihn in Gang setzte. Wenn er liegt, habe ich so eine Art kleine Tasse, die ich über ihn lege, damit er mich nicht vollsaut.« Jase zog die Windel wieder nach unten. »Ich glaube, er ist jetzt fertig. Ich werde die nasse Windel wegnehmen und ihm die trockene schnell anziehen. Wir sind fast fertig. Du hast Glück, dass es keine schmutzige Windel war, dann wäre das was ganz anderes gewesen.«

Jase arbeitete schnell und effizient, wischte rasch über alle wichtigen Partien, bevor er die nasse Windel durch eine trockene ersetzte. Innerhalb von Sekunden war Gray trocken und wieder angezogen. Ich drehte mich leicht und erhaschte meinen Blick im Spiegel. Sowohl Gray als auch ich sahen unbehaglich drein, aber mich mit einem Baby im Arm zu sehen, wenn auch wie ein Reh im Scheinwerferlicht, berührte etwas tief in mir.

Jase gesellte sich zu unserem Spiegelbild, ergriff meinen Arm und spreizte seine Hand auf Grays Bauch. Das Baby strampelte mit seinen Füßen und gluckste seinen Vater an. Mein Herz pochte mir bis zum Hals.

»Du siehst gut aus – mit meinem Baby.« Jase' Flüstern schwebte heiß um mein Ohr.

Ich räusperte mich, als die Tür sich öffnete, gab schnell Jase das Baby zurück und tat mein Bestes, so auszusehen, als wüsste ich, was ich tat, während ich die Reste des Herrentoiletten-Windelwechsels aufräumte. Jase faltete das Tragetuch und legte es in die Wickeltasche.

»Er ist jetzt wach, also werde ich ihn füttern und lasse ihn ein Weilchen herumschauen. Sobald wir zurück in deinem Zimmer sind, kann er sich auf dem Bett ausstrecken.« Jase legte das Baby mit Schwung zurück in meine Arme. »Hier, halt ihn eine Minute, während ich sein Fläschchen mixe.«

Ich beobachtete in erstaunter Faszination, wie Jase schnell seine Hände wusch, Wasser in die Flasche laufen ließ, ein gelb-weißes Pulver abmaß und einfüllte. Er stülpte einen Deckel auf das Fläschchen, schüttelte dieses heftig und platzierte es in einem Fach der Windeltasche. Ich stand da, sprachlos, und er nahm mir Grayson aus dem Arm und sprach in einem sanften Ton zu ihm.

»Hey, Gray. Was meinst du, Buddy? Bist du bereit für eine Flasche? Du willst dir dein Bäuchlein füllen, nicht wahr?« Das Baby zeigte ein zahnloses Grinsen und gurgelte seine Zustimmung zu dem, was sein Vater sagte.

Jase ging Richtung Tür und schaute über die Schulter. »Kommst du auch mit?«

Ich nickte stumm, wusch benommen meine Hände und folgte ihm aus der Toilette.

Yeah, auf jeden Fall hatte ich nichts davon bei diesem Besuch zu Hause geplant. Aber, um ehrlich zu sein, es gefiel mir. Sogar sehr.

Es gab keinen Grund, diesen Gedanken weiterzuspinnen. Jase war hetero, verheiratet und hatte ein Kind, neben seiner Verpflichtung der Armee gegenüber. Nichts würde bei diesem Wiedersehen herauskommen. Ich beschloss, auf jeden Fall meine Zeit mit ihm zu genießen, solange ich konnte. Dazu noch ein niedliches Baby und ich hatte nichts zu bemängeln.

Außerdem war er sicher nicht ganz so hetero gewesen, als wir im letzten Jahr endlich zusammenkamen.

KAPITEL 4

Jase

»Oh, da ist ja mein lieber Mann!« Sierra lallte bereits hörbar. »Bist du mit Bryan auf dem Weg nach draußen, um ein wenig Spaß zu haben?« Ihre Augen verengten sich, als sie sprach, und ein böses Grinsen zog sich über ihr Gesicht.

»Ja. Ich dachte, wir gehen jetzt mal ein bisschen in die Stadt, einfach ein bisschen rumlaufen, ist ja schon so lange her, dass wir die Gelegenheit hatten, uns zu treffen.« Ich versuchte meine Stimme lässig neutral zu halten; ich wollte sie nicht wissen lassen, dass sie mich drankriegen könnte.

»Schön, ich brauche etwas Geld. Einige der Mädchen des *Lonely Wives Club* wollen in das Casino die Straße runter. Du weißt, wie ich bin, wenn ich anfange zu trinken. Ich habe besser etwas Geld dabei, um mich davon abzuhalten, irgendwelche schmutzigen kleinen Geheimnisse auszuplaudern.« Sierra warf den Kopf zurück und lachte wie eine Krähe.

»Mir scheint, dass du schon genug zu trinken hattest. Vielleicht solltest du auf die Casino-Drinks verzichten und einfach nur Spaß daran haben, mein sauer verdientes Geld zu verspielen.« Das Gift in meiner Stimme war offensichtlich, das wusste ich, aber ich konnte nicht anders. Diese Frau war eine schreckliche Person, ich wollte auch meinen Sohn nicht in ihrer Nähe lassen. Ich konnte gar nicht mehr zählen, wie oft sie mein Konto überzogen hatte und ich meine Eltern um Hilfe bei den Rechnungen bitten musste.

»Gib mir einfach das verdammte Geld, Jase. Nimm deinen kleinen Bengel und deinen Spielgefährten mit in die Stadt, mir geht's gut.« Sie nahm das gefaltete Geld, das ich ihr aus meiner Brieftasche gegeben hatte. Als sie davonschlenderte, rief sie mir über ihre Schulter hinweg zu: »Sei leise, wenn du zurückkommst, und halt das Baby ruhig. Noch besser, du bleibst bei Bryan. Ich gedenke nicht vor morgen Mittag wach zu werden. Ich bin sicher, euch beiden wird irgendetwas einfallen, womit ihr euch nachts beschäftigen könnt.«

Ich beobachtete, wie sie wegging, mein Bauch grummelte, meine Gedanken rasten, wie ich von ihr wegkäme, ohne dass meine Welt implodierte.

»Alter, lass uns von hier verschwinden. Sie ist ja toxisch wie ein Giftgasangriff.« Bryan rümpfte beim Sprechen die Nase.

»Du liegst leider absolut und hundertprozentig richtig mit dieser Aussage.«

Wir lachten hart und spazierten hinaus in die Abendluft von Austin. Wir verabschiedeten uns nicht von unseren Freunden; wir würden sie in den nächsten paar Tagen bis zur Hochzeit noch oft genug sehen. Abschied würde bloß die Aufmerksamkeit darauf lenken, dass wir beide, ok, wir drei, zusammen gingen – und wir würden ihnen auch die Möglichkeit geben müssen, mitzukommen. Ich wollte Zeit mit Bryan allein haben.

Wir gingen zu einem kleinen Park, mehr nur eine Ecke mit ein paar Bäumen und einer Bank, ließen uns nieder und ich zog die Flasche aus der Tasche und bot sie Grayson an. Er begann gierig zu trinken.

Bryan lachte, dann schnaubte er: »Hä, ich dachte, Babys bräuchten ihre Milch warm oder so.«

»Nee, Gray ist ein Soldat, er nimmt es so, wie es angeboten wird. Er liebt es einfach, zu essen. Er ist wirklich ein sehr liebes Kind. Er spuckt nicht viel, weint wirklich nur, wenn er müde, schmutzig oder hungrig ist, futtert und schläft so ziemlich überall.«

Bei der Erwähnung des Spuckens verzog Bryan ein wenig das Gesicht.

»Keine Bange Mann, spucken passiert. Es ist nicht das Ende der Welt. Versprochen.« Ich streifte meinen Oberschenkel an seine Hand, die auf der Bank ruhte, schloss die Augen bei dem Gefühl, das mich überkam, als er mit den Fingern über mein Bein strich, und atmete tief durch.

Mit Blick auf meinen Sohn, der glücklich sein Fläschchen nuckelte, räusperte ich mich.

»Also, als wir damals in die USA zurückkamen, hielt Sierra die Scheidungspapiere für mich bereit.«

»Ich erinnere mich, dass du mir das erzählt hast, nur ein paar Wochen bevor du nach Oklahoma versetzt wurdest.« Bryan nickte mir zu, ermutigte mich, die Geschichte fortzusetzen.

»Nun, damals wusste ich es noch nicht, aber sie hatte etwas mitbekommen und beschlossen, es zu ihrem Vorteil zu nutzen. Sie machte eine große Show, zerriss die Papiere, heulte, wie sehr sie mich doch liebte, wie sehr sie wollte, dass alles funktioniere, und wie leid es ihr täte, wie sie sich verhalten hatte, während wir im Einsatz waren.«

Ich hielt einen Moment inne, während Gray sein Bäuerchen machte. Ich lachte über Bryans Gesichtsausdruck und seine weit erstaunten Augen, als der winzige Körper über meiner Schulter einen Rülpser wie ein Erwachsener ausstieß.

»Wow, Mann! Das war beeindruckend.« Bryan gab Gray einen winzigen Faustcheck.

Ich gab Gray wieder sein Fläschchen und setzte meine Geschichte fort.

»Sie überzeugte mich, dass sie einfach nur einsam gewesen sei und die Einsamkeit sie verrückt gemacht hätte. Sie schwor Stein und Bein, dass sie mich nicht und nie betrogen hätte, gab mir die Uhr zurück, die sie verpfändet hatte, und schwor, alles würde jetzt besser wären, wo ich nun endlich zu Hause sei.«

Ich hörte auf, mich in meinem Bedauern zu verlieren.

»Ich glaubte ihr nicht wirklich, aber ich löste mich gerade geistig von den verrückten, wilden, intensiven paar Wochen mit dir und ich war nicht sicher, wie ich mit diesen Gefühlen umgehen sollte. Ich wusste, es gab keine Möglichkeit, wie unser beider Beziehung funktionieren könnte, unsere Lebensentwürfe führten in zwei völlig unterschiedliche Richtungen. Und ich hatte nicht die Absicht, jemals zuzugeben, dass ich einen Mann mochte, vor allem nicht vor meiner Familie, also nahm ich ihre falschen Entschuldigungen an und wir blieben zusammen.«

Ich hielt wieder inne und schluckte die Bitterkeit dieser Erinnerung herunter. »Gott, wie ich wünsche, ich hätte ihr einfach gesagt, sie solle zur Hölle fahren! Aber auf der anderen Seite kann ich das nicht denken, weil Grayson aus diesem Zusammenbleiben entstand. Ich kann dir verraten, dass meine Eltern sie nicht ausstehen können; mein Vater verbringt viel zu viel Zeit und Energie damit, für ihre völlig überzogenen Ausgaben und Partys einzuspringen. Aber als Info für dich, so ist mein Vater: Immer entschlossen sicherzustellen, dass seine Familie in der Öffentlichkeit perfekt erscheint.«

»Kann ich etwas Persönliches fragen?« Bryan zögerte.

»Ich habe dir meine ganze elende Geschichte erzählt, also mach schon.«

»Du hast mir gegenüber mehrmals erwähnt, dass du wegen einer Krankheit, als du jünger warst, nicht Vater werden kannst.« Er ließ die Aussage und unausgesprochene Frage in der Luft hängen.

»Ja, gut, das war das, was ich dachte. Das war es auch, was die Ärzte meinen Eltern seit der Zeit gesagt hatten, als ich klein war und die Mumps überstanden hatte. Ich denke mal, sie lagen falsch. Ich hatte mit anderen Mädchen Kondome benutzt, aber ich dachte, es gäbe keinen Grund dafür, sie mit meiner Frau zu verwenden, wenn ich eh nur Nieten verschoss. Wie auch immer, sie war begeistert, als sie schwanger wurde. Als sie es mir erzählte, machte sie eine große Sache daraus. Sie schwor Stein und Bein, wir seien füreinander geschaffen, weil dieses Wunder geschehen war. Ich erkannte sehr bald, dass das Baby und die anderen Gerüchte, die sie mitbekommen hatte, ihr Weg sein würden, mich gefangen zu halten.«

Bryan räusperte sich und ich sah die Frage in seinem Gesicht.

»Ja, Mann, er ist meiner. Sie bekam zwar einen Wutanfall, aber ich bestand auf einem Vaterschaftstest.«

Er legte seine Hand auf mein Knie und drückte es. »Ich freue mich für dich, Rafferty. Er ist ein wunderhübsches Baby und die Vaterschaft scheint perfekt zu dir zu passen.«

»Er ist der einzige Lichtblick in dieser ganzen beschissenen Situation.«

Grayson hatte seine Flasche beendet und rülpste wieder. Ich wusste, dass er schläfrig sein würde, deshalb legte ich ihn in das Tragetuch auf meiner Brust.

»Lass uns spazieren gehen, die Bewegung wird ihn beruhigen, einzuschlafen lassen.«

Wir standen auf und gingen ziellos die Straßen entlang.

»Als Sierra etwa in der Mitte ihrer Schwangerschaft war, hatten wir erneut einen heftigen Streit. Ich kann mich nicht einmal mehr daran erinnern, um was es ging. Wahrscheinlich weil ich ihr sagte, dass sie zu viel Geld ausgab. Meine Eltern hatten uns ein schönes, kleines Haus außerhalb der Basis gekauft und Sierra und ich verwendeten das eingesparte Wohngeld für ihre Ausgaben. Sie wollte nicht arbeiten und ich wollte keinen Streit, um sie dazu zu zwingen. Sie verbrachte ihre Tage mit Maniküre, Massagen, Frou-Frou Kaffees und Klatsch mit anderen Weibern. Sie war täglich im Einkaufszentrum. Sie verkaufte angeblich einigen selbstgemachten Schmuck online, aber ich habe nie gesehen, dass so etwas tatsächlich geschah. Egal, auf jeden Fall hatten wir einen krassen Streit, als sie die Bombe losließ. ›Wage es nicht, mich zu bedrohen, Jase Rafferty! Wenn du einen Platz im Leben dieses Babys haben willst und nicht möchtest, dass man dein kleines, schmutziges Geheimnis deinen Eltern und Freunden erzählt, wirst du genau das tun, was ich sage!‹ Ich erinnere mich daran, wie ich sie nur anstarrte, betäubt und verwirrt. Sie fuhr fort: ›Yeah, ich weiß alles darüber, dass du in Bryan Keating verknallt bist.‹ Ich spürte, wie meine Welt zusammenbrach. Ich hatte keine Ahnung, wie sie von uns wissen konnte, aber irgendwie tat sie es. Als die Unterhaltung weiterging, teilte sie mir mit, dass sie einmal mitgehört hatte, wie ich auf der Basis in Texas mit dir sprach, und ich glaube, dass sie zufällig mitbekam, wie ich, ähm, deinen Namen eines Morgens, ähm, in der Dusche stöhnte.«

Ich musste eine Pause machen. Die Wärme des Errötens raste durch meinen ganzen Körper.

»Der letzte Hinweis, den ich ihr gegeben haben soll, war, deinen Namen im Schlaf zu nennen. Ich habe versucht, alles zu leugnen, aber sie war davon überzeugt und ich wusste, dass sie es meinen Eltern und jedermann, der ihr zuhören wollte oder auch nicht, erzählen würde, wenn ich nicht brav mitspielte. Also stellte ich sicher, dass sie das Geld bekam, das sie für ihre täglichen Einkaufsorgien haben wollte, und versuchte, sie bei Laune zu halten. Nun, da Gray da ist, weiß ich nicht, wie ich jemals von ihr wegkommen soll. Ich meine, sie mag das Baby nicht einmal; ich denke ehrlich, sie war einfach nur happy, schwanger zu sein, um ihn als Schachfigur zu meiner Erpressung benutzen zu können. Aber ich muss abwarten, bis sie geht, wenn das überhaupt möglich ist, denn wenn ich sie zu verlassen drohe, wird sie geradewegs zu meinen Eltern rennen und ihnen von dir und mir erzählen. Ich kann das nicht riskieren, und ich kann mein Sorgerecht für Grayson nicht aufs Spiel setzen.«

Als ich zu Ende gesprochen hatte, sah mich Bryan mit einem höchst verzweifelten Blick an. »Jase, es tut mir so leid. Ich hasse, was sie dir antut.« Er zog mich an seine Brust, vorsichtig, um Gray nicht zwischen uns zu zerquetschen. »Lass uns zurück in mein Zimmer gehen. Wir können ein paar Drinks nehmen, das Baby ins Bettchen legen und ein wenig Zeit miteinander verbringen.«

»Das hört sich fantastisch an. Ich glaube, ich konnte meine Wachsamkeit seit etwa acht Monaten nicht abstellen; ich bin ständig auf der Hut, was Sierra als Nächstes sagen oder tun könnte.« Ich ließ ihn für ein paar Sekunden meine Schulter reiben, bevor wir uns umdrehten und zurück in Richtung des Executive gingen.

Wir schritten schweigsam nebeneinander her und ich sah zu ihm hinüber. Normalerweise dachte ich nicht an andere Männer oder schaute sie an, aber da war etwas außergewöhnlich Besonderes an ihm, das mich völlig verwirrte. Ich hatte mein ganzes Leben lang hetero gelebt. Sicher, ich hatte herumexperimentiert, aber eine Menge Männer hatten das getan. Warum war Bryan Keating so anders? Ich war hetero, bis ich nur einen Moment neben ihm stand, dann spürte ich, wie mein Kopf, mein Körper und mein Herz mir befahlen, ihn an mich zu ziehen und zu küssen. Der Gedanke, den Abend in seinem Hotelzimmer zu verbringen, versetzte meinen Körper in völlige Aufruhr.

Dann schaute er zu mir herüber.

»Was?« Sein Lächeln erhellte sein ganzes Gesicht.

»Nichts. Ich denke nur daran, dass ich nicht glaubte, schwul zu sein, bis wir zusammen kamen. Da ist etwas außergewöhnlich Besonderes an dir, das es aus mir hervorbringt.«

Er grinste. »Vielen Dank.«

Wir lachten beide und betraten das Hotel.

Als wir sein Zimmer erreichten, schaute ich mich um, um sicher zu sein, dass mich niemand sehen würde, und dann schritt ich durch seine Tür.

KAPITEL 5

Bryan

Ich schaltete den Fernseher an, nur sehr leise. Eine Lampe glühte sanft am zweiten Bett. Diese minimalistisch eingerichteten Hotelzimmer sollten öde auf mich wirken, aber mit Jase und Gray bei mir strahlte der Raum eine Gemütlichkeit aus, die ich nicht erwartet hatte.

»Ich schlafe wohl in diesem Bett, also nimm du ruhig das andere.« Als ich merkte, dass das klang, als erwartete ich, dass er bleibt oder ich ihn eventuell gar nicht in meinem Bett wollte, stotterte ich, um meine Worte zurückzunehmen. »Ich meine, du kannst Gray dort drüben hinlegen. Oder du kannst dich hier hinlegen. Wenn du müde bist. Oder du kannst auf dem Stuhl sitzen. Mein Bett steht dir offen, aber es ist nicht so, dass ich dich dort erwartete …« Ich ließ meine Worte verhallen, wohl wissend, dass ich mich immer weiter in meine peinlichen Ausschweifungen verstrickte.

»Keating?«

»Ja?«

»Entspann dich, Mann. Ich will hier sein. Ich würde wirklich gerne sehen, wohin die Nacht uns führt, aber es gibt keinen Druck. Ich bin einfach nur glücklich, dich zu sehen und zu treffen.« Jase grinste mich an, was mich noch stärker erröten ließ.

Er legte den tief schlafenden Grayson auf das Bett und baute eine kleine Wand mit Kissen um ihn herum.

»Rollt er häufiger vom Bett?« Ich hätte nie daran gedacht, dass das Baby herunterrollen könnte. *Lass niemals zu, dass dich jemand allein mit einem Baby lässt, Keating!*

»Bisher noch nicht, aber ich bin einfach immer vorsichtig.« Jase streifte mit den Zehen die Schuhe aus und stellte sie neben das Bett. Er legte sich auf das Bett neben mich.

»War es schwer, Vater zu werden?« Ich beobachtete ihn genau und sah die Freude in seinen Augen.

»Ja, aber auf eine gute Art. Sobald das Baby geboren war, wurde mein Herz doppelt so groß und ein weiteres schlug außerhalb meines Körpers. Er trägt mein Herz mit sich und wird es für immer tun. Kleinkinder wirken oft beängstigend, aber sie sind wirklich nicht schwierig, wenn man herausfindet, was sie brauchen. Und ich hatte Glück mit ihm, er ist ein sehr braves Baby. Die späten Nachtfütterungen sind Mord, aber bis in die Puppen mit dir Videospiele zu spielen, hat mich drauf trainiert, mit wenig bis gar keinem Schlaf zu funktionieren. Deshalb hat es mir nicht so viel ausgemacht.«

»Und Sierra tut gar nichts für ihn?« Ich konnte mir nicht vorstellen, wie schwer es für Jase als quasi alleinerziehender Vater war.

»Nicht wirklich. Die meisten Tage hat sie ein Kindermädchen, das auf ihn aufpasst, sodass sie an ihrem Schmuck arbeiten kann, aber ich weiß, dass sie die meiste Zeit unterwegs ist.« Jase schüttelte nur den Kopf.

»Seid ihr beide immer noch, äh, intim?« Ich war eifersüchtig darauf, dass sie mit ein Bett teilte.

»Eher nicht. Gelegentlich, aber das ist nur, weil ich weiß, wenn ich mich weigere, würde sie zu meinen Eltern gehen.« Sein Gesichtsausdruck verdunkelte sich vor Schuld und Scham.

»Warum bleibt sie? Ich meine, so wie es klingt, mag sie weder Gray noch dich.« Ich kannte die Antwort schon, bevor die Frage meinen Mund verließ.

»Warum sollte sie nicht bleiben? Sie hat ein großartiges Leben! Unterkunft, Geld, Drinks, Partys, muss nicht arbeiten, Unterstützung und Sympathie der Gesellschaft, weil sie eine ›einsame Soldatenfrau‹ ist. Zum Teufel, ich kenne eine Menge Leute, die schrecklich leiden, wenn ein Ehemann oder Partner beim Militär ist, aber meine Frau gehört nicht zu denen. Der einzige Grund, warum sie Angst vor einem Einsatz hat, ist, weil sie dann mit Grayson festsitzen würde.«

»Glaubst du, wenn etwas Besseres daherkäme, würde sie es ergreifen und gehen?« Ich fragte mich gerade, wie hoch die Chancen waren, dass sie einen reichen Sugardaddy fände, der sie weit, weit wegbrächte. Sie war keine sehr attraktive Frau, aber meine Abneigung gegen sie könnte meinen Blick dabei etwas verzerren.

»In der gleichen Sekunde. Und ich bete jeden Tag darum.« Jase lächelte traurig.

»Kann ich dich etwas über deine Eltern fragen?« Ich wollte ihn nicht in Verlegenheit bringen, aber ich war neugierig.

Als er nickte, fuhr ich fort.

»Du sagtest, deine Welt würde zerstört werden, wenn deine Eltern herausfänden, dass du schwul bist.«

Als er begann zu protestieren, verzog ich nur eine Augenbraue und er hörte damit auf.

»Okay, okay, letztendlich stimme ich zu, schwul zu sein, wenn ich mit dir zusammen bin. Kein anderer Kerl macht mich so an wie du. Aber wenn meine Eltern herausfänden, dass ich auf dich oder irgendwelche anderen Jungs stehe, würden sie mir jeden einzelnen Cent Unterstützung streichen.« Seine Stimme klang nur bei dem Gedanken zittrig.

»Also geht es ums Geld?« Ich fühlte, dass da mehr dahintersteckte.

»Mann, schon vor Grayson brauchte ich ihre finanzielle Unterstützung. Aber jetzt, auch wenn Sierra mich jemals verließe, bräuchte ich sie mehr denn je. Ich bin im Grunde ein alleinerziehender Vater. Ich habe eine Menge Extrakosten, aber Sierra reduzierte ihr Taschengeld nicht, als das Baby kam. Ich meine, ich bin nicht verarmt, aber das elterliche Geld hilft bei vielen Dingen. Und sie passen häufig auf Grayson auf, wenn das Kindermädchen nicht zur Verfügung steht.«

»Das kaufe ich dir nicht ab. Nicht ganz.« Ich wollte keinen Streit beginnen, aber ich war immer fähig gewesen, offen mit Jase zu sprechen.

»Was zum Teufel willst du damit sagen?« Jase klang nicht wütend, aber defensiv und traurig.

»Ich glaube dir, dass du fürchtest, das Geld zu verlieren, aber ich denke, du fürchtest etwas anderes mehr. Ich bin mir noch nicht sicher, was, aber du versteckst dich hinter dem Geld.«

»Was auch immer.« Jase beobachtete mich für einen Moment, bevor er weitersprach. Ich sah, wie Angst und Unsicherheit sein Gesicht verdunkelten, bis er schließlich tief durchatmete. »Gut, du hast recht. Ich drehe durch vor Angst, was meine Mom und mein Dad tun würden, wenn sie es herausfänden. Nicht nur mir das Geld zu sperren, sondern mich aus der ganzen Familie auszuschließen. Ich würde meine Geschwister, meine Großeltern, meine Eltern, alle auf einen Schlag verlieren. Und mein Vater wäre so wütend und enttäuscht, er würde niemals akzeptieren, dass ich schwul bin. Mutter würde nur weinen und weinen und weinen; ich weiß, sie liebt mich, aber ich weiß auch, dass sie sich nicht gegen meinen Vater stellen würde und sie könnte nicht damit leben, dass ich auf Männer stehe, wenn ich mich jemals vor ihnen outen würde. Ich weiß nicht, ob ich damit zurechtkäme. Also dürfen sie es nie herausfinden.«

»Ich denke, dann ist es gut, dass wir diese Reise gemacht haben, nicht wahr? Wir können unsere eigenen geheimen kleinen Verabredungen haben und dann kannst du zurück zu deiner verkorksten Ehe und vorgeben, jemand zu sein, der du nicht bist.« Ich wollte nicht so verletzt klingen, aber es schmerzte mein Herz zu wissen, wie unglücklich er war, aber nie vorhaben würde, etwas daran zu ändern.

»Mann, so einfach ist es nicht. Ich bin immer noch beim Militär und habe ein Kind, an das ich denken muss. Ich kann nicht einfach so offen und frei sein, wie du es bist.«

»Ausreden! Wenn jemals eine Zeit kommt, wo ein Kerl wirklich dein Herz erobert, wirst du auch nicht einen Moment zögern. Ich sage nicht, dass ich dieser Kerl bin, ich sage nur, mach dich nicht unglücklich. Du verdienst es, glücklich zu sein.«

Die Wärme unserer Körper umgab uns und das Baby schlief. Ich wollte mich zu ihm umdrehen, ihn berühren, ihn halten, aber ich war nicht sicher, ob er das Gleiche fühlte.

»Also, erzähl mir was von dir. Was hast du so gemacht?«

Als Jase das Thema wechselte, stockte für einen Moment mein Herz. Aber mit einem Blick zu ihm rüber erkannte ich, er war immer noch in meinem Bett, unterhielt sich immer noch mit mir und verbrachte immer noch den Abend mit mir. Ich konnte nicht klagen.

»Okay, ich zog nach Indianapolis, als meine Zeit beim Militär um war. Ich gehe dort oben zur Wirtschaftsuni. Dank meiner Verbindungen durch die Uni konnte ich einen wirklich guten Job bei einer Wertpapierfirma bekommen. Es ist die perfekte Stelle, weil sie mir erlaubt, meine Erfahrungen aufzubauen und gleichzeitig am Unterricht teilzunehmen; sie sind flexibel und planen um meine Unterrichtsstunden herum.« Ich wusste, ich hatte Glück gehabt, den perfekten Job zu finden. Ich hatte große Hoffnungen auf eine gute Position, die mir angeboten würde, wenn ich meine Ausbildung abschloss.

»Und, hast du Verabredungen?« Jase' Augen blitzten und ich versuchte mich zu überzeugen, ich sähe Eifersucht in ihnen.

»Nicht ernsthaft. Ich treffe mich mal hier und da, aber es ist alles wie immer. Ein oder zwei Dates, aber nicht mehr. Ich fühle mich immer noch, als wäre ich im selben Abschleppmodus wie vor einigen Jahren. Heißer Kerl, großartiger Sex, aber keinen Draht zueinander, oder fabelhafte Persönlichkeit, viele Dinge gemeinsam, aber keine Hitze oder sprühende Funken.« Ich ließ meine Stimme verklingen, als ich realisierte, dass Jase und ich den Draht zueinander und die sprühenden Funken hatten.

Als ob er lesen konnte, was ich dachte, ergriff Jase meine Hand. »Warum haben wir in allen Bereichen das, was dazugehört, mit Ausnahme dessen, das es uns erlaubt, zusammen zu sein?«

Ich rollte mich zu ihm, schmiegte mich an seinen Hals und atmete tief durch. Die Hitze, nach der ich vor über einem Jahr süchtig geworden war, verschlang mich, umgab mich wie ein Kokon aus Verlangen.

Mit einem Stöhnen reagierte Jase und schob mich auf meinen Rücken. Aus seiner Position über mir stützte er sich auf seine starken Arme und sah mich mit dunklem, verschleiertem Blick an.

»Hast du eine Ahnung, was du mit mir machst?« Er stieß mit seinem Langen gegen mich, wir beide stöhnten leise.

Er kam tiefer und glitt mit der Hand über meine Wange. Seine Augen schlossen sich, als er sichtlich schluckte, er sah aus, als wolle er die Kontrolle übernehmen. Ich legte eine Hand um seine Wange, mit der anderen griff ich ihm leicht an seinen Hintern und zog ich ihn an mich.

Sein Flüstern klang unsicher in meinen Ohren. »Weißt du, wie viele Nächte ich davon geträumt habe, dich wieder unter mir zu haben? Es hat über ein Jahr gedauert, bis ich nur versuchen konnte, dich aus meinem Kopf zu bekommen. Jetzt bist du zurück und ich kann dich nur für einen Augenblick haben, aber ich will verdammt sein, wenn ich auch nur etwas unserer Zeit verschwenden würde.«

Damit senkte er seinen Mund auf meinen und ich war verloren.

Der Kuss war weich, zögerlich, heiß, Hitze strömte durch meine Adern, mein Körper kämpfte, den Kuss unter Kontrolle zu halten, aber mein Körper war wie rasend. Ich kämpfte mit dem Wunsch, unseren Kuss weich zu halten, uns Zeit zu lassen, diese Zeit miteinander zu teilen, in sein Haar zu greifen, in seine Lippen zu beißen und meine Zunge in seinen Mund zu führen, in der Hoffnung, den Schmerz, der sich zwischen uns aufbaute, zu lindern.

Bevor ich mich entscheiden konnte, in welche Richtung der Kuss gehen sollte, gab Gray ein klägliches Baby-Geräusch von sich und ich erstarrte vor Entsetzen.

»Oh verdammt, wir werden ihm einen Schock fürs Leben verpassen.« Ich versuchte unter Jase' Gewicht hervorzukrabbeln.

Er verbiss sich ein Lachen, wahrscheinlich, um das Baby nicht zu wecken.

»Bryan, die menschliche Rasse, wie wir sie kennen, hätte keinen Erfolg gehabt, wenn Sex mit einem Baby im Zimmer verboten wäre! Er kann wirklich nur kontrastreiche Farben scharf sehen, das gedimmte Licht im Zimmer wird uns davor schützen, von ihm erkannt zu werden, wenn er aufwacht. Außerdem kann er nicht über diese Kissen gucken. Und er würde nicht einmal wissen, was wir tun. Wenn er älter wäre, würde ich mir Sorgen machen, aber er schläft und würde auch nicht wissen, was hier vor sich geht, wenn er aufwacht.« Jase fuhr mit dem Daumen über meine Lippen und griff mit der anderen Hand in meine Haare. »Nun, wo waren wir?«

Ich stöhnte und seufzte in seine Berührung hinein. Ich spitzte meine Lippen, empfing seinen heißen Mund und die vorstoßende Zunge. Ich genoss seinen einzigartigen Geschmack, streifte meine Hände nach unten, bis ich seinen Schwanz erreichte. Sein Zischen ließ mich erschauern, ich unterbrach den Kuss und drückte seinen Schwanz, als ich flüsterte: »Ich will es. Jetzt.«

Jase machte sich an die Arbeit, zog uns in nur wenigen Sekunden aus. Während des Sex still zu bleiben, um ein Baby nicht aufzuwecken, war eine Herausforderung, die ich noch nie erlebt hatte, aber ich dachte, es könne nicht so viel schwieriger sein, als wegen eines Mitbewohners oder Nachbarn leise zu sein, damit diese nichts hören. Und zumindest schlief Gray und beobachtete uns nicht; nichts ruinierte meine Stimmung mehr, als angestarrt zu werden. Katzen sind die Schlimmsten, sitzen nur da und beobachten. Das ließ die Eier eines Kerls schon nur bei dem Gedanken schrumpfen.

Ich schob Jase auf den Rücken und nahm mir einen Moment, um seinen Körper zu bewundern. Ein Flaum von dunklen Haaren überzog seinen Körper. Er war nicht übermäßig behaart, aber genug, um in mir den Wunsch auszulösen, seinen ganzen Körper mit meinen Händen entlangzufahren.

»Verdammt, du bist wunderschön«, sagte ich, während ich die Matratze hochkroch, Küsse auf seine Oberschenkel, Hüftknochen und Leiste verteilte. Ich fing seinen Blick auf und leckte mir die Lippen, während ich ihn langsam in den Mund nahm. Ich schluckte ihn, atmete seinen Duft ein, den mein Kopf nie wieder loswürde, und schwelgte im Stöhnen, das seiner Kehle entkam.

»Halt, lass mich nicht kommen. Ich will in dir sein.« Jase kramte in der Windeltasche und holte ein Kondom und Gleitmittel hervor.

»Du bewahrst das in der Windeltasche auf?« Ich kicherte leise.

»Normalerweise nicht. Ich habe es nur für den Fall mitgenommen, dass Sierra gefickt werden wollte, aber heute Abend habe ich es in die Windeltasche gepackt, weil ich mir Hoffnungen auf uns beide gemacht habe.« Jase kroch auf die Knie und schob mich auf den Rücken.

Kühles Gel tröpfelte auf meinen Hintern und ich sah, wie er das Kondom über seinen Ständer rollte.

Ich schnappte nach Luft, als sich plötzlich ein Finger in mich bohrte. Das Brennen, das einen zweiten Finger begleitete, war unangenehm aber willkommen.

»Keine Finger mehr, komm du jetzt in mich«, stieß ich zähneknirschend hervor.

Erinnerungen von vor einem Jahr schossen durch meinen Kopf, als sein Körper in meinen drang. Ich schloss die Augen, genoss die Hitze, die Dehnung, die Fülle, die mich zusammen über die Klippe zu drängen drohten.

Jase stieß tief in mich und ich biss in seine Schulter, um einen Schrei zu unterdrücken. »Mach das noch mal.«

Jase preschte vor, erhöhte Geschwindigkeit und die Kraft seiner Stöße.

Es gab nie eine Zeit mit Jase, die ich mit weniger als fabelhaft beschrieben hätte, aber dieses Mal war unsere Verbindung intensiver als je zuvor. Es war, als wüssten wir beide, dass wir nur diesen einen Moment hatten. Ich klammerte mich an ihn, als ob ich damit genug von ihm bekäme, was ein Leben lang anhalten könnte.

Jase drosselte leicht sein Tempo und hakte seine Arme unter meine Schultern. Sein Stoßen wurde weniger hektisch, aber er erreichte eine Stelle tief in meinem Innern. »Schau mich an, Bry.«

Unsere Blicke verfingen sich und ich nahm ihn mit meinen ganzen Körper auf. »Jase.«

»Es war noch nie so gut; es wird nie so gut mit jemand anders sein wie mit dir. Wenn die Dinge anders lägen …« Er brach ab.

Mein Herz schmerzte bei dem Gedanken, dass wir nie mehr haben würden als diesen Moment. Ich schwor mir, das Beste daraus zu machen, und zog ihn in einen tiefen Kuss, während ich mich gegen ihn stieß. »Wir werden dies hier für immer haben. Fick mich, Jase!«

Einige Minuten später, wir bissen die Zähne zusammen und unterdrückten unsere Schreie, kamen Jase und ich gemeinsam. Als wir wieder zu Atem kamen, tappte Jase ins Badezimmer und kam mit einem warmen Waschlappen zurück. Nachdem er sich selbst und mich gesäubert hatte, flüsterte er: »Kann ich dich zum Aufpassen allein lassen, während ich dusche?«

Ich gab mein Bestes, nicht in Panik zu geraten, sah aber, dass Gray schlief, und nickte.

Die Dusche war gerade erst angesprungen, als Gray mehr wimmernde Babygeräusche von sich gab, und ich merkte, dass ich zu hyperventilieren begann.

»Rafferty! Er wacht auf«, rief ich durch die geschlossene Badezimmertür.

»Beruhig dich. Er wird sich ein wenig herumwinden, sprich einfach ein wenig mit ihm. Vielleicht solltest du helleres Licht einschalten, damit er dich besser sehen kann. Er liebt es gerade, in Gesichter zu schauen. Er hat eine Rassel und einen Beißring irgendwo in der Tasche. Normalerweise beginnt er nicht sofort zu schreien, ich sollte wieder raus sein, wenn er richtig loslegt.«

Seine Worte beruhigten mich nicht wirklich, aber ich fand schnell das Spielzeug, schaltete eine andere Lampe hinzu und setzte mich auf das Bett. Ich bemerkte, dass ich immer noch nackt war, und beugte mich zu meinen Boxershorts. Ich hob sie auf und sah in Grays helle Augen, die mich beobachteten.

»Hey, kleiner Mann, wie war dein Nickerchen?« Ich legte eine Hand auf Grays Bauch. Mein Herz stolperte, als er meine große Hand mit seinen beiden winzigen Pfötchen ergriff. Mit einem gurgelnden Quietschen schenkte Gray mir ein zahnloses Lächeln.

Kurze Zeit später spürte ich Wärme in meinem Rücken. Jase beugte sich hinunter und flüsterte mir ins Ohr: »Verdammt, du siehst gut aus mit meinem Baby.« Er drehte mich herum, um mich grob zu küssen. »Ich schwöre, wenn die Dinge anders lägen, könnte ich förmlich sehen, wie sich das – wie wir uns – entwickeln. Du, ich, Gray, verdammt, als ob ich das nicht wollte.«

Mit klopfendem Herzen, in dem Wissen, dass wir das nie haben würden, was er meinte, stand ich vom Bett auf. »Wenn Wünsche Träume wären und Träume wahr werden könnten …« Ich lächelte traurig und ging mich ebenfalls duschen.

Vor einem Jahr war unsere Zeit zusammen eine Fantasie, die zum Leben erwachte, aber ich dachte nicht daran, diesen Jase Rafferty zu lieben. Jetzt, nach einer zufälligen Begegnung und einem Abend der körperlichen und emotionalen Wiedervereinigung, ertappte ich mich selbst, mich nach dem zu sehnen, was ich mit Jase nicht bekommen würde.

Eine Zukunft.

War es, weil ich wusste, dass ich es nicht haben konnte, obwohl ich es so schrecklich gern wollte? Könnte ich Jase jemals wirklich lieben? Die Gedanken darüber machten keinen Sinn; wir würden nie die Chance bekommen, wirklich zusammen zu sein.

KAPITEL 6

Jase

Als ich aus dem dampfenden Bad trat und Keating in seinen Boxershorts vorfand, wie er am Rand des Bettes saß und mit Gray sprach, zwang es mich fast in die Knie. *Gott, wenn nur die Dinge anders lägen, könnten wir dies wirklich haben. Stattdessen habe ich eine Nacht oder zwei, um dann auf Lebenszeit unglücklich zu sein, nur mit Erinnerungen, die mich aufrechterhalten. Ich muss dafür sorgen, dass sie für uns beide zählen.*

Während Bryan duschte, wechselte ich Grays Windel und machte ihm sein nächstes Fläschchen. Ich legte eine Decke auf den Boden, ließ ihn ein wenig auf dem Bauch liegen, bevor ich ihn fütterte. Ich zog die Decke vom Bett, mir wenig sicher, ob ich ohne was drunter auf dem Hotelboden liegen wollte. Ich legte mich auf meinen Bauch mit Blick auf mein Baby und bestaunte, wie er seine Brust mithilfe der erstarkten Nacken- und Armkraft vom Boden stemmen konnte.

»Oh, so machen kleine Babys Liegestützen! Lässt du ihn Fitnessübungen in seinem Pyjama machen?« Bryan lächelte zu uns herunter, während er sich mit einem Handtuch durch die Haare fuhr.

»Nee, ich gebe ihm nur etwas Bauchzeit, bevor er isst. Manchmal fühlt er sich ein wenig unwohl, wenn ich ihn füttere, bevor ich ihn auf seinen Bauch gelegt habe. Auf diese Weise streckt er sich ein bisschen und spielt, bevor er isst, und ich vermeide es damit hoffentlich, dass er spucken muss.«

Mein Herz setzte beinahe aus, als Bryan sich auf die Bettdecke herabließ und sich neben mir ausstreckte. Er hielt Gray seine Hand hin und lächelte, als mein Sohn nach dieser griff. Er zeigte mir ein strahlendes Lächeln und sagte lachend: »Ich denke, er mag mich.«

»Er ist nicht der Einzige.« Ich küsste ihn sanft.

Wir spielten mit Gray für weitere dreißig Minuten, bevor ich ihm sein letztes Fläschchen vor dem Schlafengehen gab. Ich wusste, dass er später wieder mit Hunger aufwachen würde, aber dieses würde ihm hoffentlich für eine Weile das Bäuchlein füllen.

Ein letztes Aufstoßen, eine saubere, trockene Windel und ein sanftes Wiegenlied, während ich mit ihm auf dem Arm durchs Zimmer ging, und Gray schlief für die Nacht. Ich machte es ihm auf dem Bett mit seinen Kopfkissen-Wänden gemütlich und wandte mich ängstlich zu Bryan um.

»Wir sollten wahrscheinlich schlafen, während er schläft. Er wird in etwa vier bis sechs Stunden aufwachen, um wieder gefüttert zu werden.«

Bryan deutete auf das Bett und wir ließen uns gemeinsam nieder. Ich zog ihn fest an meine Seite, der klare Duft eines frischen Shampoos erfüllte die Luft und ich tippte an sein Kinn für einen Kuss.

»Das ist etwas, das wir nie getan haben, weißt du?«, sprach Bryan leise.

»Was meinst du?«

»Wir hatten nie die Möglichkeit, einfach nur zusammen zu schlafen. Nicht so, ohne Zeitdruck oder Angst, erwischt zu werden. Ich kann die ganze Nacht in deinen Armen liegen und ich werde jede Sekunde davon genießen.« Er beugte sich vor, um mich zu küssen, seine Zunge tauchte tief in meinen Mund ein. Es gab eine Menge Dinge, die ich tun wollte, und Schlafen stand nicht oben auf der Liste. Aber das Baby in meinem Leben bedeutete, dass ich den Schlaf nahm, den ich bekam. Ich unterbrach den Kuss, ließ uns unter die schwere Decke kriechen und entspannte mich in seiner Wärme.

-*-*-*-*-

Ich gab mein Bestes, Grays Windel zu wechseln, das Fläschchen zuzubereiten und ihn wieder hinzulegen, ohne Bryan aufzuwecken, aber ich scheiterte.

Während ich mit Gray hin und her lief in der Hoffnung, ihn zum Schlafen zu bringen, bemerkte ich, dass Bryan erwachte, sich aufstützte und mich mit hungrigen Augen beobachtete.

Nachdem Grayson wieder schlief, kehrte ich ins Bett zurück, um Bryan nah an mich zu ziehen.

»Hi. Sorry, dass ich dich geweckt habe.« Ich küsste sanft seine Lippen, genoss die Wärme seines Mundes.

»Weißt du, wie verdammt heiß du bist, wenn du deinen Sohn versorgst?« Bryan vertiefte den Kuss.

»Mhm, hast du einen Daddy-Fetisch? Willst du, dass ich dich füttere, die Windel wechsle und dir den Hintern versohle?« Ich zwickte lachend seine Lippe.

Bryans Blick fing meinen. »Nein, aber was ich will, ist, dass du mich fickst. Hart und langsam, genau jetzt.«

Mein Schwanz wurde steif, als Bryan sich auf den Rücken rollte. Ich griff nach dem Gleitgel und dem Kondom, die ich vorher voller Hoffnung auf den Nachttisch gelegt hatte, und merkte, wie ich seinen perfekten Körper anstarrte, in Ehrfurcht vor seiner Schönheit.

Ich beobachtete, wie meine Hand seinen Schwanz griff. Ich leckte mir über die Lippen und lehnte mich vor, um ihn zu schmecken. Bei meinem ganzen Herumexperimentieren und während der ganzen Zeit mit Bryan hatte ich nie einen Schwanz geblasen. Aber in diesem Augenblick wollte ich nichts mehr, als ihn zu schlucken. Das leise Ziehen seines Atems, als mein Mund ihn aufnahm, spornte mich an.

»Oh, fuck, Jase!«

»Keine Sorge, ich will das, ich wollte dich einfach schmecken.« Ich lächelte sündhaft, bevor ich das Kondom überrollte. Nachdem ich mich eingeschmiert hatte, verrieb ich die Flüssigkeit langsam in seinen Hintern. Es gab absolut nichts Atemberaubenderes, als meinen Schwanz in Bryans Körper verschwinden zu sehen. Das erste Eindringen, die Pause, bis der Muskelring mich einließ, und die langsamen Stöße rein und raus waren fast mehr, als ich ertragen konnte.

Dieses Mal war ich langsamer. Die überschwängliche Hitze von vorher war einem verzweifelten Hunger und tiefer Traurigkeit gewichen. Ich beobachtete Bryans Gesicht bei jedem Stoß in seinen schmalen Körper, prägte mir seine Gesichtszüge, seine Atmung, sein atemloses Stöhnen ein.

Als wir beide verausgabt dalagen, uns aneinanderklammerten, zitterte ich, als er flüsterte: »Ich will mehr, aber ich werde diese Erinnerungen für immer festhalten, wenn das alles ist, was ich bekommen darf.« Ich unterdrückte die plötzlichen Tränen und zog meine Arme enger um ihn. »Es gibt niemanden, dem ich es lieber gäbe, wenn ich nur könnte.«

-*-*-*-*-

Am nächsten Morgen ließ ich Gray bei Bryan, damit ich in mein Zimmer schleichen und mir neue Kleidung holen konnte. Der Anblick des oberkörperfreien Bryan, der sich aufs Bett stützte und meinen Sohn zum Lachen brachte, erwärmte mein Herz, aber ich konnte mich nicht in dieser Wärme aalen, unsere gemeinsame Zeit ging schon wieder dem Ende zu.

Sobald wir alle gewaschen und angezogen waren, gingen wir am Hotelrestaurant vorbei und in ein Eck-Diner zum Frühstück.

Mit Bryan und meinem Sohn dazusitzen, über alles und nichts zu plaudern, war eine surreale Erfahrung. Wir hätten einfach nur zwei Freunde beim Frühstück sein können oder Beziehungspartner mit unserem Kind, aber niemand schenkte uns wirklich Beachtung. Es ließ mich so dringend wünschen, dass ich mich von Sierra befreien und meinen Eltern die Stirn bieten könnte! Aber ich musste auch an meinen Sohn denken. Es wäre unverantwortlich, wissentlich das Risiko einzugehen, dass jegliche Unterstützung durch die Familie aus meinem Leben gestrichen werden könnte.

Bryan erwischte mich, wie ich starrte, wünschte, nachdachte.

»Es ist okay, Jase. Wir sollten die Zeit genießen, die wir bekommen haben. Wenn es uns bestimmt ist, später einmal mehr Zeit zu haben, dann wird es geschehen. Aber derzeit lass es uns einfach genießen, Erinnerungen zu sammeln, die uns über die Zeit bis zu diesem künftigen Moment hinweg helfen.« Er streichelte meine Hand.

-*-*-*-*-

Allzu bald war Macs Hochzeit vorbei. Sierra bestand darauf, noch ein bisschen in der Empfangshalle zu verweilen, aber dann gingen wir Richtung Zimmer, um zu packen.

Bryan hatte angeboten, uns zum Flughafen zu bringen, weil er sich einen Mietwagen genommen hatte, er wollte für eine Weile zum Haus seiner Eltern rausfahren. Ich wollte keine peinlichen Abschiede am Flughafen, aber ich konnte den Gedanken nicht ertragen, mich nicht angemessen von ihm zu verabschieden.

»Hey, ich glaube, ich habe Grays Strampler in Bryans Zimmer liegen lassen. Ich treff dich unten in etwa dreißig Minuten.« Ich schuldete Sierra nicht wirklich eine Erklärung und ich wusste, dass sie es ohnehin nicht glauben würde, aber ich brachte meine Entschuldigung vor, bevor ich zu Bryans Raum den Flur hinunterging. Ich ignorierte ihr angewidertes Schnauben, als ich ging.

Es wärmte mir das Herz, als die Tür geöffnet wurde und sein ganzes Gesicht erstrahlte. Schnell betrat ich den Raum.

»Hallo. Ich, äh, wollte nur ein wenig mehr Privatsphäre, um mich zu verabschieden, bevor wir zum Flughafen fahren.« Ich versuchte normal weiter zu atmen.

»Ich freue mich.« Bryan lehnte sich vor, um meine Wange zu küssen, und wir mussten beide lachen, als Gray seine Haare in seiner kleinen Faust einfing.

»Whoa, Gray, nicht so feste!« Bryan zuckte zusammen, als ich damit kämpfte, seine Haare aus Grays kräftigem Griff zu befreien.

Wir breiteten die Decke auf dem Boden aus und wieder einmal ließ ich Gray für eine Weile auf seinem Bauch spielen. Als ich mich umdrehte, sah ich, dass Bryan mich beobachtete. Ich bewegte mich Zentimeter für Zentimeter langsam auf ihn zu, nahm nie den Blick von seinen Augen. Als ich ihn gegen die Wand gepinnt hatte, krallte ich meine Arme um seine Taille und zog ihn an mich.

»Vielen Dank für ein Wochenende jenseits meiner kühnsten Träume. Dich wiederzusehen und mich mit dir zu treffen – es war wunderbar, wieder mit dir zusammen zu sein, Bryan.«

»Ich hätte nie gedacht, dich wiederzusehen, deshalb war dieses Wochenende auch für mich wundervoll. Ich würde gerne vorschlagen, dass wir in Kontakt bleiben werden, vielleicht uns von Zeit zu Zeit treffen, aber es liegen eine Menge Meilen zwischen Oklahoma und Indiana.« Bryan lehnte seine Stirn gegen meine und atmete tief durch.

Die Traurigkeit ließ ihn erschaudern und als ich das fühlte, durchfuhr sie auch meinen Körper.

»Ich werde dich so verdammt vermissen. Warum ist es dieses Mal so viel schwieriger, sich zu verabschieden, als vor einem Jahr?« Ich wollte ihn nie wieder loslassen.

»Vor einem Jahr haben wir einer Fantasie nachgegeben, nicht mehr und nicht weniger. Es war der Anfang vom Ende, sobald es anfing.« Er verteilte Küsse über mein Kinn, zwickte mich, bevor seine Zunge meine Lippen teilte. Als der Kuss endete, fuhr er mit seinem Daumen über meine Unterlippe. »Dieses Mal war es eine angenehme Überraschung, aber es gab uns einen Ausblick auf das, was hätte sein können, wenn nur die Dinge anders lägen. Dieses Mal ist es mehr wie das Ende eines Anfangs. Ich denke, deshalb schmerzt es so viel mehr.«

Tränen glitzerten in seinen Augen, als ich mich vorlehnte, um seinen Mund zu verschlingen.

Die Herzen klopften, die Körper zitterten, die Tränen strömten, so hielten wir einander für einige Augenblicke.

»Wir sollten gehen, ich will nicht unseren Flug verpassen und mit einem Baby und vor allem Sierra auf dem Flughafen stranden.« Ich kicherte ein wenig, in der Hoffnung, Bryan zum Lachen zu bringen.

»Yeah, los geht's.«

Bryan ging zu Gray. Behutsam hob er ihn vom Boden und hielt meinen Sohn liebevoll in seinen Armen. Erstaunlich, wie sehr er sich wegen des Babys über unsere gemeinsamen Tage entspannt hatte.

»Gray, Buddy, ich will, dass du gut auf deinen Daddy aufpasst. Er ist ein guter Mann und er verdient es, glücklich zu sein. Ich bin so froh, dich kennengelernt zu haben. Ich weiß, du wirst wie dein Vater zu jemand Besonderem heranwachsen.« Er hörte auf zu reden und wandte seinen Blick zu mir. »Ich habe nie wirklich über Kinder nachgedacht, und jetzt, nach ein paar Tagen mit dir, ist alles, woran ich denken kann, wie sehr ich dir helfen will, das Baby großzuziehen. Wie verrückt ist das?«

Genauso verrückt, wie ich darüber nachdenke, alles dafür aufzugeben, um meinen Sohn mit dir großzuziehen.

Er kam zu mir und gab mir Grayson, nachdem er ihn auf die Wange geküsst hatte. Sobald er sicher in meinen Armen lag, lehnte Bryan sich vor und küsste ihn auf den Kopf, atmete tief durch, bevor er sich erlaubte, mir einem letzten, zögerlichen Kuss auf die Lippen zu geben.

»Mhm, ich weiß nicht, wer besser riecht, du oder Gray.« Er zwinkerte mir zu. »Scherz beiseite, Jase, wenn du jemals etwas brauchst, kannst du jederzeit nach Indianapolis kommen. Hoffentlich bleiben wir in Kontakt, aber du kannst mich immer dort aufsuchen.«

Eine letzte Umarmung, ein letzter Kuss und wir gingen in die Lobby. Dort Sierra vorzufinden, war mir, als schnippele eine Rasierklinge an meinem gequälten Herzen herum.

Sie drehte sich um, grinste uns an, bevor sie vom Hotel in Richtung Bryans Mietwagen stolzierte.

Zwei Stunden später saß ich da, mit schweren Armen von meinem schlafenden Sohn und noch schwererem Herzen, Bryan zu verlassen. Ich wusste, ich hatten einen sicheren Job bei der Armee und freute mich, Hubschrauber zu fliegen, wovon ich schon immer geträumt hatte, aber dem ohne Bryan entgegenzusehen, war eine bittere Pille zu schlucken.

KAPITEL 7

Bryan

Jase: *Meine Frau ist so eine Schlampe.*

Ich: *Was hat sie jetzt schon wieder gemacht?*

Die meisten unserer Mails begannen auf diese oder eine andere Art. Entweder Jase erzählte mir eine weitere schreckliche Geschichte über Sierra oder sandte mir ein sexy Bild von sich oder einen heißen kleinen Satz, was er alles mit mir anstellen wollte. Erstere machten mich wütend und traurig, letztere ließen mich mit jedem Atemzug nach ihm sehnen.

Einige der schönsten Nachrichten, die ich von ihm erhielt, waren Bilder von Gray oder ihm und Gray zusammen. Das Baby hatte mir mein Herz gestohlen und ich freute mich auf diese Bilder. Es machte Spaß, ihn wachsen zu sehen und von den neuen Meilensteinen zu hören, die er erreichte.

In der ersten Zeit, nachdem Jase Texas verlassen hatte um nach Oklahoma zurückzugehen, mailten wir täglich. Als seine Heli-Ausbildung intensiver wurde, hatte ich Glück, einmal in der Woche von ihm zu hören. Dann, nach etwa einem Jahr mit ab und zu eintreffenden Nachrichten, wurde er zu einem letzten einmonatigen Training geschickt, um seine Zertifizierung auf den Maschinen abzuschließen. Ich hatte gewusst, dass ich von ihm in diesem Monat nur sehr wenig hören würde.

Aber ich hatte nicht erwartet, den Kontakt zu ihm völlig zu verlieren. Tage, Wochen, Monate nachdem ich wusste, dass er vom Training zurückgekehrt sein sollte, wartete ich und war von dem Gedanken besessen, von ihm zu hören. Ich checkte mein Telefon eine Million Mal am Tag. Aber ich hörte nichts von ihm.

Ich wollte nicht anhänglich oder aufdringlich erscheinen; vielleicht war er weitergezogen? Vielleicht war es einfacher, keinen Kontakt zu haben? Oder vielleicht hatte er sich verletzt? Würde sich nicht ein alter Militärkumpel an mich wenden, wenn er wüsste, dass Jase verletzt war? Aber, um ehrlich zu sein, hatte ich mir nicht wirklich Mühe gegeben, in Kontakt zu bleiben, und niemand von ihnen hatte meine aktuelle Adresse.

Schließlich knickte ich ein und rief die Nummer an, an die ich im vergangenen Jahr die SMS geschickt hatte, doch diese war nicht mehr geschaltet. Mein Herz brach und die Frage, was passiert war, zerfraß mein Innerstes. Ich hätte zum Stalker werden und tiefer graben können, um Jase zu finden, aber an diesem Punkt wollte ich mich geschlagen geben und alles dem Schicksal überlassen. Wenn Jase und ich uns wieder treffen sollten, dann musste ich vertrauen, dass es geschehen würde. Wenn nicht, dann hatte ich einige tolle Erinnerungen. Ich würde es nicht erzwingen.

Mir das einzureden, war das eine, aber meinen trübseligen Hintern aus meiner Wohnung zu schaffen und meine Gedanken von Jase abzulenken, war eine ganz andere Sache.

KAPITEL 8

Jase

Als ich vom Heli-Training nach Hause kam, geriet ich in eine Katastrophe gewaltigen Ausmaßes. Ich hatte kaum meine Tasche an der Tür des Hauses auf den Boden geworfen, als mein Vater auftauchte.

»Jase, Sohn, komm sofort mit mir mit.«

Beim Anblick seines Gesichts wusste ich, dass etwas sehr falsch lief.

»Gray?« Meine Welt begann sich zu drehen, ich wäre nicht fähig, ohne meinen Sohn zu leben.

»Er ist in Ordnung. Jetzt. Aber er ist im Krankenhaus.« Dad ging zum Auto.

Mit meinen wackeligen Beinen kämpfend und dem Drang, mich zu übergeben, schaffte ich es auf die Beifahrerseite und schnallte mich irgendwie an.

»Was ist passiert? Wo ist Sierra?«

Vor einem Monat war ich schweren Herzens ins Training gegangen. Ich brauchte diese Zertifizierung, um den Vogel zu fliegen, aber ich machte mir Sorgen, den Knirps mit Sierra zurückzulassen. Ich wusste, dass sich das Kindermädchen überwiegend um ihn kümmern, nach ihm sehen würde, und deswegen fühlte ich mich tatsächlich besser, als denken zu müssen, dass er die ganze Zeit mit seiner Mutter zusammen wäre.

»Jase, Sierra ist im Gefängnis. Wahrscheinlich nicht für lange, sie halten sie nur für eine Befragung fest. Wir bekamen heute Morgen einen Anruf vom Krankenhaus. Das Kindermädchen brachte Gray in die Notaufnahme, als sie Sierra nicht erreichen konnte. Sie sagte dem Personal der Notaufnahme, dass du auf einer militärischen Trainingsübung bist und passenderweise und zum Glück an diesem Abend zurück seist, und sie riefen uns dann als Grays nächste Angehörige an.«

Mein Vater war sichtlich erschüttert. Er war nicht der beste Großvater, aber er liebte seine Familie, Gray im Krankenhaus zu wissen, war auf jeden Fall etwas, was ihn bekümmerte.

»Erzähl mir von Gray, bevor du mir mehr über Sierra erzählst. Diese Schlampe kann meinetwegen im Gefängnis verrotten.« Ich wusste, dass es hart war, aber ich war krank vor Sorge um mein Baby.

»Darüber stimme ich mit dir völlig überein«, schnaufte Dad. »Gray war für ein paar Tage sehr quengelig …«

»Ein paar Tage schon? Wie lange hatte das Kindermädchen ihn?« Ich wusste, dass ich schrie, aber ich konnte nicht glauben, dass Sierra ihn so lange mit dem Kindermädchen allein gelassen hatte.

»Das Kindermädchen berichtete, Sierra habe sie für eine Woche bezahlt und sei abgereist. Die ersten drei Wochen, während du weg warst, war das Kindermädchen von Mittag bis Mitternacht da und Sierra hatte ›Dienst‹ von Mitternacht bis Mittag.«

Ich hob eine Augenbraue. »Du willst mir sagen, dass Sierra Grayson je für ganze zwölf Stunden bei sich hatte und letztendlich davon mindestens sechs bis acht Stunden in der Zeit, wenn beide schlafen?«

Gott, ich hasste mich, mein Kind mit einem solchen Miststück allein gelassen zu haben!

»Jase, mein Sohn, ich glaube, so war es wahrscheinlich am besten für alle Beteiligten. Gray liebt das Kindermädchen, ich bin mir ziemlich sicher, dass er von ihr besser umsorgt wurde als von Sierra.« Dad schüttelte angewidert den Kopf.

Ich wusste, dass er recht hatte. Ich hasste es nur, dass Sierra so wertlos und ich so lange weg war. Nun war mein Baby im Krankenhaus und meine Frau im Gefängnis. Verdammt, was für eine beschissene Situation!

»Okay, also Gray fühlte sich ein paar Tage lang nicht so gut.«

»Tja, das Kindermädchen sagte, dass er über Nacht Fieber bekam. Sie versuchte Sierra anzurufen, aber bekam stundenlang keine Antwort. Sie hielt das Fieber für eine Weile mit rezeptfreien Medikamenten unten, aber dann stieg es und Gray litt sehr, also brachte sie ihn in die Notaufnahme.« Dad legte eine Hand auf meine Schulter. »Er ist in Ordnung, Jase, nur eine böse beidseitige Ohren- und eine Halsentzündung. Er war leicht dehydriert, weil er mit seinem schmerzenden Hals so schlecht trank. Sie wollen noch einen weiteren Beutel Flüssigkeit durch ihn laufen lassen, sind aber jetzt bereit, ihn mit Medikamenten für die Entzündungen nach Hause zu schicken. Die Ärzte sagen, er wird innerhalb von ein oder zwei Tagen so gut wie neu sein.«

Ich seufzte tief, als ich meinen Kopf gegen das kühle Glas des Fensters lehnte. Ich weinte fast vor Erleichterung, dass Gray okay war; ich würde dem Kindermädchen einen Bonus für ihr schlüssiges Handeln geben und ich wollte meine Faust durch eine Wand schlagen, so wütend war ich auf Sierra.

Ich wusste, dass ihr Verhalten nicht für Grays Erkrankung verantwortlich war, aber ich würde ihr die Art und Weise, wie sie meinen Sohn allein gelassen hatte, niemals verzeihen.

Als wir das Krankenhaus erreichten, war Sierra schon wieder auf freiem Fuß. Dad berichtete, dass das Krankenhaus die Polizei gerufen hatte, als das Kindermädchen berichtete, dass die Mutter weg und nicht zu erreichen war. Sie wurde nicht angezeigt, aber der Polizist, der sie im Krankenhaus absetzte, empfahl ihr dringend, künftig eine präsentere Mutter zu sein.

Nachdem ich etwa eine Stunde mit Gray gespielt hatte, ließ ich ihn mit der Sesamstraße einschlafen und fragte die Schwester, ob es irgendwo einen Ort gäbe, um privat mit meiner Familie zu sprechen. Sie führte uns ans Ende des Flures, nachdem sie versprochen hatte, mich zu holen, falls Gray aufwachte.

Ich zog Sierra brutal in das winzige, abgeschiedene Wartezimmer.

»Was zum Teufel soll das, Sierra!?« Meine Stimme dröhnte und sie zuckte zusammen, besaß aber die Kühnheit, zu schauen, als sei sie verärgert, dass ich schrie.

Dad berührte sanft meine Schulter. »Mein Sohn, lass uns das unter uns ausmachen. Es führt zu nichts, die Security hier drin zu haben.«

Er war immer sehr auf seinen Ruf bedacht, daher kam auch seine Abscheu für Sierra seit dem Moment, als wir geheiratet hatten. Das war auch der reale Grund dafür, warum ich ihm nicht sagen konnte, dass ich Gefühle für einen Mann hatte.

Ich wusste, dass meine Frau die Tatsache gegen mich verwenden würde, aber ich musste dafür sorgen, dass sie jetzt ging. Wenn ich meine Karten richtig ausspielte, könnte ich sie dazu bringen, selbst noch schlechter dazustehen, Gray und mich in Ruhe zu lassen, und ich könnte das schnell vor meinen Eltern überspielen.

»Gib mir einen guten Grund, warum ich mich nicht hier und jetzt von deinem Arsch scheiden lassen soll, Sierra.« Ich hatte die Schnauze voll von ihren Drohungen und Manipulationen.

Sie hob eine Augenbraue. »Wirklich? Du willst das durchziehen, Jase? Okay, ich gebe dir einen sehr guten Grund.« Sierra wandte sich zu meinen Eltern und setzte ihr widerlich süßes Lächeln auf. »Mr. und Mrs. Rafferty, ich weiß, wie stolz Sie immer auf Ihre Familie und Ihre Moral waren. Ich fand vor einer Weile etwas heraus, das ich von Ihnen fernzuhalten versuchte, weil ich wusste, dass es Sie zerstören würde, aber Jase lässt mir nun keine andere Wahl, als es auszusprechen.«

Sie blieb stehen und sah mich gezielt an, als wollte sie, dass ich sie stoppte.

Ich verschränkte meine Arme vor der Brust und starrte sie an.

Ihr Gesichtsausdruck stockte für einen Moment, als sie merkte, dass ich sie nicht mehr aufhalten würde. Sie zuckte mit den Achseln und widmete ihre Aufmerksamkeit wieder meinen Eltern.

»Jase ist schwul. Er hatte sexuelle Beziehungen mit einem ehemaligen Militärkumpel seit seinem letzten Einsatz. Es tut mir leid, dass Sie es auf diese Weise herausfinden mussten.« Sierra ließ ihre Bombe platzen und warf mir dann ein zufriedenes Lächeln zu.

Meine Mutter sah mit zusammengekniffenen Augen auf ihre Schwiegertochter, mein Vater legte seine Hände in einer defensiven Haltung auf die Hüften. Ich wusste, dies war der Moment, der zum Erfolg oder Scheitern führte.

»Jase? Jase, wovon spricht sie?« Meine Mutter klang verwirrt. Wahrscheinlich dachte sie darüber nach, wie sie ihren Freunden, Kollegen und Kirchenmitgliedern einen schwulen Sohn erklären würde. »Jase, sag mir bitte, dass dies nur ein schlechter Scherz ist.«

»Sohn?« Vaters Stimme war schroff. Ich wusste, dass er sich bereits Argumente überlegte, mir das auszureden, Worte, die mich wegen meiner Anziehung zu Bryan beschämen sollten, und Wege, sich, nicht mich, gegen seine Freunde, Kunden und prominenten Kumpel zu verteidigen.

Meine Gedanken schweiften zu Bryan. Ich hatte seit über einen Monat nicht mit ihm gesprochen oder irgendeinen Kontakt zu ihm. Ich konnte meinen Eltern die Wahrheit sagen, aber wohin würde mich das führen? Ein alleinstehender Vater, der eine Scheidung und einen Sorgerechtsstreit ohne familiäre Unterstützung durchmachte, mit einem früheren Geliebten, tausende Meilen entfernt? Für Gray musste ich dieses Geheimnis für mich behalten, er brauchte mich, um alles zusammenzuhalten. Ich schluckte gegen die Bitterkeit in meinem Hals. *Es tut mir leid, Bryan, wenn die Dinge anders lägen, würde ich ihnen die Wahrheit sagen, aber ich muss an Gray denken, bevor ich an mich oder uns denken kann.*

»Sierra tut, was sie am besten kann, lügen.« Ich beschloss es kurz und bündig zu halten, je weniger ich mich verteidigte, desto besser meine Chancen.

»Sierra, du hast unser Baby mit einem Kindermädchen allein gelassen, während du das Telefon ausgeschaltet hast, um wer weiß wo herumzuvögeln. Jetzt ist er krank und im Krankenhaus. Meine Eltern wurden angerufen, weil du nicht erreichbar warst. Ich komme von einer notwendigen militärischen

Übung nach Hause, um zu erfahren, dass meine Frau von der Polizei befragt wird, warum mein Sohn im Krankenhaus liegt und sie nicht da war. Und dann fängst du an, mit falschen Anschuldigungen um dich zu werfen? Sehr ernste und schändliche falsche Anschuldigungen, wie ich hinzufügen möchte. Du bist eine Schande, Sierra. Es war im Grunde schon vorbei mit uns, als dieser Schein einer Ehe begann. Wenn irgend möglich, bist du nicht mehr in meinem Haus, wenn ich Gray nach Hause bringe.«

Ich wandte mich an meine Eltern. »Mom, Dad, ich glaube nicht, dass ich weiterhin mit ihr im selben Raum sein will. Ich werde nun Zeit mit Gray verbringen.«

Ich verbrachte die Nacht an Grays Seite. Ein Kleinkind im Krankenhaus zu haben, ist anstrengend; mit einem Kleinkind im Krankenhaus zu versuchen zu schlafen, noch schlimmer. Meine Eltern begleiteten mich am nächsten Tag nach Hause, um Gray und mir zu helfen, umzuziehen. Er trieb bereits wieder seinen üblichen Kleinkindunfug und ich war froh, meine Eltern an meiner Seite zu haben, um mit dem fertig zu werden, was auch immer Sierra für mich im Sinn hatte.

Wir gingen ins Haus und das Erste, was mir auffiel, war das Chaos. Es sah aus, als wäre Sierra Amok gelaufen. Sie hatte jedes einzelne meiner und Grays Kleidungsstücke auf den Boden geworfen, während sie die meisten ihrer eigenen gepackt hatte. Stühle lagen umgekippt in der Küche, Schubladen waren herausgerissen, der Fernseher umgestoßen und ein großes »Fuck you« mit Lippenstift auf den Spiegel geschmiert.

»Stilvoll« war das Wort, das mein Vater verwendete, bevor er und Mom begannen, das Chaos aufzuräumen. Obwohl Dad es nicht direkt aussprach, wusste ich, wie froh er war, dass Sierra hoffentlich aus meinem Leben verschwunden sein würde. Er hatte viel Zeit und Energie damit verbracht, die beklagenswerten Dinge zu vertuschen, die sie während unserer gemeinsamen Zeit getan hatte. Obwohl diese Vertuschungen wirklich mehr dazu dienten, seinen Ruf zu schützen, schätzte ich sie.

Ich setzte Gray mit etwas Saft und Keksen in seinen Hochstuhl, bevor ich in der Küche anfing. Ich sah die Notiz, als ich die Stühle hinstellte.

Jase,

fick Dich und fick Deine Eltern. Ich gehe weg. Ich habe das Bankkonto abgeräumt, also viel Glück damit. Vielleicht kann Dein Daddy dir bis zum nächsten Gehaltsscheck aushelfen. Wage es nicht, mit meinem Baby zu verschwinden, ich würde Dich wegen Entführung drankriegen und das alleinige Sorgerecht so schnell bekommen, dass du gar nicht wüsstest, was passiert ist. Ich erwarte, dass ich immer noch jeden Monat mein Geld vom Konto bekomme, wenn Du meinen Zugriff aufhebst, werde ich einen Anwalt finden und gegen Dich um Gray kämpfen.

Oh ja! Du holst Dir wahrscheinlich besser ein neues Handy. Ich habe Deins aus Versehen in der Spüle versenkt. Sag Deinem Fick-Buddy Hallo von mir, wenn Du Dich an seine Nummer erinnern kannst.

Sierra

Ich schloss meine Augen vor der Wut, die in mir kochte. Diese Schlampe. Wenn ihr Ass im Ärmel nicht funktionierte, ging sie einem an die Gurgel. Sie wusste, Gray war das Einzige, womit sie mich bedrohen konnte, nach der ›Jase ist schwul‹-Karte, die sie ausspielen wollte. Ich sah in die Spüle, nur um mein Handy ins Wasser getaucht und mit einer Glasbackform beschwert vorzufinden. *Aus Versehen versenkt, Arschloch.*

»Jase, über das, was Sierra gesagt …« Mein Vater verstummte.

Ich träumte davon, dass er etwas Ähnliches sagen würde wie: *›Wir lieben dich und Gray, egal was ist. Wir wollen einfach nur, dass du glücklich bist. Du bist ein großartiger Sohn, ein fabelhafter Vater und ein starker Soldat, es spielt keine Rolle, wen du liebst.‹*

Aber selbstverständlich war das überhaupt nicht das, was er sagte.

»Sie hat sich diesen Scheiß ausgedacht, nicht wahr? Um dich dranzukriegen?« Dads Stimme war voller Hoffnung.

»Ja, Dad, sie wollte wieder einmal nur Ärger machen.«

Die Wahrheit lag mir wie ein Stein im Magen. Ich wollte ihnen von Bryan erzählen. Ich wollte zu Bryan laufen, aber ich brauchte meine Eltern, mir mit Gray zu helfen, wenn ich auf der Basis war, ich durfte ihre Unterstützung nicht verlieren.

»Gut, okay. Raffertys sind keine Tunten, nicht wahr, mein Sohn? Einen Moment lang hätte ich fast ihre widerlichen Lügen geglaubt. Verdammt gut, dass sie nur versucht hat, Ärger zu machen, denn ich würde es auf Teufel komm raus niemals zulassen, dass mein Enkel von einer Schwuchtel großgezogen wird. Ich hatte bereits begonnen darüber nachzudenken, wie deine Mutter und ich Gray großziehen würden, wenn sich Sierras Lüge als wahr entpuppt hätte.« Dad klopfte mir auf die Schulter, der feste Druck eine deutliche Warnung, die durch meine Adern schoss und mein Herz mit seinen Worten durchbohrte. So wie ich es befürchtet hatte. *Ich kann nie mit Bryan zusammen sein, ich darf mein Unterstützungsnetz nicht verlieren.* Ein anderer Teil von mir sprach dagegen: *Vielleicht könnten du und Bryan euch gegenseitig unterstützen.*

Aber zwei junge Männer, die ein Kind erziehen, die versuchen, über die Runden zu kommen – nein, das war zu schwer vorzustellen. Außerdem war mein Beruf die Armee. Ich hatte so lange ohne einen Mann – nein, nicht nur irgendeinem Mann, sondern Bryan, in meinem Leben gelebt – ich konnte ohne ihn weitermachen.

Erst später in der Nacht, als das Chaos beseitigt war, Gray schlief und meine Eltern nach Hause gegangen waren, erinnerte ich mich daran, dass ich meine einzige Möglichkeit verloren hatte, Bryan zu kontaktieren. Nach allem, was ich in diesen paar Tagen durchgemacht hatte, fühlte sich das wie der größte Schlag in die Magengrube an.

Ich wusste, ich könnte nach Telefonbüchern schauen und ihn dort drin suchen, aber was sollte ich ihm sagen?

Hey, Bryan, ich mag dich wirklich, aber es wird nie eine Chance für uns geben, also lass uns einfach so oft wie möglich texten und unglücklich bleiben.

Nein, ich musste ihn gehen lassen, er sollte jemanden finden, der geoutet und offen für ihn war.

Kapitel 9

Bryan

Fünf Jahre später

»Ja, Dad, ja, ich werde sehen, was ich tun kann.«

Ich saß in meinem Büro, starrte auf die Skyline von Indianapolis, als ich halbherzig zuhörte, was mein Vater sagte.

Mein Vater und ich hatten unsere Beziehung über die Jahre ein wenig repariert. Sie war ziemlich unschön geworden, als ich mich in der Highschool-Zeit vor meinen Eltern geoutet hatte. Dad hatte mich heruntergemacht, mir gesagt, ich sei ein Sünder, im Grunde versucht, mich mit Scham zum Hetero zu machen.

Meine Mutter stand anfangs ziemlich auf seiner Seite, aber sie kam viel schneller damit klar. Dad und ich hatten vier oder fünf Jahre kaum miteinander geredet. Ich meine, wir sahen uns an den Feiertagen und sprachen über oberflächlichen Kram, aber es gab immer eine Mauer zwischen uns. Ich wusste, dass er meine Sexualität nicht akzeptierte, aber es schmerzte immer noch, wenn es sich anfühlte, als hätte ich den Mann verloren, der dabei geholfen hatte, mich großzuziehen.

Aber schließlich, nach mehr als fünfzehn Jahren, die Dad Gelegenheit hatte, sich ›an die Idee zu gewöhnen‹, wie meine Mutter es nannte, hatten wir begonnen, uns wieder ein bisschen anzunähern. Er hatte mich in Finanzplanungsfragen konsultiert, oder er hatte angerufen, um einfach nur zu plaudern. Ich konnte immer hören, wenn Mom im Hintergrund war, ihm Fragen soufflierte, weil er verlegen fragte: »Sag, triffst du dich jetzt mit irgendjemand?«

Ich wusste, er würde sich ein wenig winden, wenn ich antworten würde: »Ein paar Verabredungen hier und da«, aber er musste nicht alles wissen. Vielleicht wenn ich jemanden fände, den ich für mehr als ein oder zwei Nächte um mich haben wollte, dass ich dann ein wenig mehr Interesse daran hätte, mein Privatleben mit meinen Eltern zu teilen. So wie die Dinge liefen, gab es keinen Grund, wegen ein paar lausigen Dates oder wenig spektakulären Bettnummern Mom Hoffnungen oder meinen Dad nervös zu machen.

Dad hatte dieses Mal angerufen, um zu fragen, ob ich zur Hochzeit eines Freundes aus Kindertagen nach Hause kommen würde. Ich wollte nicht wirklich so bald schon wieder nach Texas runter. Es war nicht so, dass ich meine Eltern nicht vermisste, aber ich war gerade erst zur Hochzeit meines Bruders vor drei Monaten dort gewesen. So wie ich mit Arbeit zugeschüttet war, dachte ich nicht, mich so schnell wieder loszureißen zu können. Außerdem wollte ich nicht, dass Dad wusste, dass dies auch ein Grund dafür war, aber ich plante in der Woche der Hochzeit zur *Gen Con*, einer Game Convention, zu gehen. Ich wollte diese Messe ehrlich nicht verpassen.

Dass Jase mich vor all den Jahren verlassen hatte, verfolgte mich immer noch in meinen Gedanken. Das Glück, das ich mit ihm gefühlt hatte, die Zufriedenheit, die Gefühle des für immer und ewig, das alles füllte noch immer einen großen Teil meines Herzens. Wir waren für eine Weile in Kontakt geblieben, aber nach etwa einem Jahr hatten die Anrufe und Nachrichten einfach aufgehört. Ich wusste nicht, was geschehen war, und das machte mir Angst.

Doch wir hatten da so eine Idee, bevor der Kontakt abbrach und deswegen wollte ich meine Pläne nicht umstoßen. Selbst wenn es nur dazu diente, das zu ehren, was wir gemeinsam gehabt hatten.

»Mann, *Gen Con* klingt wie ein absoluter Knaller. Ich wünschte, Gray und ich könnten uns dort mit dir treffen«, hatte Jase leise ins Telefon gesprochen, mit unterdrückter Stimme, weil Sierra zu Hause war. Damals, vor über fünf Jahren …

Seit meinem allerersten Besuch auf der *Indy's Gen Con* war ich süchtig. Als ich Jase davon vor all den vielen Jahren erzählt hatte, hatte er mich mit seiner Idee, uns dort eines Tages zu treffen, zum Lächeln gebracht. Wir beide wussten, dass es wenig Hoffnung dafür gab, aber es hatte Spaß gemacht, darüber zu sprechen. Und es gab mir etwas, worauf ich mich Jahr für Jahr freuen, worauf ich hoffen konnte, obwohl ich immer sehr enttäuscht war, jedes Mal eine weitere *Gen Con* zu verlassen, ohne Jase und Gray getroffen zu haben. Was hatte ich erwartet? Er würde so einfach Urlaub nehmen, sein Kind packen und von seiner Frau wegfahren, um mich zufällig tausend Meilen entfernt auf einer riesigen Game Convention zu finden? Yeah, richtig.

Aber ich nahm weiterhin teil, weil ich diese Convention liebte, und obwohl ich wusste, dass die Chancen dafür, dass dies das Jahr war, in dem er zur *Gen Con* kam, verschwindend gering waren, so wollte ich doch meinen Teil der »Abmachung« einhalten. Zudem mochte ich eine der größten Game Conventions im Land nicht verpassen. Die *Gen Con* war immer ein unvergessliches Ereignis. Und vielleicht hielt das Schicksal dieses Jahr große Pläne für mich bereit.

Abgesehen von ein paar Verabredungen, auf die ich mich freute, einer Beförderung in der Arbeit, und der Hoffnung, Jase zu treffen, war die *Gen Con* etwas, auf das ich jedes Jahr aufs Neue heiß war. Ich wusste, dass die Zeit bis zur Convention mit angespannter Erregung erfüllt sein würde.

~ * ~ * ~ * ~ * ~

Ich hatte mit meiner neuesten Verabredung bisher genau einmal gesprochen. Braeton schien ein netter Kerl zu sein, ich hatte keine seltsamen Schwingungen bei unserem kurzen Gespräch gespürt. Ich wusste, dass er attraktiv war, zumindest seinem Profilbild nach war er nicht hässlich. Wir hatten gerade mal lange genug miteinander gesprochen, um Pläne fürs Abendessen zu machen. Ich freute mich auf das Date, aber ich war nicht verrückt vor Freude. In den letzten fünf Jahren hatte ich so viele erste und zweite Verabredungen gehabt, dass es keinen Grund gab, mich denken zu lassen, dass diese sich anders entwickeln würde als die anderen. Ein schönes Abendessen, ein gutes Gespräch, wahrscheinlich ein wenig Spaß beim Sex. Aber was dann? Es gab nie diese Spannung, diesen Funken, wie bei Jase.

Jase.

Er verfolgte mich in meinen Erinnerungen. Warum konnte ich nicht einen offen schwulen Mann treffen, mich verlieben und glücklich sein? Nein, ich musste einem versteckten, verheirateten Mann mit einem Kind verfallen, der kein Interesse an anderen Männern hatte, nur an mir, aber es nicht riskieren konnte, es seiner Familie zu sagen, weil deren Homophobie voraussichtlich sein Leben mit seinem Sohn ruinieren würde. Die Tatsache, dass er nicht wenigstens einmal im Laufe der Jahre versucht hatte, mich zu kontaktieren, war definitiv ein Schlag ins Gesicht. *Okay, gut, hast du versucht, ihn zu kontaktieren?* Hatte ich nicht. Ich hatte das Gefühl, als würde mein Anruf nur sein Leben durcheinanderbringen, das aufwühlen, was er so massiv zu verstecken versuchte.

Bemüht, mich nicht mit Dingen aufzuhalten, über die ich keine Kontrolle hatte, überprüfte ich ein letztes Mal meinen Hintern im Spiegel, bevor ich in mein neuestes Lieblingspaar Stiefel schlüpfte. Ich wusste, dass die Jeans mit den Stiefeln gut aussah und mein bedrucktes T-Shirt unter dem weichen Sweater war lässig schick genug für den Ort, zu dem wir gingen. Ich strich mit meiner Hand durch das kunstvoll zerzauste Haar, packte meine Schlüssel und ging aus der Tür.

Einer der vielen Gründe, warum ich es liebte, in der Innenstadt von Indianapolis zu leben, war, dass fast alles zu Fuß erreichbar war. Ich hatte mir endlich ein Auto gekauft, damit ich irgendwohin hinfahren konnte, wenn nötig, aber dies blieb die meiste Zeit stehen, weil es zu Fuß immer billiger und oft einfacher war, als sich durch den dichten Verkehr zu manövrieren und dann auch noch einen Parkplatz zu finden.

Als ich das kleine Eckrestaurant erreichte, auf das Braeton und ich uns geeinigt hatten, wurde mein Blick von einem sehr attraktiven Mann angezogen. Größer als meine fast 1,89 Meter, sein dunkelbraunes Haar war lang genug, um mit den Fingern hindurchzufahren, aber nicht so lang, dass es unordentlich aussah. Die dunkle, stonewashed Jeans stand ihm gut und ich kam nicht umhin, die schwarzen Stiefeletten, die unter der Jeans steckten, zu bewundern. Ein weicher, blaugrüner Pullover schmiegte sich an einen vielversprechenden, schönen Oberkörper. Als er sich zu mir umdrehte, musste ich lächeln und freute mich mehr auf dieses Date als in all den Jahren zuvor.

»Bryan?« Er trat auf mich zu.

»Yeah, und du bist Braeton?« Ich streckte meine Hand zum Gruß aus.

»Schön, dich zu treffen.« Er hielt meine Hand ein wenig länger als nötig, ich hatte gar nichts gegen diese milde Wärme.

»Gleichfalls. Ich muss sagen, dein Profilbild ist ja ganz nett, aber du siehst leibhaftig sogar noch besser aus. Ich finde, so herum passiert das nicht oft.«

Wir lachten beide, als wir das Restaurant betraten.

»Nicht wahr? Normalerweise erwartest du dem Profilbild nach Model-Typen und endest bei einem Mann mit fünfzehn Pfund und zehn Jahren mehr als zu dem Zeitpunkt, an dem das Bild aufgenommen wurde. Ich denke, wenn jemand mich aufgrund dieses nicht so großartigen Fotos mag, dann kann es nur besser werden, wenn sie herausfinden, dass mein wirkliches Ich ein bisschen besser ist.«

Eine Stunde oder so später, Essen, Wein und Dessert waren beendet, nahm Braeton meine Hand. »Willst du spazieren gehen? Eine Show besuchen? Eine Bar?«

Ich ertappte mich, darüber nachzudenken, was ich *wirklich* tun wollte, aber ich entschied mich dagegen, ihn zu fragen, ob er nicht mein Bett nach nur einer Stunde Kennenlernen schon wärmen wollte.

»Lass uns spazieren gehen. Wir könnten nachsehen, was unten am *Circle* los ist.« Wir zahlten unsere Rechnungen getrennt und liefen in Richtung des Zentrums der Innenstadt von Indianapolis. Das Geplauder unterwegs war angenehm, aber alles, woran ich denken konnte, war zurückzugehen und Braeton in mein Bett zu kriegen.

Fühlte ich mich ein bisschen nuttig, so zu denken?

Ja.

Machte mir das was aus?

Nein.

Als wir den *Circle* ein letztes Mal umrundeten, sah ich ein Plakat mit Werbung für die bevorstehende *Gen Con.* »Mann, ich kann die *Gen Con* gar nicht erwarten. Früher habe ich in Texas gelebt und wollte es immer mal zur Convention schaffen, aber ich bin nie dazu gekommen, bis ich hier hingezogen bin. Jetzt gehe ich jedes Jahr hin.« Ich wies auf das Schild.

»Ach ja, die *Gen Con.* Orgastische Unterhaltung für die Spiele-Junkies in uns allen.« Braeton kicherte. »Ich gehe nicht jedes Jahr, aber ich war schon dort und es ist eine verblüffende Erfahrung. Selbst wenn man nicht auf Spiele steht, schon einfach das Beobachten der Menschen dort ist den Eintrittspreis wert.«

»Genau. Gehst du dieses Jahr hin?« Aus irgendeinem Grund schien es, als könnte es Spaß machen, durch die Hallen der *Gen Con* mit Braeton an meiner Seite zu wandern. *Was, wenn Jase auftauchen sollte?* Ich unterdrückte die kleine Stimme in meinem Kopf. Die Chance, dass Jase bei der *Gen Con* auftauchte, war ungefähr genauso groß, als wenn ein Hai aufs Ufer des *White River* springen und ahnungslose Touristen in der *Circle City* anknabbern würde.

»Weiß nicht. Ich muss arbeiten, aber ich kann schauen, ob ich für eine Weile runterkommen kann. Ich habe einige Freunde, die da sein werden.« Braeton verpflichtete sich zu nichts und ich fühlte mich ein wenig im Stich gelassen.

»Also, meine Wohnung ist nur einen Block weiter, möchtest du auf ein Getränk mitkommen? Oder – vielleicht – etwas anderes?« Braeton Augen leuchteten und ich spürte, wie mein Inneres bei der Erwähnung von oder was anderes prickelte.

»Yeah, hört sich gut an.« Ich ließ ihn meine Hand nehmen und mich zu seiner Wohnung führen.

»Also, da wohne ich. Zweiter Stock.«

Wir gingen in das Gebäude, das aussah wie ein hohes, älteres Wohnhaus, aber bei genauerem Hinsehen sah ich, dass es so entworfen war, um so auszusehen.

»Fantastisches Gebäude.« Ich liebte die Atmosphäre dieses Ortes sofort.

»Yeah, ich mag es auch.« Braeton drückte den Fahrstuhlknopf. »Das Design hat mich angezogen. Ich mag, dass es alt aussieht, aber nicht wirklich alt ist. Jede Etage ist so gestaltet, wie eine andere Epoche auszusehen. Ich bin auf den 1930ern, es ist ziemlich genial. Ich achte bewusst darauf, auf jeder Etage jemanden zu kennen, damit ich mir jedes Etagendesign gut anschauen kann. Allerdings bin ich von meinem absolut begeistert.«

Als ich mich umsah, versuchte ich die Designs in mich aufzunehmen und die Zeit einzuschätzen. »1920er Jahre hier unten?« Ich war noch nie gut in Architekturgeschichte gewesen, aber die Lobby hatte so eine klassische Hollywoodatmosphäre.

»Ja. Die Lobby ist 20er, dann geht es jahrzehnteweise bis in die zehnte Etage.«

Braeton drehte sich zu mir, als sich die Aufzugtüren zuschoben. Unsere Körper waren auf einmal aneinandergedrückt, mein Rücken gegen die Wand.

»Lass mich wissen, wenn ich dir zu schnell bin …«, flüsterte sein Mund nur wenige Sekunden bevor er ihn auf meinen senkte. Seine Lippen waren weich, warm und angenehm.

Leider lebte Braeton schon auf der zweiten Etage, was bedeutete, dass wir eine sehr kurze Fahrt hatten. Ich kicherte, als die Kabine zum Stillstand ruckte und die Türen wieder aufglitten. »Der zweite Stock lässt nicht viel Zeit, um im Aufzug langsam zu sein.«

»Nein, tut er nicht. Ich hätte wahrscheinlich meine Knutschzeit verlängern können, wenn ich den zehnten Stock gewählt hätte, aber mir gefällt das futuristische Design dort oben nicht wirklich. Außerdem knutsche ich nicht mit vielen Leuten im Aufzug. Tatsächlich nehme ich in der Regel die Treppe, aber dich in diese Ecke zu drängen war etwas, was ich schon den ganzen Abend tun wollte.«

Er sprach, während wir den durch die 1930er Jahre inspirierten Flur hinuntergingen und ich klammheimlich versuchte mich herzurichten. Wir hielten an einer Tür und seine Schlüssel klimperten, als er uns einließ.

»Lass mich etwas Wein eingießen und dann gebe ich dir die 30-Sekunden-Tour.«

Ich folgte ihm und bewunderte seinen großen, schlanken Körperbau, als er eine saubere, aufgeräumte Küche betrat. Seine Wohnung beschämte meine eigene. Ich lebte zwar nicht in einem Schuppen, aber meine Wohnung war nur spärlich eingerichtet und ich neigte dazu, die Reinigung bis zum letzten Moment hinauszuzögern.

Wir schlürften unseren Wein, während er mir verschiedene Aspekte seiner Wohnung zeigte, Dinge hervorhob, die ihn wirklich begeisterten. Ich wusste, dass die Miete ein hübsches Sümmchen ausmachen musste, aber ich war zu höflich zu fragen; ich würde es nachschauen, sobald ich zu Hause war.

»Also, auf die Gefahr hin, anmaßend, geschmacklos oder verlassen rüberzukommen, habe ich das Schlafzimmer klischeehaft als *Das-Beste-kommt-zum-Schluss*-Teil der Tour aufgespart. Wollen wir?« Braeton nahm mein Glas zusammen mit seinem und stellte beide vorsichtig auf den Couchtisch, bevor er mich in sein Zimmer führte.

Mit klopfendem Herzen und einem Anhang weiter unten, der definitiv erwachte und aufmerksam wurde, nahm ich mir einen Moment, den Blick durch sein Zimmer schweifen zu lassen. Es war, als wäre ich in der Zeit zurückgereist, zu den Fotos des Hauses meiner Urgroßeltern, bevor sie modernisiert und viele der Zimmer umgebaut hatten. Das Design war wundervoll und schien punktgenau zu dieser Epoche zu passen.

»Schön …«, begann ich, aber meine Stimme brach ab, als Braetons Körper sich gegen meinen Rücken drückte und sein Atem in mein Ohr flüsterte.

»Mhm, ja, das ist schön.«

Viele meiner Heterofreunde haben es noch nicht mitbekommen, aber schwule Männer kommen in der Regel viel schneller zur intimen Stufe einer Beziehung als ein heterosexuelles Paar. Ein Typ, der einem Mädchen am ersten Tag auf die Pelle rückt, oder ein Mädchen, das damit klarkommt, würden wahrscheinlich direkt in eine bestimmte Schublade gesteckt. Aber in der schwulen Community war ein erstes Date, das mit irgendeiner Art sexueller Intimität endete, so ziemlich die Norm.

»Ziemlich sicher, dass ich die Antwort kenne, aber liegst du gern oben oder eher unten?« Braeton zwickte in mein Ohr und sandte damit Schauer über meine Haut.

»Meistens unten, aber ich mag …« Ich ließ meine Worte verklingen. Wenn er oben sein wollte, wäre ich damit mehr als glücklich.

»Ich bin auch eher ein Bottom, aber ich habe nichts dagegen zu tauschen. Vielleicht können wir bei diesem ersten Mal einfach nur ein bisschen rummachen. Wenn es ein nächstes Mal gibt, werden wir Strohhalme ziehen? Verlierer ist, wer den Kürzeren zieht, und muss seinen eigenen Strohhalm …«

Ich prustete los, unterbrach Braetons derbe Schlussfolgerung mitten im Satz. »Klingt wie einem Plan. Aber ich muss dir gestehen, du hast mich so heiß gemacht und ich bin jetzt verzweifelt genug, dass ich wahrscheinlich betteln werde, dich zu toppen.« Ich machte großenteils einen Witz, aber an diesem Punkt pochte mein Fleisch bereits heiß und ich hätte fast alles getan, um unsere Körper zu vereinen.

»Gut zu wissen, dass ich es wert wäre, wenn du nur verzweifelt genug bist.« Braetons Lippen lächelten an meinen, als er mich aufzog.

»Du weißt, was ich meine. Es ist kein absolutes K.o.-Kriterium für mich, aber ein bisschen Abwechslung wäre vermutlich eine gute Idee.«

»Hach! Es ist heutzutage ja so schwer, einen guten Top zu finden!«, stöhnte Braeton und lachte nach seinem übertriebenen Seufzer.

»So überaus, überaus wahr!«, stimmte ich mit ganzem Herzen zu.

»Aber darüber sorgen wir uns nicht heute Abend. Solange ich dich nackt und meinen Mund auf dir habe, wird es uns gut gehen.«

In kürzester Zeit waren wir völlig nackt und streckten uns auf dem großen Kingsize-Bett aus. Es gab für mich nicht wirklich den einen bevorzugten Körperbau bei den Jungs, mit denen ich mich verabredete, aber ich konnte mich momentan keineswegs über den sehr schönen Körper vor mir beschweren.

Lang, schlank, glatt … Braeton war auf jeden Fall ein Hingucker.

Nicht so muskulös wie Jase. Nicht annähernd so viel dickes und dunkles Haar.

Ich musste damit aufhören, an Jase zu denken und jeden Mann mit ihm zu vergleichen.

Als ob ich dies mir selbst und dem Universum beweisen wollte, senkte ich schnell meinen Kopf und schloss meine Lippen um Braetons beeindruckende Länge. Sein unmittelbares Luftziehen durch die Zähne erinnerte mich an die vielen Gründe, warum ich es zu blasen liebte. Ich wusste, ich hätte ihn innerhalb weniger Augenblicke schreien lassen können, aber er drehte mich so, dass er sich gleichzeitig im 69er revanchieren konnte.

Die warme Hitze seines Mundes war angenehm. Zu sehen, wie meine Länge zwischen seine Lippen stieß, ließ mein Herz noch schneller rasen. Aber das längere, hellbraunere Haar war nicht das gleiche wie das kurz geschnittene, schwarze Haar, von dem ich Nacht für Nacht träumte.

»Verdammt!« *Warum, zum Teufel, kann ich Jase nicht aus dem Kopf bekommen! Braeton scheint ein großartiger Kerl zu sein, er bläst wie ein Profi, er ist hier, er ist willig, nur, er ist … nicht Jase.*

»Alles in Ordnung?« Braeton entließ meinen Schwanz und setzte sich auf, wir sahen uns gegenseitig an.

Scheiße, ich hatte das nicht laut sagen wollen.

Ich lehnte mich vor, um seinen Mund zu erobern, biss zart in seine Unterlippe. »Yeah, einfach wirklich gut, und ich will nicht, dass es schon vorbei ist.«

»Mhm, wir haben Zeit. Lass uns die erste Runde genießen, danach können wir uns für Runde zwei ausruhen.« Er griff nach unten, um meinen zusammen mit seinem eigenen Schwanz zu greifen.

»Ich mag die Art und Weise, wie du denkst …« Ich brach ab, weil ich meinen Gedankenfaden verloren hatte, als er unsere Längen zusammen mit meisterlicher Faust wichste.

Braeton rollte sich auf die Seite des Bettes und griff eine Flasche Gleitgel. »Runde eins beginnt jetzt … lassen wir es krachen«, verkündete er in bester Ansagerstimme und zuckte dabei mit den Augenbrauen.

-*-*-*-*-

Etwa eine Stunde später kam ich langsam wieder zu mir, während ich in der köstlichen, umhüllenden Wärme schwelgte. Braeton hielt mich von hinten.

Als er bemerkte, dass ich wach war, küsste er meinen Hals. »Lass uns duschen gehen. Runde zwei kann ein noch bisschen warten.«

»Oder Runde zwei findet in der Dusche statt und Runde drei kann bis später warten.« Ich grinste ihn an.

Die Dusche war ein langsames und sinnliches Ereignis. Ich staunte über die brandneuen Armaturen und Ausstattungen, trotzdem sie perfekt dem Stil eines Bads der 1930er Jahre nachempfunden waren. Als wir aus dem duftenden, dampfenden Bad kamen, war ich nicht sicher, ob mein Körper noch zu einer dritten Runde fähig war. Aber ich war bereit, mir verdammt große Mühe zu geben.

Braeton kam zurück ins Bett und strich mit dem Finger über meinen Arm.

»Also, Investment Banking, ja? Ist ziemlich beeindruckend.« Braeton hatte eine Art zu sprechen, die einen fühlen ließ, als wenn er gleichzeitig scherzte und von der Antwort angetan und dein bester Freund war.

»Ja, es gefällt mir. Ich hatte schon immer Spaß am Finanziellen, Geld wachsen zu sehen, einen kleinen Betrag zu sparen und zu etwas Größerem und Besseren zu machen. Und ich bin in vielerlei Hinsicht ein Risikoträger, also macht es mir nichts aus, mich mit einigen finanziellen Entscheidungen aus dem Fenster zu lehnen. Ich helfe meinen Kunden, ihr Geld zu sparen und anzuhäufen; wenn sie so risikobereit sind wie ich, helfe ich ihnen, erfolgversprechende Transaktionen einzugehen.«

Ich liebte meinen Job wirklich. Ich stand in der Rangordnung der Firma noch nicht so hoch, wie ich es wollte. Noch. Aber ich verdiente gutes Geld, wurde befördert und mein Name wurde den höheren Tieren bekannt. Ich fühlte mich, als ob ich in diesem Job sichere Karriere machen könnte.

»Und du? Du bist Friseur, nicht wahr? Wo arbeitest du? Vielleicht kann ich dich dazu bringen, mir die Haare zu machen.« Normalerweise war ich nicht wählerisch, wer mir die Haare schnitt. Solange es mir nicht in die Augen hing und ich es ein bisschen stylen konnte, war ich glücklich.

»Ich arbeite bei *Posh*. Es würde mich freuen, dir die Haare zu schneiden. Vielleicht hier oder bei dir?« Braeton schien ein wenig zögerlich.

»Was? Bin ich nicht gut genug, einen Fuß in deinen Salon zu setzen?« Ich neckte ihn, aber fühlte mich ein wenig beleidigt.

»Nein, das ist es nicht. Wir nehmen nur keine Laufkundschaft mehr an und die meisten unserer neuen Kunden stehen auf Wartelisten von sechs bis zwölf Monaten für einen Termin.«

»Verarschst du mich? Wow, bist du wirklich so gut?«

»Äh, ich bin gut, aber wahrscheinlich nicht so gut wie der protzige Salon dich glauben machen möchte. Wir berechnen viel zu viel für Service, aber Kunden mögen es, sagen zu können, dass sie ihre Haare oder Nägel bei *Posh* machen ließen. Und es mit hochnäsiger, protziger Kundschaft zu tun zu haben, bedeutet, dass ich fabelhafte Trinkgelder bekomme, also lohnt es sich. Dazu kann ich meinen eigenen Zeitplan so gut wie allein bestimmen, da ich dort schon eine ganze Weile arbeite. Ich bin glücklich mit dem, was ich tue.«

»Das ist toll.« Ich verschränkte unsere Finger. »Also, ich sehe zwei sehr attraktive Männer, mit guten Jobs, zufrieden mit dem, was sie zurzeit sind … es scheint mir, als sollten sie es miteinander treiben«, scherzte ich mit ihm, während er mich in meine Schulter zwickte.

»Yeah, nur eine Sache fehlt noch.«

Als ich eine Augenbraue hob, fuhr er fort.

»Zu jemanden nach Hause zu kommen. Eine feste Beziehung. Etwas von Bedeutung. Versteh mich nicht falsch, ich versuche nicht, dich in etwas hineinzuziehen, wonach du gar nicht suchst – ich meine, für mich ist das nur etwas, was ich möchte.«

»Nein, ich hab dich schon verstanden, ich will das auch. Es ist nur schwer zu finden, nicht wahr?«

»Mhm … vielleicht liegt es manchmal direkt vor dir, nackt in deinem Bett?«

Ich spürte, dass Braeton versuchte, die Bedeutung dessen, was er gesagt hatte, witzig klingen zu lassen.

Könnte ich mir mit Braeton was Langfristiges vorstellen? Sicherlich. Aber diese Art von Erklärung oder Festlegung nach nur einem Date und großartigem Sex kam selbst für mich schnell. Aber das bedeutete auch nicht, nicht dabei zu bleiben und zu sehen, wo es hinging. Braeton und ich passten so gut zusammen, wie ich es seit Jahren nicht erlebt hatte.

»Hey, darf ich dich etwas fragen?« Sein Blick war ein wenig betrübt.

Ich nickte und er fuhr fort: »Wer ist Jase?«

Ich fühlte einen Ruck durch meinen Körper fahren. »Was meinst du?«

»Als du schliefst, hast du zwei- oder dreimal Jase gerufen. Wer ist er?« Braeton schien mir kein eifersüchtiger, hilfsbedürftiger Typ zu sein, aber ich wollte in unserer frisch geschlüpften Beziehung vorsichtig auftreten.

»Hast du ein wenig Zeit?« Als er nickte, begann ich. »Jase und ich waren zur gleichen Zeit beim Militär. Wir waren zusammen auf ein paar Einsätzen. Vor etwa sechs Jahren, als unser letzter Einsatz zu Ende war, hatten Jase und ich endlich einmal Sex. Dann verließ ich die Armee und er machte mit seiner militärischen Laufbahn weiter. Ein Jahr später hatten wir eine zufällige Begegnung auf einer Hochzeit, wo ich auf ihn mit Frau und Baby stieß.«

Braetons Blicke standen auf Fragenzeichen. »Jase war die ganze Zeit schon verheiratet, als wir zusammen in der Army waren. Es war nie eine gute Ehe. Er hatte zuvor mit einigen Jungs herumexperimentiert, aber würde nie zugeben, dass er schwul ist. Als wir unsere eigenen Wege gingen, ging ich davon aus, dass er sich scheiden lassen würde. Genau das vermutete auch er. Scheint aber, als hätte sie andere Ideen. Sie kroch zu ihm zurück, ließ sich schwängern und lebte im Grunde auf großem Fuß von seiner harten Arbeit. Wie dem auch sei, wir genossen unser Wiedersehen in diesen Tagen bei dieser Hochzeit und ich verliebte mich in seinen kleinen Jungen. Wir hielten für etwa ein Jahr danach Kontakt, aber dann ging er auf eine einmonatige Trainingsmission und ich habe nie wieder von ihm gehört.«

»Oh mein Gott, wurde er verletzt oder ist er gestorben?« Braeton verstärkte seinen Griff.

»Ich weiß es nicht. Ich denke, ich hätte von alten Militärfreunden gehört, wenn das geschehen wäre. Aber wir haben den Kontakt verloren und ich habe seit fast fünf Jahren nicht mit ihm gesprochen, beziehungsweise ihn seit sechs nicht mehr gesehen.«

»Hast du nicht versucht, ihn zu kontaktieren?«, fragte Braeton.

»Nein. Ich dachte, wenn er etwas mit mir zu tun haben wollte, hätte er mich gesucht. Ich will sein Leben nicht durcheinanderbringen. Es wäre etwas anderes, wenn er in der Lage oder bereit wäre, sich zu outen, aber das ist er nicht, also musste ich loslassen.« Ich zuckte mit den Schultern, um den Schmerz zu verbergen.

»Aber du bist nicht über ihn hinweg.« Braetons Worte waren eine Feststellung, keine Frage.

»Das spielt keine Rolle. Er ist in Oklahoma, verheiratet und mit einem Kind. Er wird sich nie vor seinen Eltern outen.« Mein Herz schmerzte, als ich Jase dachte.

»Wenn er hier wäre, nicht mehr verheiratet, und sagte, er will dich, was würdest du tun?« Braeton war nicht gereizt oder böse, es war eine aufrichtige Frage.

»Ehrlich gesagt, es ist schwer zu beantworten, weil es so weit hergeholt ist. Ich denke, ich würde ihm eine Chance geben.« Ich würde nicht einmal mein Herz darüber nachdenken lassen, wie sehr ich diese Chance für Jase und mich wollte. »Hast du so jemanden in deinem Leben? Einen, dem du unbedingt eine Chance geben musst, wenn es irgendwie dazu käme?«

»Ja, habe ich, also verstehe ich dich.« Braeton seufzte, bevor er mich innig küsste.

»Hör zu. Die Chancen, dass etwas von dem tatsächlich geschieht, worüber wir gerade gesprochen haben, sind so gut wie meine Chancen, im Lotto zu gewinnen, also lass uns nicht darum kümmern. Lass uns unsere gemeinsame Zeit genießen, eine zweite und dritte Verabredung versuchen und sehen, wo es hinführt. Okay?« Ich sah in seine Augen, in der Hoffnung, dass er mir zustimmen würde.

»Okay, ich bin dabei. Aber du sollst wissen, dass ich verstehe, dass du Jase diese Chance geben wirst, falls er jemals auftaucht.«

KAPITEL 10

Jase

»Jase, mein Sohn, bist du dir sicher, dass du das tun willst?« Der Blick meines Vaters war sorgenvoll, aber ich war nicht sicher, ob er sich mehr um mich oder mal wieder eher um seinen Ruf sorgte. Dad genoss es, einen Sohn beim Militär zu haben, um mit den Diensten und Opfern der Familie fürs Vaterland vor seinen Freunden prahlen zu können.

»Ja, Dad, ich bin sicher.« Wir hatten das schon an die tausend Mal in den letzten paar Jahren hinter uns.

»Du hast immer gesagt, dass du dein Leben im Dienst deines Landes verbringen willst, ich will nur nicht sehen müssen, dass du das alles wegwirfst.« Ich musste glauben, dass Dad wirklich das Beste für mich wollte, aber seitdem Sierra ihre Anschuldigungen vorgebracht hatte, hatten mein Vater und ich eher ein angespanntes Verhältnis.

»Dad, vieles hat sich verändert, als Grayson geboren wurde. Ich liebe die Army und sie waren wirklich gut zu mir, aber ich muss nun an meinen Sohn denken.« Seit Sierra wieder zurückgekommen war und noch eine weitere Bombe in unserer Familie platzen gelassen hatte, wusste ich, dass ich meinen Militärdienst beenden würde, sobald das nächste Mal meine Zeit um war.

»Jase, du weißt, deine Mutter und ich würden dir gerne mit Gray helfen, wenn du dabeibleiben willst. Wir könnten seine Unterbringung und einen Zeitplan erarbeiten …« Dad brach ab, als ich mich zu ihm umdrehte. Kapitulierend hob er seine Hände und gluckste. »Okay, okay, ich habe es verstanden, du wirst die Army wirklich verlassen.«

»Dad, dass Sierra sich hat scheiden lassen und auf ihre Rechte an Gray verzichtete, war das Beste, was mir und meinem Sohn je passiert ist. Aber ich muss für ihn da sein. Ich will nicht weg von ihm auf Einsätzen sein. Ich will ihn nicht monate- und jahrelang nur bei euch lassen. Ich habe meine Zeit gedient. Ich bin hoch qualifiziert und für eine Reihe ziviler Jobs geeignet. Ich möchte meine Zeit mit meinem Sohn teilen.« Ich schlug ihm auf die Schulter. »Außerdem erzähl mir nicht, dass du und Mom euch nicht zumindest irgendwie darauf freut, nach Florida umzuziehen, um mit euren pensionierten Freunden rumzuhängen.«

Dad lachte auf. »Yeah, ich kann sagen, wir freuen uns darauf. Aber wir werden dich und Gray vermissen. Denk nicht, du könntest uns von Besuchen abhalten, Mom würde sonst gar nicht umziehen.«

Meine Eltern hatten mir immer mit Gray geholfen, aber er hatte nie wirklich eine starke Bindung zu ihnen entwickelt. Er mochte die Zeit mit ihnen, aber ich glaube, er hat immer gespürt, dass meine Eltern keine Unordnung oder laute Geräusche oder schmutzige Schuhe mochten, also alles Dinge, die ein Kind so macht. Um ehrlich zu sein, ich glaube, meine Eltern liebten Gray und mich, aber ich denke, ein großer Teil dieser Liebe basierte darauf, weil es erwartet wurde und ihren Freunde vorgeführt werden konnte, um gut dazustehen.

»Auf keinen Fall. Sobald Gray und ich uns eingelebt haben, werde ich euch unsere Daten geben.«

»Hast du schon Rückmeldungen von deinen Kontakten wegen eines Arbeitsplatzes?« Dads Stirnrunzeln sagte mir, wie wenig er mit meiner Art und Weise der Jobsuche einverstanden war.

»Ich habe für diese Woche ein paar Telefoninterviews vereinbart. Ich hoffe, innerhalb des nächsten Monats etwas zu haben. Dann werden Gray und ich uns auf den Weg machen. Ich freue mich darauf, Dad, es ist wie ein Abenteuer für meinen Sohn und mich. Der kleine Mann ist ein wirklich toller Mensch; ich liebe es, Zeit mit ihm zu verbringen. Wir werden reisen und uns zusammentun und Dinge erkunden und Spaß haben auf dem Weg dorthin, wo das Leben uns als Nächstes hinführt.«

Ich erwähnte gegenüber Dad nicht, dass die meisten meiner Lebensläufe und Bewerbungen nach Indiana gegangen waren. Ich würde mit Gray nicht über Indiana sprechen, bis Mom und Dad nach Florida aufbrachen. Ich wollte nicht, dass Gray versehentlich Daddys Freund Bryan erwähnte und den Alarmradar meiner Eltern auslöste.

Seitdem Sierra endgültig weg war, fühlte ich mich tief erleichtert, aber jetzt fing ich wieder an, unruhig zu werden. Jeder meiner Gedanken lautete »Bryan«. Was machte er? Mit wem verabredete er sich? War er glücklich?

Als ich beschloss, nicht in der Armee zu bleiben, begann die Idee in meinem Kopf zu reifen. Es war einigermaßen riskant, auf jeden Fall verrückt, und könnte ins Auge gehen. Aber seitdem ich die Entscheidung getroffen hatte, mit Gray nach Indianapolis zu gehen, dort einen Job zu finden, Bryan zu finden, war ich nicht mehr in der Lage, an viel anderes zu denken.

Der letzte Tag beim Militär war endlich da.

Mom und Dad waren früh am Morgen herübergekommen, um mir zu helfen, alles einzulagern und das Haus aufzuräumen. Sie würden sich geradewegs vom Hotel, in dem sie, Gray und ich für die paar Tage noch wohnten, nach Florida aufmachen.

»Nun, deine Mom und ich sind nicht begeistert über deine Impulsivität in dieser Sache, aber wir wissen, du würdest nie etwas tun, was Gray verletzen würde, also werden wir deinen Entscheidungen einfach vertrauen.« Dad schlug mir auf dem Rücken und ging, um Mom und Gray zu suchen.

Nach einigen Umarmungen, Küssen und Versprechen, uns zu besuchen, holten meine Eltern ihren Cadillac vom Parkplatz und machten sich auf ihren Weg.

Gray und ich standen da, winkten und sahen zu, wie sie davonfuhren.

»Also beginnt jetzt unser Abenteuer, Daddy?« Gray sah mich mit seinen großen, funkelnd blauen Augen an und lächelte auf eine Art und Weise, wie es nur ein aufgeregter kleiner Junge kann.

»Auf jeden Fall. Lass uns etwas essen gehen und Pläne schmieden.«

Ich hielt seine kleine Hand, während wir von unserem Hotel zu dem kleinen Diner die Straße hinunter gingen. Erinnerungen an ein Frühstück vor so lange Zeit fluteten meinem Kopf. Ich wollte mehr als nur diese Erinnerungen.

\- * - * - * - * -

Gray und ich genossen Abendessen und Eiscreme, bevor ich ihn in die Badewanne steckte. Fast eine Stunde später hatte sich mein zarter, warmer, schläfriger Sohn neben mir im Bett zusammengerollt. Ich hatte den Fernseher nur für ein wenig Licht an und auf leise geschaltet, aber er schlief fast sofort ein.

Ich blicke vom Laptop auf meinen Schoß auf und sah meinen kleinen Mann schlafen. Er war in den ersten paar seiner nun gut sechs Lebensjahre einer wirklich beschissenen Mutter ausgesetzt gewesen, aber er wies nur sehr wenige Narben von Sierras mangelnder Teilnahme an seinem Leben auf. In den letzten Jahren, seit Sierra mit ihrem neuen Sugardaddy aufgetaucht war, mit so vielen Klunkern behangen, dass es blendete, Scheidungsunterlagen und Papieren, dass sie auf alle elterlichen Sorgerechte für Gray verzichtete, hatte ich doppelt so hart gearbeitet, um sicherzugehen, dass es Gray nie an irgendetwas mangelte, nur weil seine Mutter weg vom Fenster war. Ich hatte ein großartiges Kindermädchen, nette Nachbarn, die mir wenn nötig halfen, und meine eigenen Eltern, die auf ihn aufpassten, während ich arbeitete. Ich konnte nicht umhin, erleichtert und stolz zu sein, wie mein kleiner Junge aufwuchs.

Aber ich musste für uns einen Platz finden, an dem wir uns zu Hause fühlen konnten. Gray würde im kommenden Jahr mit der Schule beginnen und ich wollte, dass wir uns irgendwo fest niederließen, nicht bald wieder umziehen müssten. Ich erkannte, dass ich überall leicht einen Job finden konnte, aber mein Herz war auf Indianapolis fixiert, seitdem diese Idee in meinem Kopf geschlüpft war. Zum Teufel, wenn ich ehrlich war, schlug mein Herz in Indianapolis seit dem letzten Kuss, den ich mit Bryan vor all den vielen Jahren geteilt hatte.

Verdammt, Rafferty, das könnte auch schlecht laufen. Was ist, wenn er nicht mehr in Indianapolis ist, mit jemandem ernsthaft zusammen ist, dir nicht verzeihen kann, weil er jeden Kontakt verloren hat … so vieles könnte schiefgehen. Du weißt nicht einmal, wie du ihn finden sollst. Und selbst wenn, was dann? ›Hey, Bryan, ich bin immer noch nicht bereit dazu, meinen Eltern zu sagen, dass ich schwul bin, aber wie wäre es, wenn du dein bisheriges Leben sausen lässt und mich und meinen Sohn mit einbeziehst.‹ Wow, das könnte echt sehr, sehr schlecht laufen.

Ich seufzte und rieb mir mit einer Hand über meine müden Augen.

Während ich auf einen Browser-Tab klickte, las ich mir noch einmal die Infos über die *Gen Con* durch. Ich wollte schon immer mal zur Game Convention gehen, seitdem Bryan mir davon erzählt hatte. Es machte den Eindruck, als würden Grayson und ich dort viel Spaß haben. Und es wäre wahrscheinlich meine beste Chance, quasi über ihn zu fallen.

Es ist eine der größten Spiele-Messen im Land, Rafferty. Das hört sich nach Nadel im Heuhaufen an. Aber es war meine größte Chance. Wenn wir ihn nicht finden würden, würde ich bei Investmentfirmen zu suchen beginnen, in der Hoffnung, dass Bryan bei dem Job geblieben war, den er sich früher wünschte.

Ich klickte auf den anderen Reiter und warf einen schnellen Blick auf meine E-Mails. Mein Herz hörte fast auf zu schlagen, als ich eine Nachricht des *Indianapolis Helicopter Emergency Management Services (HEMS)* sah. Ich öffnete die Nachricht und spürte, wie mein Herz schneller schlug. Sie wollten sich mit mir treffen. Ich hatte ja gewusst, dass meine bisherig Hubschrauberausbildung von Vorteil wäre, als ich mich für diese Stelle bewarb, aber ich hatte meine Hoffnungen nicht zu hoch geschraubt. Vor allem wollte ich mit meinem Sohn und Bryan zusammen sein, aber wenn ich auch noch Hubschrauber fliegen könnte, würde ich sehr glücklich sein.

Ich hämmerte meine Antwort in den PC, um sie wissen zu lassen, dass ich Anfang der nächsten Woche nach Indianapolis käme, klickte auf die Seite für Umzugs-LKWs, traf die notwendigen Vorkehrungen und sank endlich neben Gray nieder, um zu schlafen.

Ich stand vor einem Umzug an einen absolut unbekannten Ort, aber ich hatte Chancen auf einen Job, meinen Sohn, und bald würde ich hoffentlich genauso Bryan haben. Ich erinnerte mich nicht, je solch eine Aufregung und solche Hoffnung in mir gefühlt zu haben.

KAPITEL 11

Jase

Indianapolis war eine schöne Stadt.

Das sagte ich nicht nur, weil ich der neueste Pilot beim *HEMS*-Team war. Ich hatte vereinbart, den Job in einem Monat zu beginnen, hatte um diese Zeit gebeten, um umzuziehen und eine Kinderbetreuung für Gray zu arrangieren, während ich arbeitete.

Ich war mehr als aufgeregt, aber ich genoss es wirklich, mit Gray zusammen die neue Stadt zu entdecken. Wir waren bereits im Kindermuseum und im Zoo gewesen, beide waren sehr schön und schon auf unserer Liste der Lieblingsorte. Ich hatte ein Zimmer in der Nähe des Convention Centers gebucht, sodass wir einen kurzen Weg zur *Gen Con* hatten, aber wir würden den Großteil des Tages damit verbringen, die Wohnmöglichkeiten zu erkunden.

»Daddy, ich mag jetzt keine Wohnung mehr suchen. Können wir nicht im Hotel essen und schwimmen gehen?« Gray begann definitiv, geschafft zu sein.

»Klar doch, Buddy. Ich habe es eigentlich auch satt, nach Unterkünften zu schauen. Lass uns etwas essen gehen und einen Sprung in diesen fantastischen Pool machen.«

Später in der Nacht, während Gray einen Cartoon im Fernsehen anschaute, sah ich mir die Karte und den Zeitplan für die *Gen Con* an.

»Freust du dich auf die *Gen Con*?« Ich hatte die Convention öfters im Gespräch erwähnt.

»Yeah! Kann ich meine *Cthulhu*-Mütze tragen?« Grays Blick war schläfrig, aber strahlte immer noch aufgeregt. Ich war froh über seine Begeisterung, dort hinzugehen, denn ich wollte auf keinen Fall mit dieser sinnlosen Suche meinen Sohn verärgern.

»Na klar. Und vielleicht treffen wir zufällig Daddys Freund Bryan bei der *Gen Con*. Ich weiß, er wäre total aufgeregt, dich zu sehen, er hat sich wirklich in dich verliebt, als du ein kleines Baby warst.« Ich strich Gray die Haare aus dem Gesicht.

»Ich will Bryan kennenlernen. Glaubst du, er weiß, dass wir kommen?« Ich hatte Gray das einzige Bild gezeigt, das ich von Bryan und mir von unserem letzten Einsatz hatte, und ich sprach so viel über ihn, wie ich nur konnte, ohne dass es wirkte, als würde ich das zu oft tun. Gray wusste, dass Bryan ein enger Freund war. Ich musste nur noch das Thema anschneiden, dass Daddy es liebte, Bryan zu küssen. *Erst einmal musst du ihn finden. Wenn er Single und frei ist, kannst du Gray langsam heranführen. Es gibt keinen Grund, ihm jetzt schon davon zu erzählen, denn wenn Bryan nicht frei ist, würdest du sowieso keine anderen Kerle neben Gray küssen.*

Ich hatte wirklich versucht, mich mit ein paar Frauen zu verabreden, nachdem Sierra mir die Scheidungspapiere hingeknallt und Gray und mich für immer verlassen hatte, aber keines der Dates hatte sich richtig angefühlt. Gray hatte mich niemals Sierra oder eine andere Frau wirklich küssen sehen, deshalb war ich nicht sicher, ob Küssen zu erklären, das Problem sein würde oder eher, warum ich einen anderen Mann küssen wollte. *Kleine Schritte, Rafferty!*

Als Gray schließlich wegpennte, brachte ich ihn ins Bett und legte danach unsere Kleidung für die Convention am nächsten Tag raus. Ich schmunzelte, als ich seine *Cthulhu*-Mütze neben seine Hose und das Hemd legte. Bryan war ein großer Fan dieser Fantasyspiele-Reihe, trug sogar eine *Cthulhu*-Tätowierung zur Schau, deshalb hatte ich den Hut für Gray als eine Art Witz gekauft, aber er hatte sich in das verdammt scheußliche Ding verliebt und war super aufgeregt, es bei der *Gen Con* zu tragen. Falls wir Bryan träfen, war ich mir sicher, dass es ihm sehr gefallen würde.

Als ich mich ins Bett legte und versuchte meinem kleinen Bettendieb eine der Decken zu entreißen, ließ ich mich darauf ein, mir kurz vorzustellen, wie toll es wäre, wenn ich Bryan wirklich fände. Ich wusste, es war eine weit hergeholte Hoffnung, aber ich konnte nicht umhin, an die Worte zu denken, die Bryan vor all den Jahren gesagt hatte: *›Wenn es uns bestimmt ist, später einmal mehr Zeit zu haben, dann wird es geschehen.‹*

Mit der Aufregung darüber, ob das, woran ich mich mit Bryan erinnerte, real werden könnte, schlief ich ein.

* * * *

Das *Indianapolis Convention Center* war ein unvergleichlicher Anblick, so, wie es für die *Gen Con* geschmückt war. Gray und ich verbrachten etwa fünfzehn

Minuten nur damit, die maskierten Leute auf dem Gehweg zu beobachten. *Storm Troopers, Marvel* Charaktere, Videospiel-Figuren, wir sahen auch ziemlich viele, die ich nicht benennen konnte.

Ich hoffte, Bryan am Haupteingang zu entdecken. Aber nach etwa einer Stunde, die wir damit verbrachten, die Gesichter der hereinkommenden Gäste zu studieren, wusste ich, dass ich kein Glück und keine Zeit mehr hatte. Gray wurde es langweilig und er war heiß darauf, die Convention zu erkunden.

»Komm schon, Dad, ich will die Ausstellung sehen.«

Er zog an meiner Hand und ich ging widerstrebend vom Haupteingang weg. Ich hatte tief in mir gewusst, dass Bryan bei der *Gen Con* zu finden, ein ziemlich sinnloses Unterfangen war, aber das half auch nicht, meine Enttäuschung zu unterdrücken. *Hattest du ernsthaft gedacht, du würdest ihn einfach durch den Haupteingang hereinspazieren sehen, unter vielen Hunderten von Menschen?* Ja, ja, ich denke, das war das, was ich mir erhofft hatte.

Zwei Stunden später hatten Gray und ich einiges von den Messeständen gesehen, aber wir hatten ein paar auf unsere Liste gesetzt, damit wir sie noch genauer erkunden konnten. Die *Gen Con* war definitiv kein Ort für vorher nicht sorgsam geplante Besuche, es sei denn, man war in erster Linie dort, um nur die Menschen zu beobachten. Ich erkannte schnell, wie es passieren konnte, dass man die gesamten vier Tage brauchte, um alles zu sehen. Mit einem Kind im Schlepptau konnte ich nur die Sachen anschauen, die uns am meisten interessierten.

»Daddy, ist es schon Mittag? Ich habe Hunger.«

Ich sah auf die Uhr. Es war noch nicht gerade Mittagszeit, aber wir hatten ziemlich früh gefrühstückt und ich dachte, wir könnten ein paar Warteschlangen vermeiden, wenn wir jetzt etwas essen gingen. In der Hoffnung, irgendwo außerhalb in der Nähe etwas zu finden, wo es ein anständiges Kindermenü gab, verließen wir das Convention Center. Sobald das Navi unseren Standpunkt auf der Karte fand, entschied ich mich schnell, dass *TGI Fridays* das richtige Ziel für das heutige Mittagessen sein würde. Gray aß immer und überall ziemlich viel, aber dort könnte ich ihn wahrscheinlich auch zu etwas Gemüse überreden, wenn wir uns hinsetzten und an einem Ort wie dem *Fridays* entspannten.

»Okay, Buddy, lass uns zum *Fridays* gehen. Wir essen früher zu Mittag und können uns später einen Snack im Convention Center holen, wenn wir wieder hungrig werden.« Ich nahm Grays Hand und wir überquerten die West Street.

Ich fühlte mich, als könnte jedes Gesicht, das ich sah, Bryans gewesen sein. Ich war ein Nervenbündel, während ich jede Person beobachtete, an der ich vorbeiging, ich scannte Gesicht für Gesicht in der Hoffnung, den Mann zu sehen, den ich mich zu finden sehnte. Aber wenn eines der Gesichter sich als Bryan herausstellte? Was dann?

-*-*-*-*-

Auf dem Weg zurück zur Convention entdeckte Gray eine große Menschenmenge an einem Stand.

»Dad, was ist das? Warum sind dort all diese Leute?« Er zog mich an der Hand zu der Gruppe.

Als wir näher an die Menge kamen, erkannte ich, dass es ein *Warhammer* Stand war. Mein Herz wurde warm in Erinnerung an die Stunden, die Bryan und ich mit diesem Spiel verbrachten, während wir im Einsatz waren. Es gab Nächte, in denen wir erst bei Sonnenaufgang einschliefen, weil unsere Spiele so lange gedauert hatten. Damals hatten wir noch keinen Sex, aber ich erinnerte mich an heftiges Flirten in den Nächten. Im Nachhinein betrachtet war ich nicht wirklich sehr fair zu Bryan gewesen. Ich flirtete gnadenlos, aber dann benahm ich mich, als wäre nichts zwischen uns. Wahrscheinlich hatte ich ihm fast ein Trauma verpasst mit der Art, wie ich heiß lief und wieder kalt wurde. Wenn ich noch eine Chance mit ihm bekommen könnte, wenn uns das Schicksal wieder zusammenbrächte, wünschte ich mir die Gelegenheit, ihm zu zeigen, dass ich das bin, was er brauchte. Zumindest hoffte ich, ich würde es sein.

Fuck, ich war so durcheinander wegen dieses Kerls! Ich wollte ihn, wollte Teil seines Lebens sein, aber konnte ich mich wirklich outen und ein schwuler Mann mit einem Freund und einem Sohn werden? Tat ich das Richtige, meinen Sohn mit in etwas hineinzuziehen, was so chaotisch werden könnte? Die Rolle des Vaters stritt sich mit der des Mannes in mir, konnten diese beiden eine friedliche Lösung finden? Ich musste Bryan finden, bevor ich eine dieser Fragen beantworten konnte.

Ich konnte das Gefühl nicht erklären, aber tief in meiner Seele war ich davon überzeugt, dass Bryan und ich füreinander bestimmt waren und ich ihn an diesem Tag finden würde.

KAPITEL 12

Bryan

Es war verdammt verrückt, aber ich war davon überzeugt, dass Jase an diesem Tag auf der *Gen Con* war.

Durch Sturheit, verwirrte Gefühle und das Leben, das einem in die Quere kam, hatten Jase und ich seit mehreren Jahren keinen Kontakt mehr. Aber aus irgendeinem Grunde glaubte ich tief in meinem Herzen, dass er und Gray dieses Jahr bei der *Gen Con* auftauchen würden. Vielleicht war es einfach verrücktes Wunschdenken meinerseits, aber ich hielt definitiv meine Augen offen nach Vätern mit ihren kleinen Söhnen.

»Hey, Sexy.«

Die Stimme hinter mir ließ mich zittern, aber ich wusste, es war nicht die von Jase.

»Braeton, hallo. Du hast es doch runter geschafft, wie geht es dir?« Ich umarmte ihn.

Braeton und ich hatten nach dem erfolgreichen ersten Mal ein paar weitere Verabredungen gehabt. Es machte eine Menge Spaß, Zeit mit ihm zu verbringen, der Sex war mehr als gut und ich hatte das Gefühl, er war ein wahrer Freund.

Aber es gab immer diesen lauernden, nagenden Gedanken in mir. *Er ist nicht Jase.* Nein, Braeton und Jase waren sogar fast völlige Gegensätze. Braeton war richtig geoutet, sprach immer sehr ruhig und – ich bin nicht sicher, wie ich ihn beschreiben soll – gebildet?

Jase verbarg seine Homosexualität … zumindest als ich ihn das letzte Mal sah, vielleicht war er nun offen und vielleicht hatte er jemanden kennengelernt? Mein Herz stockte bei dem Gedanken. Jase war auch geradeheraus und ein geradezu taffer Kerl. Er hatte sein Herz nie auf der Zunge getragen … bis Grayson kam.

»Yeah, ich habe mir einen Tag freigenommen, um mit ein paar Freunden herumzuhängen, die in diesem Jahr einen Stand hier haben.«

Braeton ließ mich nicht vollständig los, nachdem die Umarmung hätte beendet sein können, fuhr mit der Hand meinen Arm hinunter und griff meine Hand. Ich hatte nichts gegen seine Berührung.

Was ist mit Jase? Was ist mit Jase! Ich darf mit einem Freund Händchen halten! Und ich wusste, dass die Chancen, Jase in dieser Menschenmenge um mich herum zu finden, dünn bis nicht vorhanden waren. Auch wenn mein Herz die Hoffnung beibehielt.

»Oh ja? Was für eine Art Ausstellung?« Wir begannen zu schlendern.

»Sie machen etwas mit *Warhammer*. Größtenteils tauchen Menschen auf, um das Spiel zu spielen, mit Spielgegenständen zu handeln, einige Figuren zu kaufen, so in dieser Art. Willst du es dir anschauen gehen?« Er zog sanft an meiner Hand.

»Sicher, ich habe mir gerade nur wahllos Exponate angeschaut, aber ich liebe *Warhammer*, lass uns das ansehen.« Ich richtete die kleine *Cthulhu*-Strickmütze auf meinem Kopf gerade. Ich ging nicht aufs Ganze mit den Kostümen, wie viele der Teilnehmer und die Mütze ging auch nicht übers Gesicht, aber ich hatte in den letzten Jahren immer mein Lieblings-Dark-Entity-Shirt und meine Kappe auf der Convention getragen. Das hatte zu den anderen *Gen Con*-Versessenen gepasst.

Wir umgingen das Gedränge von Menschen in einer Schlange vor dem *Warhammer*-Stand und traten durch die Hintertür. Auf jeden Fall machte es sich bezahlt, Freunde als Aussteller zu haben.

»Hey Jungs, das ist Bryan. Bryan, das sind einige Jungs, mit denen ich zur Schule gegangen bin.« Er ratterte Namen herunter, an die ich mich wahrscheinlich nie erinnern würde, und ich lächelte sie alle an.

»Setzt euch, Jungs, diese Runde ist fast vorbei, die neue startet in wenigen Minuten und ihr könnt mitmachen, wenn ihr möchtet.« Einer von Braetons Freunden – Tom? – zeigte auf einige leere Stühle rund um den Messestand.

»Ich nicht, ihr wisst, dass ich nicht auf den *Warhammer*-Kram stehe.« Braeton rollte mit den Augen.

»Bryan, was ist mit dir?«

»Ich liebe das Spiel, aber ich denke, ich werde dieses Mal nicht mitmachen. Aber ich würde gerne eine Weile zuschauen.«

Eine Stunde oder so später amüsierte ich mich prächtig, einige wirklich gute Spielrunden zu beobachten, aber ich wollte auch mal wieder aufstehen, meine Beine ausstrecken und etwas zu essen finden.

»Hey, ich werde eine Pause machen. Bleibst du noch etwas hier?«, fragte ich Braeton, während ich aufstand.

»Ja, ich werde wahrscheinlich den ganzen Tag in der Gegend um diesen Stand herum verbringen. Komm zurück, wenn es dir langweilig wird. Wenn ich dich nicht mehr sehe, ruf mich an und wir verabreden was für später in der Woche.« Braeton brachte mich zur Rückseite des Standes, hielt meine Hand und gab mir einen sanften Kuss auf die Wange. Mein Herz wurde warm. Wie wäre es, mit einem Mann wie Braeton in einer festen Beziehung zu sein? Wahrscheinlich gäbe es viel weniger Drama als mit jemandem wie Jase. Aber warum brachten mein Herz und mein Kopf jedes Mal Jase aufs Tapet, wenn ich Braeton anziehend fand?

Als ich den Stand verließ, fühlte ich mich ein wenig schuldig, an der Schlange der Menschen vorbeizugehen, die immer noch auf ihre Chance warteten, auf diesen Stand zu kommen. Ich entschied mich für einen schnellen Snack und drängte mich durch in Richtung der Imbissstände.

Zwei Dinge passierten auf einmal und es war mir, als würde ich alles von außerhalb von mir stehend beobachteten.

Ein kleines Handgemenge, eine Unruhe, etwas hinter mir registriere ich in meinem Kopf, just als ich Braeton meinen Namen rufen hörte. Ich stoppte meine Schritte, nicht so sehr wegen Braeton, sondern weil es sich anfühlte, als würde ich von einem unsichtbaren Kraftfeld zum Stillstand gezwungen. Klingt dumm, klingt unmöglich, ich weiß, aber so fühlte es sich an.

Als ich mich umdrehte, sah ich Braeton aus dem Augenwinkel, aber direkt vor mir stand ein kleiner Junge. Braeton hielt inne, als er sah, wie ich auf das kleine Kind hinunterschaute.

»Ich mag Ihren *Cthulhu*-Hut. Ich habe heute eine Menge Leute gesehen, die einen tragen, aber Ihrer gleicht meinem.«

Der Junge sah verlegen nach unten, bevor er weitersprach. »Ist Ihr Name Bryan?«

Während seine leise Frage um meinem Kopf herumschwebte, fiel ich auf die Knie, genau dort, unter Hunderten von Messebesuchern, und zum ersten Mal sah ich seine Augen. Hell, eisblau. Genau wie die seines Vaters, ich wusste es in meinem Herzen. Genau wie Jase' Augen.

Ich zwang mich zu atmen und nickte. »Ja, mein Name ist Bryan, ist dein Name etwa zufällig Grayson?«

Bevor das Kind antworten konnte, kam ein Mann auf uns zugelaufen, Panik war ihm ins Gesicht geschrieben. Das Gespräch zwischen Gray und mir hatte vielleicht dreißig Sekunden gedauert, aber wenn man Jase ansah, war offensichtlich, dass es ihm wie eine Ewigkeit vorgekommen war, seit der Junge verschwunden war.

»Gray!«, rief er laut, blieb abrupt stehen, als er mich sah.

»Das ist mein Vater. Er ist dein Freund, nicht wahr? Wir wollten dich auf der *Gen Con* treffen.«

Gray ergriff meine Hand, fast so, wie er es getan hatte, als er ein Baby war.

Jase stand stocksteif, als Gray mich zu seinem Vater zog.

»Dad, schau, wen ich gefunden habe! Er ist der Erste, den ich mit einem lila *Cthulhu*-Hut gesehen habe, also wollte ich ihm sagen, wie sehr ich das mag. Es ist dein Freund, Bryan.«

Jase zog Gray sofort an seine Seite, »Ich bin froh, dass du unseren Freund gefunden hast, aber bitte lauf nie wieder in einer so großen Menschenmenge weg von mir. Ich hatte Angst, als ich nicht so schnell zu dir kommen konnte, wie ich wollte.«

Dann sah Jase mich an und die Jahre, die wir voneinander getrennt waren, lösten sich in Nichts auf.

Wir machten beide einen Schritt nach vorn und Jase zog mich in eine feste Umarmung. »Keating, irre, dich zu sehen, Mann. Wirklich gut.«

Diese eine Umarmung reichte, es war, als wären Jase und ich nur einen Tag oder so voneinander getrennt gewesen, nicht Jahre. Sein Duft meldete sich in meinem Kopf, füllte mich mit Erinnerungen an uns.

Ich versuchte meine Stimme nicht brechen zu lassen und sprach leise: »Wirklich gut, auch dich wiederzusehen, Rafferty.«

Bevor einer von uns die Chance hatte, mehr zu sagen, unterbrach ein sanftes Räuspern auf meiner Seite den Moment.

Braeton stand da, verlegen, leicht errötend. »Entschuldige die Störung. Bryan, ich wollte dir das vorher schon geben. Du, ähm, hast es, ähm, in der einen Nacht bei mir liegen lassen.«

Er reichte mir eine einzelne Socke. Ich erinnerte mich daran, wie ich mich in der Dunkelheit eines Morgens angezogen, Turnsocken, Jogginghose und meine Kleider von der Nacht zuvor aufgesammelt hatte. Vermutlich hatte ich die Socke übersehen.

»Oh, äh, ja. Danke.« Ich nahm die Socke und steckte sie in die Tasche.

Ich blickte schnell zu Jase hinüber, um zu sehen, was er aus dem Umgang zwischen Braeton und mir machte, und bemerkte, wie sich sein Kiefer verkrampfte, bevor er sprach.

»Mann, es tut mir so leid, ich wollte euch nicht unterbrechen. Gray und ich hatten nur gehofft, dich an diesem Wochenende zu treffen. Wir lassen dich nun wieder zu deinem, äh, Freund.« Jase griff nach Grays Hand, nur seine Augen verweilten ein bisschen zu lange auf mir.

»Nein! Warte … ich meine …« Ich versuchte einen eleganten Weg aus der Situation zu finden.

»Jase, das ist mein Freund Braeton. Und Braeton, das ist mein Freund Jase«, stellte ich die beiden einander vor. »Und dieser kleine Mann ist mein Kumpel Grayson.« Ich versetzte Gray einen kleinen Faustcheck.

»Ahhh, jetzt macht es Sinn.« Braeton lächelte wirklich, als er mich leicht umarmte. »Ich meinte, was ich in der Nacht gesagt habe. Ich weiß, was es heißt, Dingen eine Chance zu geben.«

Braeton schenkte Jase ein freundliches Lächeln und schüttelte ihm die Hand. »Gut dich zu treffen, Jase. Klingt, als ob du und Bry eine Menge aufzuholen hättet. Ich werde euch dafür allein lassen.« Er beugte sich zu Jase vor und flüsterte, wobei ich nicht sicher war, ob ich es hören sollte: »Wenn du ihm wehtust, werde ich hier warten, um jedes einzelne verdammte Stück seines Herzens aufzuheben.«

Jase schluckte sichtbar und nickte.

»Und sehr schön, dich zu treffen, Gray. Ich liebe deinen Hut. Du und Bryan habt einen guten Geschmack.«

Braeton wandte sich noch einmal zu mir. »Du weißt, wo du mich findest, wenn nötig. Wir müssen keine Fremden werden, auch wenn wir nicht … was auch immer … sein können.«

Ich lehnte mich vor, um Braeton wieder zu umarmen, im Wissen, wie hart es für ihn sein musste, das loszulassen, was auch immer wir zusammen hätten haben oder nicht haben können.

Und dann waren wir allein. Nun, so allein, wie zwei Männer mit einem kleinen Kind im Gewühl von mehreren hundert herumschwirrenden Menschen sein konnten.

-*-*-*-*-

»Gut, lass uns in den Familienbereich gehen, damit Gray ein bisschen spielen kann.« Ich deutete in Richtung des Familienbereichs. Er war ebenfalls riesig, aber zumindest konnten wir Gray in einem überschaubareren Bereich halten, während wir hoffentlich miteinander sprachen.

»Ja, das ist gut. Komm, Gray.« Jase hielt weiterhin die Hand seines Sohnes, als wir losgingen.

Wir stellten uns jeweils außerhalb des Areals, in dem Gray sich vergnügen wollte. Wir redeten, während Gray spielte. Wenn er woanders hinwollte, gingen wir mit.

»Es ist so verdammt surreal, dass wir hier genau jetzt zusammen stehen,

Mann.« Ich behielt Jase im Blick, als ob er jeden Moment sich in Luft auflösen könnte.

»Ich weiß, das ist es wirklich. Nach all diesen Jahren und ohne Kontakt dachte ich schon nicht mehr, dass es eine echte Chance gab, hier über dich zu stolpern, aber ich musste es versuchen.« Jase behielt Gray im Auge, aber sprach leise zu mir.

Ich wollte ihn in eine weitere Umarmung ziehen, aber hielt mich selbst zurück.

»Wie lange bist du in der Stadt? Ich möchte wirklich alles hören, was in diesen letzten Jahren passiert ist.« Ich hoffte, dass er und Gray nicht so bald abreisen müssten.

»Nun, wir sind mehr oder weniger hier, um zu bleiben.« Jase sah ein wenig verlegen drein.

»Was? Willst du mich auf den Arm nehmen? Du bist hier hoch gezogen?« Ich wusste, dass ich zu laut war, aber ich konnte nicht anders. »Du machst keine Witze, oder?«

»Nein, ich werde für die *Indianapolis HEMS* arbeiten, ihre Vögel ab dem nächsten Monat fliegen. Ich habe 'ne Scheiß-Arbeit damit, uns eine Wohnung zu suchen, eine Kinderbetreuung für Gray zu organisieren, aber wir bleiben auf Dauer hier.« Jase lächelte mich hoffnungsvoll an.

»Nun ja, ihr werdet jetzt erst mal bei mir wohnen, keine Frage. Und ich könnte die perfekte Lösung für die Kinderbetreuung haben. Aber lass uns einen Schritt nach dem anderen machen. Wo seid ihr Jungs zurzeit untergebracht?« Mein Herz schlug zum Zerreißen in meiner Brust. Ich wollte, musste Jase' Geschichte hören. So sehr ich die *Gen Con* liebte, alles verschwamm, während ich Jase ansah.

»Wir haben ein Zimmer für heute Nacht in einem der Hotels hier in der Nähe genommen. Gray liebt den Pool, um darin zu schwimmen. Nach dieser Nacht dachte ich, dass wir irgendwo etwas Günstigeres suchen, bis ich ein festes Zuhause finde.«

»Nun, wie ich schon sagte, Wohnen ist kein Problem. Ich habe Platz für euch beide. Das spart dir Geld, bis du etwas findest.« Ich wurde rot. »Oder ihr könntet auf unbestimmte Zeit bleiben.«

Sich nach Gray umsehend, lächelte Jase mich leicht an. »Wir würden gerne zumindest eine Weile bei dir bleiben. Danke.« Er griff nach oben und zog an einem der Tentakel auf meinem Hut. »So ganz nebenbei: Du siehst damit lächerlich aus!«

Mein Herz pochte bei seinem Wink. »Hey, zieh nicht über die Dunklen her. Am Ende war es immerhin wegen dieses lächerlichen Hutes, dass Gray mich gefunden hat.«

»Punkt für Dich.« Jase sah auf seine Uhr. »Also, äh, wir hatten vor, morgen wieder herzukommen. Besteht die Chance, dass du mit uns jetzt rauskommst, um noch ein wenig mehr zu reden?«

»Gott ja! Lass uns gehen. Wir können am Pool sitzen, während Gray schwimmt, dann Pizza oder so was essen.«

Als ich auf Jase wartete, bis er Gray eingesammelt hatte, erkannte ich, dass es dieses Mal viel schwieriger werden würde, mit ihm Zeit alleine zu verbringen, als es das vor all den Jahren gewesen war.

Kapitel 13

Jase

Heilige Scheiße, das war offenbar ein Traum. Oder ein Albtraum.

Was, wenn das letzte reale Ereignis Grayson war, wie er aus der Menschenschlange verschwand und ich mich jetzt in einer Art Paralleluniversum befand, während die Sanitäter mich sedierten, weil ich so verstört war, weil mein Sohn bei der *Gen Con* verloren gegangen war?

Aber nein, ich fühlte Grays warme, kleine Hand in meiner, als wir durch die Hotel-Lobby gingen, und fühlte Bryans volle Präsenz mit jeder Faser meines Seins, als wir zum Zimmer wanderten. Mein Sohn und ich hatten wirklich tausend Meilen zurückgelegt für etwas, das ein fruchtloses Unterfangen hätte werden können, um tatsächlich den einen Mann zu finden, den ich seit dem ersten Mal, als sich unsere Lippen trafen, nicht aus dem Sinn bekam, und vielleicht sogar schon davor.

Das Schicksal meinte es gut mit mir, aber würde ich in der Lage sein, ihren Erwartungen für Bryan und mich gerecht zu werden?

Kleine Schritte.

Tiefe Atemzüge.

Schlüsselkarte.

Was? Oh ja, die Schlüsselkarte. Ich schreckte aus meinen Gedanken auf, um uns drei vor dem Zimmer stehen zu sehen. Grayson sah zu mir hoch und Bryan grinste, als ob er wüsste, wie entsetzlich nervös mich das ganze Szenario machte.

Das war genau das, was ich gewollt hatte! Aber was nun? Wie zum Teufel würden wir vorgehen? Was passierte, wenn Bryan mich oder uns aufgegeben hatte?

»Hey, Rafferty?«

Bryans Flüstern traf heiß auf mein Ohr.

»Ja?«, antworte ich beinahe atemlos.

»Ich bin wirklich glücklich, dass du hier bist. Hör auf, alles zu analysieren, öffne einfach endlich die verdammte Tür!«

Ein Schauder ging durch meinen Körper, als er sprach. Ich öffnete die Tür, führte Gray in den Raum und half ihm, seine Badehose zu finden.

»Willst du auch schwimmen oder einfach nur dasitzen und Gray zusehen?« Ich zeigte auf ein zweites Paar Badehosen, die ich Bryan leihen könnte. Sie würden nicht perfekt passen, aber es zur Not tun.

»Ähm, ja, ich denke, momentan wäre es am besten, so viel und so dicke Kleidung wie möglich zwischen uns anzubehalten. Du weißt, öffentlicher Pool, Kind, das alles.« Er zwinkerte mir zu, während er leise sprach, damit Gray seine Worte nicht hörte.

Sobald Gray seine Badehose angezogen hatte, packten wir ein paar Handtücher ein und gingen zum Pool.

Mein Sohn war wie ein Fisch und würde mehrere Stunden mit Schwimmen verbringen, wenn wir die Zeit hätten. Zum Glück schien es nicht so, als stünde jemand von uns unter Druck, irgendetwas erledigen zu müssen, also hatte Gray so viel Zeit fürs Wasser, wie er wollte.

»Ich schau mal und bestelle uns Pizza. Schwimmen macht aus Gray eine ausgehungerte Bestie, deshalb ist es am besten, das Essen schon auf dem Tisch zu haben, wenn er aus dem Wasser auftaucht.« Ich rief einen Pizzalieferdienst per Handy an. Nachdem ich ein paar Pizzas und Softdrinks bestellt hatte, lehnte ich mich im Stuhl zurück und starrte einfach auf Bryan.

Sein Erröten erwärmte mein Herz. Als er grinste und sich von mir wegdrehte, musste ich den Stuhl festhalten, um ihn näher an mich heranzuziehen.

»Ahh, eine Sauna. Weißt du, wie oft ich Fantasien von dir, mir und einer Sauna hatte?« Bryan brach das Schweigen und ich konnte nicht umhin, über seine Themenwahl zu lachen.

»Saunafantasien, aha? Die wirst du mir eines Tages erzählen müssen.« Ich stieß mein Knie absichtlich gegen seins.

»Vielleicht. Oder ich könnte sie dir einfach zeigen.« In seinen Worten lag eine scharfmachende Hitze und ich würde zu gerne auf dieses Angebot zurückkommen.

»Bei der ersten Gelegenheit, verlass dich drauf, Keating.«

»Hey, Bryan! Daddy! Schaut her!« Gray war zum Sprungbrett gelaufen und hüpfte darauf rum, als hätte er einen Hüpfstab eingebaut.

»Los geht's, Buddy!«

Die Spritzer seines Sprungs waren nur wenige Zentimeter davon entfernt, uns zu treffen.

»Eine perfekte Zehn!« Bryan hob zwei Daumen nach oben, als sein kleiner Kopf die Wasseroberfläche durchbrach.

Gray hatte sich bereits daran gemacht, zum Rand des Pools zu schwimmen, sich mit seinen Ärmchen vorwärtszuarbeiten, während er sich im Wasser auf und ab bewegte.

»Ich kann gar nicht glauben, dass du hier bist.« Bryans Augen waren warm, sein Lächeln ungezwungen. Sein Knie stieß mich an und hielt dort inne, ich spürte die Wärme seines Beines durch meine Jeans hindurch. Ich spürte auch, wie mein Herz stolperte. »Willst du mir erzählen, wie du und Gray in Indianapolis gelandet seid?«

»Eine lange Geschichte und nicht sehr aufregend.«

Sein Bein rieb stärker gegen meins. »Ich habe Zeit.« Er zog seinen Stuhl näher zu mir, sodass wir praktisch Schulter an Schulter saßen. Bevor ich beginnen konnte, brachte Bryan mich mit seinen nächsten geflüsterten Worten aus dem Gleichgewicht: »Nur damit du es weißt, ich respektiere die Tatsache, dass du einen Sohn hast, also werde ich dich nie damit in Schwierigkeiten bringen, was er hören oder sehen sollte oder nicht. Aber behalte es in deinem sexy Kopf, dass wenn wir allein wären, wir das Gespräch auf später verschieben würden, du so tief in meinem Arsch wärest, dass keiner von uns morgen in der Lage wäre zu laufen!«

Ich schüttelte bei seinem Zwinkern meinen Kopf, bevor er seinen lachend zurückwarf. Während ich zu verbergen versuchte, was seine Worte bei mir verursacht hatten, schob ich mich auf meinen Stuhl herum.

»Zur Kenntnis genommen und die Ansicht beruht definitiv auf Gegenseitigkeit.«

Wir beide richteten unseren Blick auf Gray für seine nächsten Kunststücke. Als er seine Schwimmbrille aufsetzte und nach ein paar Cents zu tauchen begann, warf ich einen Blick zu Bryan.

»Also, ich fuhr zu diesem einmonatigen Training. Als ich zurückkam, lag Gray im Krankenhaus, Sierra war irgendwohin verschwunden und hatte ihn eine Woche lang mit dem Kindermädchen allein gelassen und es ging ihm immer schlechter.«

Bryans Augen zeigten unmittelbare Sorge. »Was hatte Gray?«

»Er hatte eine beidseitige Ohren- und eine Halsentzündung, aber das Kindermädchen konnte Sierra nicht erreichen und sein Fieber war ziemlich hoch, also brachte sie ihn in die Notaufnahme. Er bekam etwas Flüssigkeit und Medizin und war direkt innerhalb von ein oder zwei Tagen wieder auf dem Damm.«

Ich schaute aus dem Fenster und sah den Pizzaboten auftauchen.

Bryan sprang auf. »Das geht auf mich.«

Als er mit dem Essen zurückkehrte, legte ich eine Hand auf seine Schulter. »Du musst die Pizza nicht bezahlen.«

»Keine Sorge, du kannst uns morgen das Mittagessen kaufen.«

Das einfache Geben und Nehmen unserer Freundschaft war zurückgekehrt, als wäre es nie weg gewesen. Und es hatte uns tatsächlich nie verlassen. Wir hatten den Kontakt verloren, aber unsere Freundschaft und spätere Beziehung – wenn man es so nennen konnte – war immer ungezwungen gewesen. Aber das war zu einer Zeit, als es nur uns beide gab, nur Bryan und Jase. Würde das auch jetzt so bleiben?

Ich ließ Gray schwimmen, ich wusste, dass er zum Essen kommen würde, wenn er genug hatte und hungrig war.

»Sierra tat ihr Bestes, mich zu verraten, spuckte vor meinen Eltern den ganzen Mist über meine Beziehung mit dir aus. Ich überzeugte meine Eltern, dass sie log, und sagte ihr, ich wollte sie nicht mehr im Haus sehen, wenn ich mit meinem Sohn nach Hause kam.«

Ich versuchte den Schmerz in Bryans Augen zu ignorieren, als ich darüber sprach, dass ich meine Gefühle für ihn verleugnet hatte. Er schenkte mir ein trauriges Lächeln und nickte mir zu, fortzufahren.

»Also, als ich mit Gray aus dem Krankenhaus nach Hause kam, hatte Sierra das Haus verwüstet und mir einen schönen Drohbrief hinterlassen. Sie schrieb, dass sie mir Gray wegnehmen würde, wenn ich ihr das Geld kürzen würde oder versuchte, mit ihm abzuhauen. Ich hatte keine Ahnung wohin sie ging, aber ich war so erleichtert, weil ich wusste, dass sie weg war. Auch wenn ich den Geldfluss aufrechterhalten musste und mit der allgegenwärtigen Bedrohung lebte, dass sie versuchen könnte, das Sorgerecht für Gray zu bekommen.«

»Ich wünschte, ich hätte das gewusst. Ich weiß nicht, was ich hätte tun können, aber ich wünschte, ich hätte irgendwie helfen können.« Bryan seufzte tief und legte sanft eine Hand auf meine Knie.

»Ich hätte es dir ganz sicher erzählt, aber sie hatte auch mein Handy zerstört. Als ich dafür gesorgt hatte, dass Gray und ich uns an die neue Situation gewöhnt hatten, war ich nicht sicher, ob ich versuchen sollte, dich zu suchen. Und mit jedem verstreichenden Monat und Jahr fühlte es sich immer peinlicher an, dich doch noch finden zu wollen. Was, wenn du jemanden hattest? Was, wenn du weitergezogen wärest? Und was hätte ich anzubieten, außer einer Fernfreundschaft? Ich wusste einfach nicht, wo wir standen.«

Ein tropfender Grayson kam aus dem Pool. »Dad, ich bin am Verhungern!«

Ich wickelte ihn in ein Handtuch und trocknete ihn ab. »Nun, hau rein.« Ich küsste ihn auf den Kopf und zwinkerte Bryan zu. »Pass auf Bryan, halt deine Finger nicht zu nahe dran, sonst isst er sie wahrscheinlich in seinem Fressrausch mit.«

Gray kicherte: »Daddy, ich esse keine Finger.«

Ich überprüfte überdeutlich meine Fingerknöchel. »Ich weiß nicht, ich bin ziemlich sicher, dass ich noch ein paar Narben von der letzten Pizza habe, die wir bestellt hatten.«

Eine angenehme Stille umgab uns, als wir unsere Pizza aßen. Gray hatte sein drittes Stück vertilgt, bevor er fragte, ob er ein paar Videospiele spielen gehen könnte, bevor er wieder ins Wasser ging.

Ich zog die Vierteldollar heraus, die ich in meiner Tasche hatte, und klimperte mit ihnen. »Ich habe sechs Quarters, nutze sie weise, junger Grashüpfer.«

»Warte, hier sind noch vier. Das sollte genug Spielzeit ergeben, damit deine Pizza Zeit hat zu verdauen, bevor du wieder ins Wasser springst.« Bryan reichte Gray das Kleingeld.

Mein Sohn nahm die Münzen von mir mit einem schnellen »Danke«, aber sah Bryan so an, als ob der gerade angeboten hätte, einen alten verborgenen Schatz zu teilen. Er errötete leicht, während er ihn anstrahlte. »Danke, Bryan!« Gray lief mit seinen erbeuteten Münzen davon.

»Alter, ich habe ihm Geld gegeben, seine vollgeschissenen Windeln gewechselt, bin mit ihm unzählige Stunden umhergelaufen, wenn er nachts weinte, aber er schaut dich an wie das Beste, was er je gesehen hat.« Ich konnte nur lachen und schüttelte den Kopf.

»Was soll ich dazu sagen? Die Rafferty Jungs werden von mir halt angezogen.« Bryan grinste. »Also, Sierra war weg. Wie bist du in Indianapolis gelandet?«

Ich starrte eine Weile auf sein schönes Gesicht, bevor ich die Erzählung fortsetzte. »Okay, Sierra tauchte schließlich wieder auf, aber sie war nicht allein. Sie kam zurück mit genug Klunkern, um einen Mann zu blenden, vermutlich von einem Sugardaddy, von dem ich ziemlich sicher bin, dass er älter als mein Vater ist. Und sie hatte zwei Stapel Papiere dabei. Einer war für unsere endgültige Scheidung, der andere besagte, dass sie alle Rechte an Grayson aufgab. Ich habe beide unterzeichnet, glücklich, sie los zu sein, aber traurig, dass sie unseren Sohn abschrieb. Sie ging und seitdem habe ich nichts mehr von ihr gehört.«

Ich nahm einen Schluck Soda. Bryans Augen drückten Mitgefühl und Anteilnahme aus.

»Meine Eltern und das Kindermädchen halfen mir enorm, während ich den Rest meiner Zeit abdiente. Aber als es darum ging, wieder neu zu verlängern oder den Dienst zu beenden, wusste ich, dass ich nicht den Rest meines Berufslebens in der Army verbringen wollte, während andere Leute auf meinen Sohn aufpassten. Ich wollte keinem weiteren Einsatz in dem Wissen entgegensehen, dass ich ihn für Monate am Stück allein lassen müsste. Ich habe nicht unterschreiben und ich habe die Entscheidung nicht ein bisschen bedauert.«

»Ich hätte nie gedacht, dich mal nicht mehr als Soldaten zu sehen. Wie haben deine Eltern es aufgenommen?« Bryan legte seinen Kopf zur Seite, studierte meine Gefühle.

»Dad war anfangs verärgert, aber ich denke, Mom hat ihm eingeflüstert und ihn davon überzeugte, wie großartig es wäre, sich mit ihren Freunden in Florida zur Ruhe zu setzen. Ich bin sicher, dass sie sich dort unten in der Sonne aalen, sich mit der Familie Jones treffen und ihr Bestes geben, mit allen wichtigen Leuten zu verkehren.«

Ich warf die hasserfüllten Worte meines Vaters aus meinem Gedächtnis. Ich wollte bei Bryan sein. Was wäre, wenn ich nicht bereit war, es meinen Eltern zu erzählen? Es war ja nicht so, dass ich überhaupt jemals geplant hatte, sie von unserer Beziehung wissen zu lassen.

»Also beschloss ich, nach Indianapolis gehen zu wollen. Ich hatte diese verrückte Idee in meinem Kopf, noch bevor ich mit meiner Zeit fertig war, ich wollte die *Gen Con* besuchen, nur weil wir so viel darüber gesprochen hatten. Aber dann habe ich beschlossen, dass ich mir einen völlig neuen Start für Gray und mich wünschte. Ich bewarb mich für einige Heli-Piloten Jobs, packte unsere Sachen und machte mich auf. Den *HEMS*-Job zu bekommen ist wie ein wahr gewordener Traum, einen Vogel fliegen, helfen, Leben zu retten, ich denke, das wird großartig sein.«

Ich hielt inne und sah direkt zu Bryan. »Und dich zu finden. Ich wusste, dass die Chance minimal war, aber selbst wenn ich mir vorsagte, dass es nicht passieren könnte, fühlte ich, dass es geschehen würde. Ich weiß nicht warum, aber tief in meinem Bauch wusste ich, dass ich dich finden würde.«

Bryan griff wieder nach meiner Hand. »Ich habe dir damals gesagt, wenn es sein soll, dass wir zusammen sind, dann wird auch ein Weg dazu da sein. Ich wusste nur nicht, dass es so lange dauern würde und wir einen lila *Cthulhu*-Hut dazu benötigen würden.«

Wir lachten und mein Körper wurde heiß an den Stellen, wo er mit dem Daumen über meine Knöchel fuhr.

»Meinst du, Gray mag es, lange genug in der Badewanne zu spielen, dass ich später deinen Körper mit meinen Händen und meinem Mund berühren kann?«, flüsterte Bryan anzüglich.

»Wie ich schon sagte, er ist ein Fisch. Er wird noch eine ganze Weile spielen.«

Und damit vervielfachte sich die Erwartung, die wir den ganzen Tag gefühlt hatten.

KAPITEL 14

Bryan

So viele Jahre später mit Jase' wieder in einem Hotelzimmer zu sein, war aufregend und unwirklich zugleich. Es war, als ob ich träumte und bald aufwachen würde, um mich eingenickt auf dem *Warhammer*-Stand wiederzufinden. Aber ich hörte das Wasser für Grays Bad laufen und als das Wasser abgestellt wurde, vernahm ich das Kichern des Jungen, als Jase ihn für die Wanne auszog. Jase drehte den Ventilator an, schmiss die Tür zu und kam dorthin, wo ich etwas hilflos herumstand.

Ich träumte ganz sicher nicht, als Jase vor mir anhielt, seine Finger in meinem Bund hakte und mich herumdrehte, bevor er uns an die Wand lehnte und ich mich schwer gegen seinen Körper drückte. Als das Kristallblau seiner Augen meinen Blick traf und sich seine Lippen zu einem leichten Lächeln verzogen, war mir egal, ob es ein Traum war, aus dem ich nie wieder aufwachen wollte.

»Hi.« Sein Atem war warm auf meiner Haut.

»Hi.« Ich konnte mir ein Lächeln nicht verkneifen, spürte, wie ich unter der Intensität seines Blickes errötete.

»Ich habe nie wirklich darüber nachgedacht, was wäre, nachdem ich dich gefunden hätte. Okay, ich wusste, ich wollte dich berühren, dich halten, dich küssen, aber es schien so weit weg, dass ich nie an das Danach dachte.« Jetzt war es an Jase zu erröten.

»Ah, da wir mit dem Berühren, Halten und Küssen noch nicht durch sind, lass uns noch nicht um das andere kümmern.« Ich kuschelte meine Nase an seine Wange, atmete tief den Duft ein, den ich befürchtet hatte, vor vielen Jahren für immer verloren zu haben. »Ich muss nirgends hin, wir können es langsam angehen, uns aneinander gewöhnen, sehen, wohin es führt. Im Ernst, Jase, ich will dich hier und ich möchte dich, wie es früher war … aber auch wenn das nicht gelingt, freue ich mich wahnsinnig, dich hier als Freund zu haben. Es würde etwas seltsam sein, aber wir können damit klarkommen, selbst wenn nichts mehr zwischen uns ist. Du warst einmal einer meiner engsten und besten Freunde, die ich hatte …« Ich neigte verlegen den Kopf. »Ich fühle mich, als wenn wir diese Freundschaft nie verloren hätten, wenn wir auch etwas mehr daraus gemacht haben.«

Jase' Lippen tanzten über die empfindliche Haut meines Halses. »Keating, ich habe nicht meinen Sohn und mein ganzes Leben eingepackt, um nur für einen Freund nach Indianapolis zu ziehen. Du bist der beste Freund, den ich je hatte, aber ich will mehr als das.« Sein Atem war heiß, als er mein Ohr streifte. »Du hast recht, wir müssen uns erst mal einleben, aber ich habe ganz sicher vor, mehr als Freundschaft daraus zu machen.«

Ich stöhnte, als er mich mitriss, mich zwischen der Wand und seinem glühenden Körper einklemmte. »Vielleicht sollten wir mit einem Kuss anfangen?« Ich spürte, wie mein Körper in Erwartung seiner Berührung und seines Kusses zu zittern begann.

»Daddy!«

In diesem Moment wurde mir klar, dass die Anziehungskraft, Chemie und Verbindung zwischen Jase und mir sich nicht verändert hatte, aber die Bedürfnisse seines Sohnes hatten sich im Gegensatz zu vor einigen Jahren erheblich gewandelt.

Er lehnte seine Stirn gegen meine und kicherte. »Sorry, die Pflicht ruft. Später wieder?«

Stöhnend lächelte ich und nickte. »Aber später werde ich dich einkassieren.«

-*-*-*-*-

»Dreißig Minuten noch, Buddy, dann heißt es Licht aus.« Jase brachte Gray ins Bett, auf Kissen gestützt und mit Kopfhörern, damit er sich etwas auf seinem Tablet anschauen konnte.

Jase stand am Bettrand und starrte mich an, mir kam es wie eine Ewigkeit vor. Ich hatte mich auf der einen Seite des Bettes ausgestreckt und sah meinem Freund bei seinen Vater-Pflichten zu. Als ich meinen Blick hob, um seinem zu begegnen, flatterte mein Herz bei der Glut, die ich in seinen Augen sah. Mein Herz blieb fast stehen, als Jase auf das Bett kroch und sich neben mir ausstreckte.

»Weiß Gray von …?« Ich war nicht sicher, was genau ich fragen sollte. *Weiß Gray, dass du mich magst? Weiß Gray, dass wir uns geküsst haben? Weiß Gray überhaupt irgendwas über Homosexualität?*

»Er weiß, dass du mein Freund bist und ich glücklich bin, dich gefunden zu haben. Ich war nicht ganz sicher, was ich ihm erzählen sollte, bis ich wusste, dass ich dich finden kann. Ich bin mir nicht sicher, wie man damit umgeht. Sich für ein langes Gespräch mit ihm hinsetzen? Ihn einfach sehen lassen, wie wir Händchen halten und uns küssen? Ich will nicht, dass er denkst, es sei falsch, aber ich will ihn auch nicht verwirren.« Jase streckte die Hand aus, um meine zu halten. »Mir geht so eine Menge durch den Kopf. Alleinerziehender Vater, Wohnsituation, Schulanmeldung, mein neuer Job … dich finden, herauszufinden, wie ich zu mir selbst ehrlich sein kann, uns …« Er seufzte und streichelte mit seinem Daumen über meine Finger.

»Mach langsam, Jase. Wir können Gray an uns gewöhnen, wie Heteropaare ein Kind an eine neue Beziehung heranführen. Ich habe mehrere schwule und lesbische Freunde mit Kindern, neben den Heteros. Wir werden Gray diesen Kindern vorstellen und lassen ihn sich auf diese Weise an die Vielfalt gewöhnen. Egal, ob du und ich zusammen sind oder nicht, dein Sohn verdient es, sich der vielfältigen Welt um ihn herum bewusst zu sein.«

Ich zog seine Hand an meinen Mund und verteilte sanfte Küsse darauf.

»Und mach dir keine Gedanken um die Wohnung. Im Ernst, ich habe genug Platz. Eine Frau lebt den Flur hinunter und sie passt schon auf zwei andere Kinder aus dem Haus auf. Ich denke, wir können es arrangieren, dass sie auch auf Gray aufpasst, während du arbeitest. Einige meiner Freunde schwärmen von den Schulen, in denen sie ihre Kinder angemeldet haben, wir werden auch diese Infos von ihnen bekommen.«

»Ein anderes Thema wird mein Stundenplan. Ich werde eine Woche nachts arbeiten, eine Woche frei haben, dann eine Woche tagsüber und wieder eine Woche frei. Ich weiß nicht, was ich mit Gray in den Wochen machen soll, wenn ich nachts arbeite.« Ich erkannte, dass Jase den Job sofort angenommen hatte, aber jetzt seine Entscheidung wegen der blöden Arbeitszeiten überdachte.

»Kein Problem. Die Nachbarin kann vor und nach der Schule in den Wochen auf ihn aufpassen, in denen du arbeitest, wenn ich nicht da bin. Die freien Wochen sind am einfachsten. Aber wenn du nachts arbeitest, werde ich der Babysitter Bryan sein.«

Als Jase mich misstrauisch musterte, stupste ich ihn an. »Hey, ich war vielleicht zu Tode erschrocken, als er noch ein Baby war, aber er mochte mich trotzdem und er mag mich jetzt schon wieder. Ich kann ihn nach der Arbeit aus der Nachbarwohnung abholen und wir machen Hausaufgaben, essen zu Abend oder spielen, eine gute Gelegenheit, uns aneinander zu gewöhnen. Im Ernst, für mich klingt es wirklich nach einer Menge Spaß.« Wieder küsste ich seine Finger, warf einen Blick über Jase' Schulter, um zu sehen, dass Gray immer noch in seinen Film vertieft war. »Und es gibt keinen Grund, diesen neuen Job nicht übernehmen zu können. Ich kannte dich als Berufssoldat mit der Bestimmung, diese Vögel zu fliegen und Menschen zu retten. Ich habe verstanden, warum du das Militär verlassen hast, aber die Aufregung in deinen Augen darüber, für diese *HEMS* zu fliegen, ist offensichtlich. Ich bin so stolz auf dich, dass du einen so wichtigen und für dich perfekten Job an Land gezogen hast. Gray und ich? Wir werden beste Freunde sein, während du unterwegs bist, um Leben zu retten.«

»Habe ich jetzt einen Lieblings-Investmentbanker?«, zog Jase mich auf, bevor sein Gesicht ernst wurde. »Es sind einfach nur eine Menge Veränderungen. Ich bin begeistert von der Arbeit, aber ich will nicht mehr im Leben meines Sohnes fehlen. Und ich mag es nicht, anderen etwas aufzuzwingen. Und was ist mit uns? Ist es verrückt zu denken, dass wir einfach da weitermachen können, wo wir aufgehört haben?« Jase sprach laut, aber es war, als ob er zu sich selbst spräche, seinen Zweifeln eine Stimme gab.

Ich verflocht meine Finger mit seinen und blickte nach oben, direkt in seine Augen.

»Das ist wahrscheinlich verrückt, aber ich fühle mich, als erhielten wir diese irre Chance, zusammen zu sein, und ich will sie ergreifen und sie leben und sie funktionieren lassen. Aber wenn das nicht das ist, was du fühlst, ist es okay. Denn mehr als alles andere will ich einfach nur dich in meinem Leben.«

Jase schwieg für einen Moment. Sanft rieb er mit dem Daumen über meine Hand, presste aber die Kiefer aufeinander, als wäre er verärgert. »Also, lass mich das mal klarstellen. Du wärst bereit, mich und meinen Sohn bei dir wohnen zu lassen, deine Freunde zu treffen, deine Nachbarn zu nutzen, aber du könntest damit leben, nur Freunde zu sein? Als wäre ich nur dein Mitbewohner und du würdest Dates mit nach Hause bringen und erwarten, dass ich auch welche habe? Sollte ich dann mit Frauen oder Männer daten? Was wäre weniger unangenehm für dich?« Jase' Stimme war nie mehr als ein Flüstern, aber ich wusste, dass er ärgerlich war.

»Jase, ich sage nicht, dass ich das will, dass ich andere treffen möchte oder dass du dich mit anderen triffst, ich will nur, dass du dir sicher bist, einen Ausweg zu haben, wenn du einen brauchst. Ich weiß, dass du deine Zuneigung zu mir nie vor jemand anderem zugegeben hast. Ich weiß, dass du nicht bereit bist, dich vor deiner Familie zu outen. Ich möchte dich einfach nicht überfahren und dir das Gefühl geben, dass ich dich in etwas gefangen halte, was du nicht kannst.« Ich streckte meine Hand aus und legte sie an seine Wange.

Jase lehnte sich in die Berührung und seufzte: »Es tut mir leid, Bryan, ich wollte an dem Punkt nicht komisch erscheinen. Es ist einfach, du redest immer darüber, dass du damit klar kämest, nur Freunde zu sein, und alles, woran ich denken kann, ist der Typ auf der *Gen Con* und wie ich ihm den Hals umdrehen wollte für die Art und Weise, wie er dich ansah. Ich habe kapiert, dass du mit ihm zusammen warst und er dir etwas bedeutet. Es bringt mich um, dass er überhaupt Zeit mit dir verbracht hat. Ich bin wegen dir nach Indianapolis gekommen. Ich habe nicht vor, tatenlos zuzusehen, wie du andere Jungs datest, während wir *Wir-sind-nur-Freunde* spielen. Also, wenn wir diese Option vom Tisch wischen könnten, würde ich es zu schätzen wissen.«

»Fein, ist vom Tisch. Aber Jase, hast du das durchdacht? Bist du bereit, die anderen um dich herum wissen zu lassen, dass du schwul bist?« Als er anfing, noch einmal klarstellen, dass ich der einzige Kerl war, für den er jemals so gefühlt hatte, unterbrach ich ihn. »Es spielt keine Rolle, ob du dich zu hundert Jungs hingezogen fühlst oder nur zu mir. Wenn du mit mir in einer sexuellen Beziehung lebst, bist du schwul. Basta. Bist du dazu bereit? Ist Gray dazu bereit?«

Ich wollte ihn nicht fortstoßen, aber ich musste wissen, ob er auf das Leben als schwuler Mann vorbereitet war. Ich dachte, am einfachsten wäre es bei meinen Freunden. Bei seinen neuen Kollegen war ich nicht sicher. Aber seine Eltern? Ich war nicht sicher, ob er jemals in der Lage sein würde, es vor ihnen zuzugeben.

»Ich bin bereit aufzuhören, meine Gefühle für dich zu verstecken. Ich bin bereit, eine Beziehung zu leben, die voller Liebe und Respekt ist und nicht das, was meine vorgetäuschte Ehe war. Ich weiß nicht, was mich erwartet oder wie ich damit umgehen kann, als schwuler Mann bekannt zu sein, aber ich weiß, dass ich dich will und ich möchte, dass Gray mit positiven erwachsenen Vorbildern aufwächst.« Jase lehnte sich vor, um mich sanft zu küssen. »Ich weiß nicht, ob ich jemals in der Lage sein werde, es meinen Eltern zu sagen, aber das ist eine Brücke, die wir erst überqueren können, wenn wir jemals davor stehen sollten. Sie leben nun glücklich in Florida, sodass ich bezweifle, dass wir sie noch mal sehen, außer wir machen eine Reise dort runter. Und wer weiß, wenn ich mich damit eines Tages wohler fühle, vielleicht wird es dann einfacher sein, es ihnen zu erzählen und nichts darauf zu geben, was sie darüber denken.«

Ich wusste, er versuchte mit dem Thema Eltern flapsig umzugehen, aber ich hatte das Gefühl, sie würden letztendlich unser größtes Hindernis sein. Jase schien seinen Eltern gegenüber ein großes Pflichtgefühl zu empfinden, er wollte sie nicht enttäuschen. Würde er jemals in der Lage sein, ihnen die Stirn zu bieten und nur er selbst zu sein? Ich warf einen Blick auf den Jungen auf der anderen Seite des Zimmers. Wenn seine Eltern gegen Jase vorgehen wollten, hätten sie die perfekte Munition und ich war sicher, dass sie genau wussten, wie man sie benutzt.

~ * ~ * ~ * ~ * ~

»Ich brauche eine Dusche«, flüsterte Jase.

»Okay. Ich gehe nach dir.« Ich lächelte ihn an, immer noch darüber erstaunt, dass ich in seinem Hotelzimmer war.

»Nein, ich springe nur kurz drunter, dann du und dann können wir uns im Bad für ein kurzes Rendezvous treffen.« Seine Hand umschloss meine fester.

»Jase Rafferty! Ich bin entsetzt von dir! Schlägst du gerade vor, uns sexuellen Ausschweifungen hinzugeben, während dein junger, beeinflussbarer Sohn fest in seinem Bett schläft?« Ich zwinkerte ihm scherzhaft zu.

»Ich schlage vor, dass wir uns, während mein Sohn wie ein Toter sicher in seinem Bett schläft, einen kurzen Augenblick gönnen, um uns wieder vertraut zu machen, bevor ich ganz explodiere.« Er griff mir in den Nacken und zog mich für einen glühenden Kuss zu sich heran. Als wir uns voneinander lösten, ließ er die Hand dort liegen, mein Gesicht nah an seinem. »Ich will dich innerhalb von zehn Minuten nackt über diesem Waschbecken. Das ist ein Befehl.«

»Sir, yes, Sir«, krächzte ich.

Jase schlenderte ins Badezimmer. Er war drin, wusch und shampoonierte sich in Rekordzeit und kam innerhalb von fünf Minuten zurück.

»Tick tack, Keating. Zeit loszulegen.« Er hielt eine Hand am Handtuch, das er lose um seine Taille gewickelt hatte.

Als ich mich wusch, mit besonderer Sorgfalt für bestimmte Körperteile, wurde mir klar, dass ich keine Klamotten zum Anziehen hatte. Als er die Tür aufriss, während ich mir gerade die Haare wusch, sprach ich leise zu ihm. »Alter, ich habe gerade festgestellt, dass ich keine saubere Kleidung habe. Ich meine, es ist nicht so, dass das, was ich heute trug, super schmutzig geworden ist, aber ich möchte lieber keine unsaubere Unterwäsche anziehen.« Ich stellte das Wasser ab, stolz auf mich, so schnell geduscht zu haben.

Jase wartete mit einem ausgebreiteten Handtuch auf mich. Er wickelte es um mich und zog mich an sich. »Keine Sorge, Mann. Ich habe saubere Unterwäsche und Socken für dich.«

Er fing meine Lippen mit seinen ein, zwickte und leckte, während seine Zunge Einlass suchte. Er zog sich zurück und grinste mich an, dabei funkelten seine eisblauen Augen. »Außerdem wirst du bis nachher keine Unterwäsche brauchen.« Jase drückte mich gegen die Ablage, hielt einen Finger vor die Lippen, schlich hinaus, um nach Gray zu sehen, und kam mit einem heißen Lächeln zurück. »Sieht so aus, als schlafe er, mit seinen Kopfhörern auf, aus denen leise seine Lieblingsmusik dudelt. Das Schwimmen heute, die lange Reise, die Convention und Wohnungssuche haben ihn geschlaucht; er wird ohne Probleme die Nacht durchschlafen.«

»Jase, bist du sicher, dass das in Ordnung ist? Ich bin mir unsicher, ob unsere erste gemeinsame Nacht mit dem Verstecken vor deinem schlafenden Sohn beginnen sollte.« Ich wollte nichts lieber, als mit Jase an Ort und Stelle Sex zu haben, aber zu wissen, dass ein kleiner Junge gerade auf der anderen Seite der Badezimmertür schlief, fühlte sich wirklich seltsam an. Ich denke, eine zuschauende Katze wäre besser gewesen.

Jase lehnte seinen Kopf an meinen und seufzte tief. »Verdammt, Keating, du hast recht. Was habe ich zur Hölle noch mal nur dabei gedacht? Ich kann dich nicht ficken, während mein Sohn im anderen Raum schläft, zumindest nicht so. Sobald wir zu Hause sind, uns eingelebt haben und richtige Schlafzimmer mit Schlössern haben, dann vielleicht. Aber nicht, wenn er nur ein paar Meter entfernt schläft.«

Seine erhitzten Augen sahen mich entschuldigend und sehnsüchtig an.

»Das heißt nicht, dass wir gar nichts tun können.« Ich biss mir auf die Lippen, als ich sein Gesicht beobachtete. Er schlang seinen Arm um meine Taille.

»Oh ja, an was denkst Du?«

Ich ging vor ihm auf die Knie und starrte nach oben in sein Gesicht, als ich mir mit der Zunge über die Lippen fuhr. »Nur ein bisschen, von dem ich denke, dass du es genießen wirst.« Ich nahm ihn in den Mund und grinste, als er scharf Luft zog. Jase hatte Oralsex während unserer beiden kurzen Begegnungen genossen und ich freute mich darauf, dass er es jetzt, wo unsere gemeinsame Zeit nicht so begrenzt schien, noch mehr genießen würde.

Er fasste sich selbst mit der einen Hand an und zog mich mit der anderen hoch, dann schüttelte Jase den Kopf. »Du musst aufhören, Bry. Ich werde kommen und dann ist alles vorbei, bevor es überhaupt begonnen hat.« Er presste seinen Mund auf meinen und küsste mich hungrig, bevor er uns umdrehte und mich mit dem Rücken gegen die geschlossene Tür drückte.

Die Hitze unserer aneinander gepressten Körper war angenehm. Unsere steinharten Längen berührten sich, zunächst leicht, dann härter, als die Stöße seiner Hüften heftiger wurden.

Jase griff zwischen uns und nahm unsere Schwänze zusammen in seine Hand. Die Hitze und Reibung waren fast mehr, als ich ertragen konnte. Wir fanden einen gemeinsamen Rhythmus, wir drängten uns aneinander und wiegten uns, bis unsere Körper sich verkrampften und wieder entspannten, die heiße Lava zwischen uns verteilten.

»Verdammt, das war heiß, aber auch viel zu schnell.« Jase küsste mich.

»Nun ja, wir könnten ja der mangelnden Nutzung für deinen schnellen Abschuss die Schuld geben. Ich weiß nur nicht, was mich entschuldigen könnte …« Ich wurde rot darüber, wie schnell Jase mich zum Abspritzen gebracht hatte.

»Wir geben einfach meinem extrem guten Aussehen und meinen Fähigkeiten die Schuld. Denn wenn ich dich über die Tatsache sprechen höre, dass du viele Einsätze hattest, könnte ich kotzen.« Er biss sanft in meinem Hals und mein Ohr.

»Gutes Aussehen und Fähigkeiten … jepp, das muss es wohl sein.«

Nach einem letzten Kuss, schnellem Abwischen und mit einem geliehenen Paar Unterhosen standen wir verlegen vor den beiden Betten im Zimmer.

»Ich möchte wirklich bei dir schlafen, aber es ist wahrscheinlich besser, wenn Gray aufwacht und mich in seinem Bett vorfindet und nicht bei dir.« Jase zog mich in eine abschließende Umarmung.

»Einverstanden.« Ich küsste seinen Mund, wusste, dass ich nie genug von ihm bekommen würde, und schmunzelte. »Wir haben fast ein Jahrzehnt lang nicht beieinander geschlafen, ich denke, dass wir auch mit einer weiteren Nacht klarkommen werden.«

»Frühstück, *Gen Con* und morgen einziehen?« Man konnte sehen, wie begeistert Jase war, den Tag mit Gray und mir zu verbringen.

»Klingt wie ein verdammt guter Plan. Wir sehen uns morgen früh.« Ich küsste ihn noch einmal, schlüpfte ins Bett, mit einem Lächeln auf meinem Gesicht. Ich hatte mich definitiv noch nie mehr auf die *Gen Con* gefreut als zu diesem Zeitpunkt.

KAPITEL 15

Jase

Der nächste Monat rauschte nur so an uns vorbei. Bryan, Grayson und ich verbrachten einen traumhaften Tag zusammen auf der *Gen Con*. Ich wusste, dass jeder von uns die Erinnerungen, die wir dort gesammelt hatten, künftig an einem besonderen Ort aufbewahren würde.

Nachdem wir die Convention an diesem Tag verlassen hatten, fuhren wir zu Bryans Wohnung und ein Wochenende voller Arbeit stand an. Er hatte eine großartige Wohnung und ich nicht das Gefühl, dass wir ihm zur Last fielen. Nun, zumindest nicht sehr.

Gray hatte sein eigenes Bad in der Nähe seines Zimmers und Bryan und ich teilten uns das in unserem Flur. Das Wohnzimmer trennte die beiden Schlafzimmerflügel, mit einer ziemlich großen Küche auf der Seite zu Bryans Zimmer. Ich erfuhr, dass Bryan häufig seine Küche nutzte, aber ich erkannte seine tief verwurzelte militärische Ausbildung in dem perfekt glänzenden Edelstahl und jedem Topf an seinem Platz.

Mein Sohn ist wirklich ein Segen und das lernte ich noch mehr, als er sich an diesem Wochenende an die Arbeit machte und sich wie ein richtiger Soldat verhielt, während wir unsere Sachen ausluden, einen Platz für einige unserer Dinge fanden und einkaufen gingen, um Grays Zimmer einzurichten. Im Ernst, mein Junge beklagte sich nicht ein einziges Mal. Mehrere Male an diesem Wochenende ertappte ich mich dabei, wie ich innehielt, um ihn bewundernd anzustarren. Er half, wo er nur konnte, gehorchte, antwortete, wenn er gefragt wurde. Wir alle drei hatten Spaß dabei, etwas zu tun, was auch eine echte Schinderei hätte werden können.

Am Ende des Wochenendes hatten wir Grays Zimmer ganz hinten in Bryan Wohnung fertig. Es war das kleinste Zimmer, aber perfekt für einen kleinen Jungen. Ich ließ ihn sein Bettzeug aussuchen und wir wählten ein paar Möbel, um das Zimmer zu vervollständigen. Das Zimmer an sich war im Grunde nur ein leerer Schuhkarton, aber Gray hatte Spaß dabei, ein paar Poster und Stühle und Kissen auszusuchen, um es zu seinem eigenen zu machen.

Mein Zimmer lag direkt neben Bryans. Es war bereits mit einer sehr schlichten und modernen Ausstattung als Gästezimmer eingerichtet, sodass nichts gemacht werden musste, um es zu meinem zu machen. Obwohl, wenn wir beide ehrlich zu uns waren, gedachten wir nicht, mich dort häufig schlafen zu lassen.

»Warum in aller Welt hast du eine Wohnung mit drei Schlafzimmern und zwei Bädern für eine Person?«, fragte ich, als wir die Klamotten im Schrank verstauten. Bryans Zimmer war das größte, mit einem komplett begehbaren Kleiderschrank. Er hatte dafür eine Schlafzimmereinrichtung aus dunklem Holz und mit klaren Linien gewählt. Burgunderrot war die Hauptfarbe, aber Farbtupfer in Grau und Gelb durch gerahmte Drucke, Kissen und andere Accessoires ergänzten das Bild.

»Ich bin erst vor Kurzem hier eingezogen. Ich hatte eine kleine Einzimmerwohnung, als ich zur Schule ging und dann bei der Firma zu arbeiten anfing. Aber ich hatte in letzter Zeit immer eine größere gewollt. Viele meiner Freunde haben Lebens- oder Ehepartner, einige haben Kinder, deshalb wollte ich einen Ort, wo ich größere Gruppen bewirten könnte. Außerdem brauchte ich Platz für den Besuch meiner Familie, falls sie es jemals hierhin schafft. Ich bin mit recht guten Konditionen hier eingezogen.« Er erschlich sich einen Kuss, bevor er lächelte. »Und offensichtlich sollte es so sein, da ich jetzt den Platz für zwei meiner Lieblingsjungs habe, sich hier niederzulassen.«

»Ich fühle mich irgendwie nicht gut, in deinen Raum einzudringen.« Gray und ich waren immer auf uns allein gestellt, auch bevor Sierra uns verließ. Nun auf Bryan angewiesen zu sein, ging mir ein wenig gegen den Strich. »Sobald ich meinen ersten Gehaltsscheck bekomme, möchte ich, dass wir uns hinsetzen und einen Haushaltsplan entwerfen, sodass ich mich an der Miete und andere Sachen beteiligen kann.«

»Darüber werden wir uns später Gedanken machen. Als Nächstes steht auf der Tagesordnung, nach dem Abendessen natürlich, einen Tag der offenen Tür zu planen, damit meine Freunde dich kennenlernen können.«

Bryan hatte alle meine Kleider sehr geordnet in den Kleiderschrank gehängt und begann nun mit den Schubladen. Er hielt irgendwelche Unterwäsche hoch und suchte meinen Blick. »Werden wir heimlich zusammen schlafen oder wird Gray es wissen?«

Ich atmete tief durch. »Ich denke, er wird es wissen. Glaubst du, wir sollten erst mit ihm darüber sprechen oder es einfach geschehen lassen und sehen, ob er Fragen stellt?«

»Lass uns einige meiner Freunde fragen, die auch Eltern sind. Mein Bauch sagt mir, es einfach passieren zu lassen, es nicht so darzustellen, als stimmte etwas nicht mit uns. Er ist ein aufgeweckter Junge und er wird fragen, wenn er verwirrt ist. Aber ehrlich gesagt, glaube ich nicht, dass er verwirrt sein wird. Er scheint sehr glücklich und ausgeglichen und er erzählte mir, er sei froh, dass du mich gefunden hast, weil du jetzt mehr lächelst.«

»Ich fühle mich, als würde ich die ganze Zeit lächeln.« Ich lehnte mich vor, um ihn zu küssen, bevor ich meine letzten Socken wegpackte. »Lass uns zu Abend essen, danach kommen wir zum nächsten Punkt. Tag der offenen Tür? Ich glaube nicht, dass wir etwas so Ausgefallenes brauchen.«

»Ein Nachmittag der offenen Tür wird leichter sein als mehrere getrennte Outings und die Leute können einfach hereinschauen, wann immer sie Lust dazu haben. Sobald das geplant ist, können wir uns nach Schulen umsehen und uns um den Babysitter kümmern.«

Bryan schlang seine Arme um meine Taille. »Ich bin sehr glücklich, dass du hier bist, Jase. Vor all den Jahren, auf der Basis und im Einsatz, wusste ich, dass ich es liebte, dich um mich zu haben, aber dich jetzt hier zu haben, bei mir, ist, als würde ein Traum in Erfüllung gehen. Einer, von dem ich dachte, dass ich ihn nie erleben würde, das macht es so besonders.«

Nichts hatte sich je so richtig angefühlt wie Bryans Körper an meinen gedrückt. Ich schlang meine Arme um seinen Hals und kuschelte mich an sein Ohr, als ich sprach. »Vielen Dank, dass du uns aufgenommen hast. Es ist ein großer Schritt und ich hatte ihn nicht erwartet. Aber ich fühle mich glücklich, dass mein Sohn und ich unsere Zeit mit dir zusammen verbringen werden.« Ich zog ihn an mich, begann mit einem sanften Kuss, doch augenblicklich wurde ich geil und hart.

»Dad, essen wir bald was?«, fragte Gray von der Tür, mit dem Tablet vor der Nase. Als er hochsah und das Ende unseres Kusses mitbekam, während wir auseinandersprangen wie zwei Teenager, die von den Eltern erwischt wurden, kräuselte er seine Nase. »Iihh, Küssen ist eklig. Können wir jetzt essen?«

Ich führte ihn aus dem Zimmer und wollte ihm helfen, seine Spielsachen wegzupacken, bevor wir aufbrachen, um einen Happen zu essen.

»Warum denkst du, das Küssen eklig ist?« Ich wuschelte durch seine Haare.

Er kicherte bei meiner Berührung. »Ich weiß es nicht, es sieht alles so vollgesabbert aus und so. Wer will schon so 'ne schleimige Zunge von jemandem haben? Igitt! Ich werde niemals jemanden küssen. Nicht einmal, wenn ich alt bin, dreißig oder so.«

Ich lachte, mir fiel ein Stein vom Herzen. »Das werden wir sehen. Ich werde dich an dieses Gespräch erinnern, wenn du dein erstes Date mit nach Hause bringst, damit ich sie kennenlerne.«

»Und Bryan«, sagte Grayson, während er sich darauf konzentrierte, seine Schuhe zuzubinden.

»Und Bryan was?« Ich war nicht sicher, was er meinte.

»Meine Verabredung wird auch Bryan treffen. Ich meine, wenn ich sie hier herbringe, um dich kennenzulernen, wird Bryan auch hier sein, nicht wahr?« Gray sprach langsam, als dächte er, ich hätte Schwierigkeiten, seine Worte zu verstehen.

»Oh ja, richtig.« Ich wuschelte ihm wieder durch die Haare, als ich sah, dass Bryan mit feuchten Augen und einem Lächeln auf seinem Gesicht in der Tür stand.

-*-*-*-*-

Nachdem wir drei Schulen, die Bryans Freunde empfohlen hatten, besucht hatten, hatte ich endlich die eine ausgewählt, von der ich dachte, sie wäre für Gray am besten geeignet. Er war sehr aufgeregt, in die Schule zu kommen.

Juanita war eine liebe Frau, die auf Bryans Etage wohnte. Sie hatte zwei eigene Kinder und passte auf zwei Kinder vor und nach der Schule für zwei andere Familien im Haus auf. Ihr Mann war bei einem Arbeitsunfall während des Baus von Bryans Wohnhaus getötet worden. Mit der Lebensversicherung ihres Mannes und einem Deal zwischen den Eigentümern des Appartement-Komplexes und dem Bauunternehmen hatten sie ausgehandelt, das Juanita mit ihren Kindern hier mietfrei einen Ort zum Leben bekäme, solange sie wollte.

Es machte für sie am meisten Sinn, ihre Kinder zu Hause zu unterrichten, aber sie hatte Spaß daran, für zusätzliches Geld auf andere Kinder aufzupassen, die außerdem Umgang für ihre eigenen Kinder bedeuteten.

Gray und Juanita verstanden sich auf Anhieb. Innerhalb weniger Augenblicke nachdem wir ihre Kinder trafen, ihre Tochter Emily und ihren Sohn Ethan, liefen die drei zum Spielen davon, als wären sie lange verloren geglaubte Freunde, die endlich nach Jahren zusammen gefunden hatten.

»Nun, es scheint, als würde Gray keine Schwierigkeiten haben, sich hier einzugewöhnen. Meine Kinder und ich werden ihn jeden Morgen zum Bus bringen und ihn jeden Nachmittag abholen, wie wir es auch bei den anderen Kindern machen, auf die ich aufpasse. Ich kann ihm hier Frühstück machen, er kann auch in seinem Pyjama kommen, wenn er die Schulkleidung erst nach dem Frühstück anziehen möchte. Ich werde sicherstellen, dass seine Zähne geputzt und die Haare gekämmt sind. Wir bewahren von ihm etwas Kleidung und Toilettenartikel hier auf. Ich wollte schon immer eine große Familie, Gray als Ergänzung zu meiner Mannschaft in den Wochen, in denen Sie arbeiten, wird ein Segen für mich und meine Kinder sein.« Juanita lächelte Bryan und mir über ihre Kaffeetasse hinweg zu. »Und wenn ich beim Babysitten in den Abendstunden oder am Wochenende helfen kann, wenn ihr beide etwas Zeit für euch braucht, mache ich das sehr gerne.«

Bryan wurde rot, aber ich lächelte nur. »Danke, ich werde definitiv auf Ihr Angebot zurückkommen. Bald. Sehr bald.«

-*-*-*-*-

Es fühlte sich für mich ein wenig albern an, einen Tag der offenen Tür zu veranstalten, nur damit Bryans Freunde mich und Gray kennenlernten, aber Bryan blieb hartnäckig.

»Doch. So können die Leute nach Belieben kommen und gehen, treffen dich, und die Kinder können spielen. So wird es für alle am besten sein.«

Ich beobachtete ihn, wie er einen Kaschmir-Pullover über sein kariertes Hemd zog, ihn fein säuberlich in seine Chinos stopfte, die Ärmel ordentlich umschlug und elegante Urban Sneakers anzog, um sein Outfit zu vervollständigen.

»Du siehst wirklich heiß aus«, schnurrte ich leise hinter ihm, als er sich die Haare kämmte. Ich ließ meine Hände langsam über seinen Oberkörper wandern, bevor ich ihn fest an mich zog.

»Mhm, danke. Du siehst auch heiß aus, aber es wird peinlich wie sonst was sein, wenn wir beide einen Ständer und nasse Flecken auf der Hose haben, wenn die Gäste kommen. Pack ihn weg, Rafferty!« Sein Grinsen und Zwinkern brachte mich zum Lachen und versprach mehr für später.

Ich trat einen Schritt weg und betrachtete mich nun selbst im Badezimmerspiegel. Ein Paar dunkle Jeans mit geradem Schnitt, schöne Sneakers und ein schwarzes Hemd passten zu mir. Es war schon eine Weile her, dass ich mir über Mode Gedanken gemacht hatte; militärische Arbeitskleidung bietet nicht viel Spielraum.

Ich küsste Bryan sanft und zog ihn in eine weiche Umarmung. »Vielen Dank, dass du das für mich machst. Ich freue mich, deine Freunde zu treffen. Ich hoffe, dass sie mich mögen.«

»Wie könnten sie dich nicht mögen? Ich mag dich und ich treffe immer großartige Entscheidungen, also werden sie keine andere Wahl haben, als dich auch zu mögen.« Er küsste mich noch einmal, bevor er Richtung Küche ging, um sicher zu sein, dass die Getränke und Snacks bereitstanden.

Ich folgte ihm, schnappte mir eins der Sandwiches und steckte es in den Mund, bevor er es mir wegnehmen konnte.

»Die sind für die Party, nicht für dich, du großer Trampel«, gab Bryan vor, beleidigt zu sein.

»Tut mir leid, sie sahen einfach zu gut aus.« Ich klaute ein weiteres, schob es mir in den Mund und lachte über seine Empörung. »Mhm, lecker. Hey, wie kommt es, dass du nie solche Snacks und Getränke wie diese gemacht hast, als wir in der Army waren?«

»Was? Ich habe jedes Mal meinen Anteil an Monster Energydrinks, Alkohol und Chips bereitgestellt, wenn wir mit der Bande zusammenkamen.«

»Das ist nicht das Gleiche. Wer wusste, dass du das Talent hast, so leckere kleine Knabbereien zu machen?« Ich versuchte ein weiteres kleines Sandwich zu klauen, aber Bryan war diesmal vorbereitet, schlug mir auf die Hand, dann scheuchte er mich aus der Küche.

Die Klingel ertönte und unser Nachmittag des Meet-and-Greet begann.

-*-*-*-*-

Am Abend, nachdem ich Gray zu Bett gebracht hatte, seufzte ich zufrieden in Bryans Haar, als auch ich mich hinlegte und ihn an meine Seite zog. Es war so erfrischend gewesen, mit anderen schwulen Paaren zu sprechen und Heteropaare zu treffen, die nicht einmal mit der Wimper zuckten. Ich schätzte den Input, den viele Eltern mir gegeben hatten, nicht nur darüber, wie Gray sich an Bryan und mich gewöhnen, sondern auch, wie er sich in seinem neuen Zuhause und der neuen Schule einleben würde. Es fühlte sich gut an, dass Bryan und ich erfahrene Freunde hatten, an die wir uns wenden konnten, um diese partnerschaftliche Erziehungssache anzugehen.

»Das war fantastisch. Du hast ein paar tolle Freunde, und ich weiß, dass Gray viel Spaß beim Spielen hatte. Ich glaube, mir ist nie aufgefallen, wie wenige Kinder es auf der Basis gab. Er wird im siebten Himmel sein, wenn er Emily, Ethan und seine anderen neuen Freunde zum Spielen hat. Ich bin wirklich froh, dass so viele der Kids auf seiner neuen Schule sind. Vielleicht landen sie in derselben Klasse, damit er in den ersten Tagen ein paar bekannte Gesichter hat.«

»Sie alle liebten dich. Ich war jedes Mal so stolz, wenn ich dich vorstellen durfte. Jedes Mal, wenn meine Freunde dich unter die Lupe nahmen, mir zuzwinkerten und zunickten, war es, als würde meine Brust mehr und mehr anschwellen in dem Wissen, dass du hier bei mir bist, an meiner Seite, Teil meines Lebens. Ich habe das heute geliebt, Jase. Es wirklich geliebt. Ich hatte nie jemanden, von dem ich wirklich wollte, dass er meinen Freunden gefällt. Nicht, bis du mich gefunden hast. Ich danke dir.« Er lehnte sich vor, um mich zu küssen, aber ich rollte ihn geschwind auf den Rücken.

»Was sagst du dazu, wenn ich die Tür abschließe und wir dieses Bett nutzen und das Gleitgel, von dem ich weiß, dass es in deiner Nachttischschublade ist?« Ich wusste, meine Stimme klang verzweifelt, aber ich fühlte mich, als würde ich explodieren, wenn ich nicht in ihn hineinkäme. Wir hatten wochenlang herumgealbert, ich brauchte mehr.

»Bist du sicher? Was ist mit Gray?« Bryans Besorgnis war eindeutig.

»Bryan, glaubst du, deine Eltern hatten nie Sex, nachdem du auf die Welt kamst?«

»Ekelhaft! Aber nein, ich weiß, dass sie es taten, weil mein Bruder jünger ist als ich.«

»Okay, denkst du nicht, dass Erwachsene überall Sex hinter verschlossenen Türen haben, während ihre Kinder schlafen?« Ich lächelte ihn an.

»Okay, ja, ich denke schon. Ich will ihn nur nicht traumatisieren. Ich erinnere mich, dass ich einmal bei meiner Mutter und meinem Vater reinplatzte, das war kein schöner Anblick.« Er schüttelte sich.

Lachend sprang ich aus dem Bett und schloss die Tür mit leisem Klicken ab. »Und deshalb schließen wir die Tür zu. Wenn er zufällig aufwacht, können wir uns überlegen, was wir dann machen.«

Ich ging langsam zum Bett und zog die wenige Kleidung aus, die ich anhatte. Bryan hob seinen Hintern an, um leichter aus seinem Boxerslip zu gleiten. Ich wollte eigentlich eine längere Zeit ohne Eile im Bett verbringen, aber ich wusste, dass diesmal alles schnell gehen würde.

»Ich schwöre, ich bringe Juanita dazu, sehr bald schon auf Gray aufzupassen, damit wir das ganze Wochenende ohne Störungen nackt im Bett verbringen können.«

»Versprechungen, Versprechungen. Bis dahin, warum kommst du nicht her und wir schauen, in welche Schwierigkeiten wir uns bringen können?« Bryan fasste sich selbst an, den Blick mit meinem verschränkt.

»Ich zeige dir gleich mal Schwierigkeiten …« Während ich auf das Bett kletterte, hielt ich inne, um seinen Körper zu lecken, zu kneifen und zu küssen, nahm langsam seinen Langen in meinen Mund und lächelte, als er daraufhin knurrte.

»Nimm Kondom und Gleitmittel, ich brauche dich jetzt in mir.«

»Kommandier hier nicht rum.« Ich nahm einen Hoden sanft in den Mund und leckte an ihm herum, nahm mir Zeit.

»Der herrische Bottom, das bin ich. Jetzt komm in meinen Arsch.« Bryan bäumte sich gegen mein Gesicht, als er atemlos flüsterte: »Bitte, Jase.«

Ich wusste, dass wir beide das Gleiche wollten, und riss schnell ein Kondom auf. Mit eingegelten Fingern spielte ich mit ihm und versuchte zu lernen, was ihm gefiel.

»Wir können das ein andermal spielen, fick mich einfach!« stöhnte Bryan, rollte sich auf den Bauch und hob seinen perfekten Arsch in die Luft.

»Gott, was für ein Bild«, schnurrte ich, als ich meinen Platz hinter ihm einnahm. Es war einige Jahre her, dass ich mich mit ihm in dieser Top-Position befunden hatte, nie mit jemand anderem, aber es fühlte sich sofort wie zu Hause an. Ich drückte mich an sein Loch, schob mich vorwärts und spürte, wie seine Hitze begann, mich zu umschließen. Ich wollte langsam machen, ihm nicht wehtun, aber Bryan bewegte sich so schnell zurück, dass ich keine andere Wahl hatte, als mich in ihn zu drängen.

Die Hitze seines Körpers war beinahe mehr, als ich ertragen konnte. Ich wollte mich bewegen, aber ich hatte Angst, dabei dann verrückt zu werden. Ich vergrub mich tief in ihm, genoss die Reibung meiner Hoden an seinen und versuchte zu atmen.

»Bitte beweg dich, Jase. Ich brauche es!«, wimmerte Bryan von unten.

Als ich um ihn griff, seinen Stab zu umfassen, pumpte ich langsam und stieß ruhig in seinen Körper. Später hätten wir Zeit, um uns zu erkunden. Später hätten wir Zeit für schöne Worte. Aber unsere Körper waren zu lange getrennt gewesen, wollten sich zu sehr. Als sich seine Muskeln um mich herum zusammenzogen, biss ich mir auf die Lippe, um meinen Orgasmus nicht herauszubrüllen. Bryan stöhnte in das Kissen, als sich sein Höhepunkt über meine Hand ergoss.

In jener Nacht schlief ich mit meinem Geliebten in meinen Armen, da, wo er hingehörte.

\- * - * - * - * -

Ich hatte eine Woche in meinem neuen Job gearbeitet und liebte ihn mehr, als ich es je für möglich gehalten hätte. Die Hektik, der Himmel, das Gefühl Gutes zu tun, alles war da. Und ich hatte einige großartige Leute, mit denen ich arbeiten konnte.

Gray war in der Schule, aber Bryan und ich wollten auch Zeit mit ihm verbringen, um die Stadt zu erkunden, sodass wir alles an den Abenden und Wochenenden zu schaffen versuchten. Ich war niedergeschmettert, als ich erfuhr, dass ich an seinem ersten Schultag arbeiten würde, aber Bryan nahm sich den Tag frei, damit er für Gray an diesem ersten Tag da sein konnte. Wir hatten aus den Erledigungen für den *Tag der offenen Tür* und den Schulsachen ein ganzes Wochenende Einkaufen für Vorräte und Kleidung gemacht.

Am Samstagmorgen im Bett zu faulenzen war schnell zu einer Lieblingsbeschäftigung in unserem Haus geworden. Und wie verrückt war es, dass ich Bryans Wohnung schon als unser Zuhause betrachtete?

Gray schlief sich aus, spielte auf seinem Tablet, sah ein wenig fern und ging dann gewöhnlich zu Juanita, um zu sehen, ob Emily und Ethan Zeit hatten.

Bryan und ich schlürften Tee oder Kaffee, lasen die Zeitung, machten rum und duschten schließlich, um unseren Tag zu beginnen. An diesem besonderen Morgen hatte Bryan mir seine oralen Fähigkeiten unter der Dusche gezeigt, bevor ich zum Abtrocknen und Frühstückmachen rausgesprungen war.

Als mein Telefon unter einem Haufen Klamotten klingelte, hätte ich es fast ignoriert. Aber mit rollenden Augen und einem stillen Gebet, dass der Anrufer kein Telefonverkäufer war, nahm ich ab, als Bryan um die Ecke in die Küche kam. Ohne nachzuschauen, drückte ich auf den Screen, um den Anruf anzunehmen.

»Hallo.«

»Jase, mein Sohn, schön, deine Stimme zu hören.« Mein Vater!

»Hör zu, deine Mom findet es unhöflich, einfach aufzutauchen, aber ich wusste, dass es dir nichts ausmachen würde. Wir sind etwa dreißig Minuten südlich von Indianapolis auf dem Weg nach Norden, Freunde besuchen. Gib mir deine Adresse, damit wir sie im Navi eingeben können, und wir sind bald da. Wir wollen unseren Enkel sehen, bevor wir zurück nach Florida fahren.«

Meine Knie knickten fast ein, als seine Worte in meinem Gehirn ankamen. Ich gab ihm die Adresse, legte auf und drehte mich schockiert zu Bryan um.

»Ähm, das war mein Vater. Er und Mom werden in circa dreißig Minuten hier sein.«

Bryans Augenbrauen schossen hoch. »Nun ja, dann räumen wir besser auf, nicht wahr?«

Mit einem Augenzwinkern, einem schnellen Kuss und einem Klaps auf meinen Hintern schaltete Bryan in den Notfallreinigungsmodus.

KAPITEL 16

Bryan

Ich wusste, dass Jase sich knapp fünf Minuten vor einem kompletten Zusammenbruch befand.

Er stand da und starrte die Wohnung an, als wüsste er nicht, wo er anfangen sollte. Ich packte seine Schultern und schüttelte ihn leicht. »Jase? Komm schon, lass uns sicherstellen, dass die Betten alle gemacht sind, richten wir das Haus ein bisschen her, und dann machen wir einen Kaffee für deine Eltern. Haben sie gesagt, wie lange sie bleiben werden?«

Er überraschte mich, als er seine Arme um mich schlang und seinen Kopf an meine Schulter legte. Sein Herz klopfte hart in seiner Brust und seine Atmung ging schwer.

»Hey, Babe, ernsthaft, wir haben das im Griff. Atme tief durch. Jase, schau mich an.« Ich zwang ihn, mich anzuschauen. »Es ist alles in Ordnung. Du kannst sagen oder tun, was immer du für richtig hältst. Sag es ihnen oder nicht, es ist mir egal. Alles, was mir wichtig ist, ist, dass du und Gray hier und glücklich seid. Wir können mit deinen Eltern für die kurze Zeit, die sie hier sind, umgehen. Keine Sorge, wir sind ein gutes Team.«

Jase' hellblaue Augen leuchteten wie Höllenfeuer auf Eis. »Danke«, sagte er verdrießlich, bevor er sich vorlehnte, um mich heftig zu küssen. Als er sich löste, versuchte er sichtlich, seine Atmung wieder in den Griff zu bekommen. »Ich weiß einfach nicht, wie sie darauf reagieren werden, dass wir bei dir wohnen. Sie werden sich an Sierras kleine Beschuldigung über unsere Beziehung erinnern. Ich weiß nicht, ob ich bereit bin, es zuzugeben, aber es bricht mir das Herz, dich nicht als den Meinen vorzustellen.«

»Kleine Schritte, Jase. Du hast meine Freunde als mein Partner kennengelernt. Warum nimmst du dir nicht etwas Zeit, um dich daran zu gewöhnen, mein Freund zu sein, möglicherweise outest du dich bei einigen Leuten auf der Arbeit, wenn es sich ergibt, und dann kannst du diesen Schritt mit deinen Eltern machen. Man muss nicht alles auf einmal tun.«

Seine Augen starrten mich mit leerem Blick an, aber schließlich atmete er tief und schaudernd durch. »Du hast recht. Im Moment brauchen sie nur zu wissen, dass du uns mit der Wohnung und dem Babysitting hilfst, während wir uns in der Schule und auf der Arbeit eingewöhnen.« Er atmete noch einmal tief durch und schien entschlossener zu sein. »Yeah, ich helfe dir mit der Miete. Wir ziehen beide unseren Gewinn daraus.«

»Mhm, ich denke wirklich, dass wir beide eine Win-Win-Situation haben, aber wegen mehr als nur Babysitting und Miete«, feixte ich, küsste seinem Hals, während meine Hände hinunter streiften, um ihm um den Hintern zu fassen. »Und wenn sie wieder gehen, werden wir Juanita wegen ihres Angebots beim Wort nehmen.«

Jase stöhnte, als er sich an mir rieb, dann er trat er zurück, um auf seine Uhr zu schauen. »Okay, T minus 20 Minuten, machen wir uns an die Arbeit. Du räumst dein Zimmer auf, ich lasse meins wenigstens so aussehen, als wäre es bewohnt.«

Er streckte sich kurz. »Scheiße, sollen wir Gray vorbereiten? Ihm sagen, was er sagen oder nicht sagen soll?«

»Ehrlich, ich würde nein sagen. Das bringt ihn in eine blöde Situation und sieht so aus, als würden wir ihn bitten, für uns zu lügen oder uns zu decken. Ich würde es einfach laufen lassen und auf das Beste hoffen.« Die Idee, Gray vorzubereiten, gefiel mir gar nicht.

Jase' Gesichtszüge fielen erneut nach unten. »Verdammt, du hast natürlich recht. Was zur Hölle habe ich mir dabei gedacht? Ich würde meinen Sohn nie in diese Lage bringen wollen. Scheiße, meine Eltern holen jedes Mal nur das Beste aus mir raus!«

Ich beobachtete, wie er losging, in meinem Herzen tobten die Emotionen. Ich fühlte so viel für diesen Mann. Sexuell, ja, aber jeden Tag wurde auch alles andere so viel mehr. Ich fühlte mich mit ihm auf eine Art und Weise verbunden, dass es mir wehtat, wenn er sich verletzte, wenn er sich ängstigte, ich erzitterte. Und ich hasste es, dass er in ständiger Angst lebte, dass seine Eltern herausfanden, wer er wirklich war. Ich war dankbar, dass meine Eltern und ich uns schon damals durch diesen ganzen Scheiß hindurch gearbeitet hatten.

Ich ging in mein Zimmer, machte schnell das Bett, schaufelte die ganze Kleidung am Boden zusammen und warf sie in den Wäschekorb. Als ich mich umsah, wurde mir klar, dass nur Jase' Tablet und Laptop wegmussten, aber alles andere im Zimmer gehörte mir. Mit einem letzten Rundgang hatte ich den Raum »gesäubert«, sodass keine Beweise von Jase' Anwesenheit übrig blieben. Traurig sah ich mich im Zimmer um und merkte, wie schnell Jase aus meinem Leben ausgelöscht werden konnte. Nicht aus meinem Herzen, aber aus meinem Leben. Ich hatte weniger als fünf Minuten gebraucht.

»Hey, bist du okay?« Jase' Arme umschlangen mich von hinten, als er mir ins Ohr flüsterte.

»Ja, es fühlt sich nur seltsam an.« Ich war mir nicht sicher, ob ich es erklären könnte.

»Was ist los?« Seine Lippen verteilten Küsse auf meinem Nacken. Ich wusste, dass ich sehr wenig Zeit hatte, bevor wir Gray rufen mussten und seine Eltern auftauchten, aber ich wollte versuchen, es zu erklären.

»In weniger als fünf Minuten habe ich dich hier aus meinem Leben ausgelöscht, zumindest äußerlich. Und es hat mich ein wenig erschüttert, wie sehr ich dich hier haben will, aber wie schnell man das alles wegnehmen kann.« Ich wusste, es klang verrückt, aber der Blick in Jase' Augen, als er mich herumwirbelte, sagte mir, dass er es verstand.

»Bryan, ich hatte nicht vor, mit dir zusammenzuziehen, als ich nach Indianapolis kam, aber dein Angebot einer Unterkunft, während wir uns eingewöhnen, war zu verlockend, um es zu auszuschlagen.«

Als ich meine Augenbrauen hob, errötete er, bevor er weitersprach. »Okay, nicht nur das mit dem Wohnen war zu gut, um es zu auszuschlagen. Aber der Punkt ist, ich will nicht aus deinem Leben ausgelöscht werden. Es bringt mich um, zu glauben, dass wir das, was wir aufzubauen begonnen haben, verbergen müssen, aber im Moment fühle ich, dass es das Beste sein wird. Wie auch immer, solange du mich nicht rauswirfst, habe ich nicht vor, das aufzugeben, uns aufzugeben.«

Ich spürte die Aufrichtigkeit seiner Worte in meinem Herzen. Aber ich wusste auch, dass niemand jemals wirklich vorhat aufzugeben, niemand plant jemals etwas zu verlieren, was ihm am meisten bedeutet.

-*-*-*-*-

Wir gingen gerade mit Gray durch die Tür, als es klingelte. Als Mr. und Mrs. Rafferty die Wohnung betraten, übertrug sich Jase' Nervosität unmittelbar auf mich.

»Grandma und Grandpa?« Gray umarmte sie, überrascht, aber scheinbar glücklich. Obwohl ich bemerkte, dass er nicht sonderlich begeistert schien. Ich hatte einige Kinder von Freunden mit ihren Großeltern beobachtet und das war, als ob sie dächten, die alten Leutchen könnten übers Wasser laufen. Gray war höflich und schien nicht verärgert, aber er war etwas zurückhaltend.

Vielleicht hatte er einfach nicht diese Art von Beziehung zu ihnen. Ich wusste, dass die älteren Raffertys nicht der Typus war, der mit dem Kind spielten und Spaß hatte, sie schienen eher der Typ zu sein, der hereinkam, umarmte, fünf Dollar gab und sich dann seinem eigenen persönlichen Kram zuwandte. Ich wollte nicht urteilen, aber da ich wusste, wie sie auf Jase wirkten, erlaubte ich mir, sie ein wenig zu etikettieren, und heraus kam egozentrisch, selbstsüchtig und nur auf ihren Ruf als perfekte Eltern und Großeltern bedacht.

Jase umarmte seine Mutter und schüttelte seinem Vater die Hand. Er drehte sich zu mir um und lächelte schwach. »Mom, Dad, das ist mein Freund Bryan. Das ist eigentlich seine Wohnung. Wir hatten Glück, dass er Platz für uns hatte, also helfe ich ihm bei der Miete und er hat uns mit der Kinderbetreuung für Gray bekannt gemacht, bis wir uns in der Schule und auf der Arbeit eingelebt haben.«

Mr. Rafferty starrte mich kalt an. »Und was ist das für eine Arbeit, Sohn?«, fragte er Jase, aber ließ mich nicht aus den Augen.

»Ich habe einen Job als Pilot bei den *Indianapolis HEMS*. Ich arbeite jede zweite Woche, eine Woche tagsüber, eine Woche nachts. Ich habe gerade erst angefangen, aber es ist ein toller Job und ich liebe es wirklich, die Fähigkeiten, die ich in der Army gelernt habe, zu nutzen, um den Vogel zu fliegen«, erzählte Jase aufgeregt über seinen Job und mein Herz schwoll an, weil er so glücklich war.

»Gut, gut, ich bin froh, das zu hören, Sohn. Mach dem Familiennamen Ehre.«

Der alte Mann wandte sich an mich. »Und womit verdienen Sie Ihren Lebensunterhalt, Bryan? Frisör? Tänzer? Modedesigner?« Er feixte über seinem eigenen Witz.

»Dad, das ist nicht nötig. Bryan ist Investmentbanker bei einer der größten Wertpapierfirmen im Staat. Er begann dort schon im College und klettert auf der Karriereleiter nach oben. Er hat eine sehr beeindruckende Kundenliste.« Jase sprach verteidigend und ich fühlte, dass mein Herz ein wenig mehr schwoll bei seinem Stolz auf mich, aber ich hatte Sorge, dass sein Vater das nicht freundlich aufnehmen würde.

Und ich hatte recht.

»Es ist nicht schwer, bei der Arbeit auf der Karriereleiter emporzusteigen, wenn man sich dafür zu bücken bereit ist.« Wieder kicherte Mr. Rafferty, offensichtlich von sich selbst beeindruckt.

»Dad!« Jase sah seinen Vater schockiert an und schaute dann gezielt zu Gray.

»Der Junge kann genauso gut was über die kranken Dinge lernen, die manche Leute auf dieser Welt zu tun bereit sind.«

»Nein, das muss er nicht lernen. Nicht hier, nicht jetzt und schon gar nicht, weil Bryan jede Beförderung aufgrund seiner Investmentkünste verdient hat.« Jase schüttelte angeekelt den Kopf und bot seiner Mutter Kaffee an.

Sie blickte ihren Mann düster an, bevor sie errötete und das Kaffeeangebot annahm.

»Also, Mr. Investmentbanker, lassen Sie uns diese Wohnung ansehen, die Sie sich mit meinem Sohn so gnädigerweise teilen wollen.« Mr. Rafferty wandte seinen kalten Blick wieder zu mir.

»Aber sicher doch, ich mache mit Ihnen gerne den großen Rundgang.« Stolz zeigte ich ihnen die Wohnung. Ich hatte mein ganzes Leben lang mit Fanatismus und Hass zu tun, ich konnte wohl mit ein paar engstirnigen Homophoben für ein oder zwei Nachmittage umgehen.

Als wir Jase' Zimmer erreichten, ging sein Vater direkt hinein und sah sich um, als würde er nach einem Hinweis auf etwas suchen.

»Jase, Liebling, du solltest Bryan fragen, ob du diesen Raum mehr zu deinem eigenen machen kannst. Es sieht so düster und nackt aus, als ob du kaum hier wohnen würdest.« Seine Mutter schaute sich entsetzt im Raum um.

»Weil er die meiste Zeit …«, meldete sich Gray zu Wort, verstummte aber abrupt, als Jase ihn lachend unterbrach.

»… die meiste Zeit in *deinem* Zimmer bin, nicht wahr, Buddy?« Jase lächelte seinen Sohn an, seine Augen flehten den Jungen an, ihm zuzustimmen.

»Ähm, ja, meistens in meinem Zimmer.« Gray runzelte die Stirn, während er sprach.

Mein Herz zerbrach, als ich sah, wie sich die Szene vor meinen Augen abspielte. *Oh, welch verworren Netz wir weben, wenn wir nach Trug und Täuschung streben*[1]. Ja, Sir Walter wusste genau, wovon er da redete. Wie um alles in der Welt sollten wir Gray das erklären?

* * * *

Glücklicherweise waren Jase' Eltern nur auf dem Weg zu Freunden im Norden. Sie blieben zum Abendessen und machten sich dann auf den Weg, mit dem Versprechen, Jase und Gray in den Ferien zu treffen. Mir entging nicht, dass Mr. Rafferty mehrmals erwähnte, dass er hoffe, dass Jase und Gray bis dahin an einem dauerhafteren Ort wohnen würden. Er machte

1 Sir Walter Scott, Marmion

kein Geheimnis daraus, dass er erkannt hatte, dass ich schwul war und nicht mochte, dass sein Sohn auch nur eine Sekunde bei mir lebte.

Als die Tür zu war, drehte sich Jase zu mir um, mit einem angeschlagenen und herzzerreißenden Gesichtsausdruck. »Bryan, es tut mir so leid. Ich wusste, dass er schlimm sein würde, aber ich hatte keine Ahnung, wie schlimm.«

Er kam zu mir und zog mich in eine Umarmung. Als er sich zurückzog, sah er Gray an, der stirnrunzelnd in der Türöffnung stand.

»Und du, kleiner Mann, verdienst eine Erklärung.« Jase ging rüber zur Couch, klopfte für Gray neben sich und hielt mir seine Hand hin.

Ich schloss mich ihnen auf der Couch an und bereitete mich darauf vor, Jase zu unterstützen, ohne Gray noch mehr zu verwirren, als er es bereits war.

»Gray, es tut mir leid, dass ich dich zum Lügen gebracht habe. Das war falsch von mir und ich hätte nicht lügen oder dich mit reinziehen dürfen.« Jase zog seinen Sohn an seine Brust.

»Daddy, ich versteh's nicht. Warum hast du denn gelogen?« Grays kleine Stirn lag in Falten.

»Nun ja. Grandpa mag es nicht, wenn zwei Jungs sich mögen, und ich hatte Angst, dass er merkt, dass Bryan und ich uns mögen. Ich geriet ein bisschen in Panik und die Lüge platzte aus Angst heraus. Aber ich habe mich geirrt und es tut mir leid.« Jase' Augen füllten sich mit Tränen.

»Warum stört es Grandpa, dass du Bryan magst? Du und Bryan seid so lange Freunde, Grandpa sollte froh sein, dass du ihn gefunden hast. Ich verstehe nicht, warum du Bryan vor ihnen verstecken willst.« Gray schaute schüchtern zu mir und mein Lächeln ließ sich nicht verbergen. Ich zwinkerte ihm zu und bot ihm einen Faustcheck an.

»Ich will Bryan nicht vor Grandpa verbergen, aber ich fürchte, Grandpa wird versuchen etwas Gemeines zu tun, wenn er weiß, dass Bryan und ich uns mögen. Ich will eine Weile warten, bevor ich es ihnen erzähle. Aber ich werde dich nicht noch einmal bitten zu lügen. Wenn das Thema wieder hochkommt, bin ich bereit, ihnen von Bryan und mir zu erzählen.«

»Das ist gut. Du musst nicht verstecken sollen, wen du magst. Ich meine, ich mochte ein Mädchen in meiner alten Vorschule, die hat in der Nase gepopelt. Die anderen Jungs sagten, sie sei ekelhaft, aber es gab etwas außergewöhnlich Besonderes an ihr, das mich nicht mehr losließ. Obwohl ich hoffe, dass sie diese Popel-Sache bald aufhört, ich meine, wenn ich sie jemals treffen sollte, wenn ich älter bin oder so.« Gray kräuselte die Nase und Jase und ich konnten nicht anders, als in Lachen auszubrechen.

-*-*-*-*-

»Also, war dein Dad schon immer ein klassischer homophober Fanatiker?« Ich meinte es ernst, aber ich fragte Jase so, dass er wusste, dass ich nicht wütend war.

Tief seufzend zog er mich an sich heran, als wir uns im Bett niederließen. Unserem Bett.

»Ja. Als ich klein war, habe ich es nicht so sehr bemerkt, aber wenn ich daran zurückdenke, verlangte er immer sehr hartnäckig, dass ich mit Trucks, Gewehren und Messern spielte. Wenn ich mit meiner Mutter kochen wollte, hat er es verhindert. Wenn ich mich mit Stofftieren abgeben wollte, hat er einen Anfall bekommen. ›Mein Sohn wird kein zimperlicher Junge.‹ Ich lernte bald, die harten Kerle-Sachen zu tun, um den Frieden zu wahren.«

»Als ich dann älter war, gab er immer wieder miese Kommentare über *Homos* oder *Tunten* ab und erwartete, dass ich mitmachte. Es war sehr unangenehm. Ich wollte seinen Zorn nicht auf mich lenken, wenn ich nicht mitmachte, aber ich mochte es auch nicht, weil ich dabei das Gefühl hatte, mich über andere lustig zu machen. Ich denke, ich wollte mich ihm entgegenstellen und mein eigener Herr sein, aber seine hasserfüllte Verurteilung machte es mir wirklich schwer. Es war nicht einmal deshalb, weil ich zu diesem Zeitpunkt irgendwelche Gefühle für Jungs hatte, es lag einfach nicht in meiner Natur, mich über andere lustig zu machen. Geschweige denn, wie verwirrt ich mich fühlte, als ich anfing neugierig darauf zu sein, wie es wäre, mit Jungs zu experimentieren.«

Jase' Stimme klang leise, niedergeschlagen.

»Und jetzt habe ich meinen Sohn mit hineingezogen und ihm vorgemacht, wie man lügt, statt sich für das Richtige einzusetzen. Verdammt, Bryan, ich bin im Moment mehr als am Arsch.«

Mein Herz fühlte mit ihm. Ich hob den Kopf von meinem bequemen Platz auf seiner Brust und lehnte mich vor, um ihn sanft zu küssen. Ich fuhr mit meiner Zunge entlang seiner Unterlippe, biss leicht hinein und zog sie in meinen Mund.

»Mhm, ich dachte, wir würden uns unterhalten? Ich kann nicht mit dir reden, wenn du das machst. Jedes Gramm Blut strömt gerade von meinem Kopf in meinen Schwanz.« Er packte meine Hand und legte sie über seine harte Beule.

Ich hörte sofort auf, ihn zu küssen, drückte noch ein letztes Mal kurz seinen Schwanz und zog Kreise auf seiner Brust, als ich fortfuhr.

»Ich denke nicht, dass du am Arsch bist. Ich denke, du befindest dich im Moment definitiv in einem Kampf. Aber es ist nicht sehr überraschend, wenn man darüber nachdenkt.«

Jase hob seine Augenbrauen. »Also denkst du, ich bin einfach der Typ Mensch, der immer am Arsch ist?« Er war nicht wütend, sondern lachte über sich selbst.

»Nein, aber bleib bei mir. Du bist mit einem hasserfüllten Fanatiker als Elternteil aufgewachsen. Du wusstest nichts mit deinen neugierigen Gefühlen an Männer anzufangen, du hattest definitiv niemanden, mit dem du darüber reden konntest. Dann bist du in einer schlimmen Ehe gelandet, um es nett auszudrücken. Verbrachtest mehrere Jahre beim Militär, weg von der Familie, bekamst ein Baby, wurdest geschieden, wurdest fast vor deiner Familie geoutet. Dann hast du den einzigen Job aufgegeben, den du überhaupt je wirklich kanntest, bist mit deinem Sohn tausend Meilen in einen anderen Bundesstaat gezogen, hast einen neuen Job angefangen, während er eingeschult wurde. Während dieser ganzen Zeit kämpfst du und versuchst diese intensiven Gefühle zu verstehen, von denen du nie erwartet hattest, dass du sie für deinen guten Kumpel haben würdest, und versuchst dich nun als schwuler Mann durchs Leben zu schlagen, der nichts davon wirklich akzeptiert hat. Als Sohn hattest du Angst, was deine Eltern tun und sagen werden, und du hattest jedes Recht dazu. Als Vater hast du Angst, deinen Sohn zu verletzen oder ihn zu verlieren. Als Mann hast du Angst, diese Gefühle anzunehmen, deinen Freund zu verlieren, das zu sein, was viele hassen.«

Ich umschloss seine Wange mit meiner Hand. »In Wirklichkeit machst du dich ganz gut mit all den Gefühlen, Veränderungen und berechtigten Ängsten.«

»Woher kennst du dich immer so gut mit diesem Zeug aus und wie machst du das, dass ich mich viel besser fühle?« Jase seufzte in meinen Mund, bevor er seine Zunge hineinstieß und ihn in Besitz nahm.

Als ich mich von ihm löste, zwinkerte ich und lächelte. »Bryan weiß alles.«

»Oh Gott.« Er lachte, bevor er mich auf den Rücken rollte. »Weiß Bryan, dass er gleich sehr, sehr glücklich sein wird?«

»Yeah, ja, das tut er.« Ich musste lachen, als Jase anfing, mir die Klamotten auszuziehen.

Kapitel 17

Jase

Gray hatte sich sehr gut in der Schule eingelebt. Er hatte einige Freunde, über die er die ganze Zeit redete, mochte seinen Lehrer und kam täglich mit neuen Geschichten nach Hause.

Bryan war am ersten Schultag ein nervöses Wrack gewesen. Ich hatte in dieser Woche Tagschichten, also hatte Bryan den Tag freigenommen, um sicherzustellen, dass Gray sich gut eingewöhnte.

Er hatte mich auf der Arbeit angerufen, bevor Gray wach war. »Mann, was ist, wenn er ausflippt? Was ist, wenn er die Klamotten nicht mag, die ich für ihn raussuche? Und wenn er nicht frühstücken will? Muss ein Kind nicht essen, damit es lernen kann? Was verdammt soll ich tun, wenn er weint?«

Ich hatte leise ins Telefon gelacht. »Bryan, Baby, er ist davon begeistert, zur Schule zu gehen, und er ist ebenso begeistert, dass sein bester Freund ihn am ersten Tag mitnimmt. Du hast ein gutes Gespür für Mode, er wird die Kleidung nicht hassen. Du weißt, der Junge isst eigentlich alles, was wir ihm vorgesetzt haben. Und wenn er weint, umarmst du ihn einfach und sagst ihm, dass es in Ordnung ist, Angst zu haben und er uns alles über seinen großen Tag heute Abend erzählen kann.« Bevor ich ihn noch mehr beruhigen konnte, ging der Alarm los und signalisierte, dass wir einen Noteinsatz hatten. »Hey, Babe, ich muss los. Vielen Dank, dass du für meinen Sohn und mich da bist. Wir sehen uns heute Abend, okay?«

Ich fragte mich den ganzen Tag über, wie es wohl gewesen war, aber beim Abendessen lächelten Bryan und Gray, als sie mir von der Frau erzählten, die gnadenlos mit Bryan geflirtet hatte – »Ich glaube, sie wollte Bryan küssen, Daddy. Ich dachte, dass es nicht nett wäre, sie in Verlegenheit zu bringen, wenn ich ihr von dir und ihm erzähle, dass ihr euch schon küsst.« Gray hatte gelacht, als Bryan ein Stück Möhre nach ihm warf und errötete.

»Ja, ja, lach nur drüber, Kumpel. Aber warum erzählst du deinem Vater nicht von dem kleinen Mädchen, das dich an der Hand halten wollte und als ihren Freund betrachtete, gleich als wir reinkamen? Ernsthaft, Jase, der kleine Kerl ist ein Frauenschwarm. Diese kleine Blondine kam zu ihm und sagte: ›Hey, mein Freund, lass uns mit Bauklötzen spielen gehen‹, noch bevor ich ihm überhaupt geholfen hatte, seinen Rucksack auszupacken.«

»Sie war nicht so schlimm, ich denke, ich könnte sie wahrscheinlich erst mal behalten.«

Nach diesen Worten stöhnten Bryan und ich und warfen noch mehr Karotten nach Gray.

~ * ~ * ~ * ~ * ~

Ungefähr drei Wochen nachdem Bryan Gray zu seinem ersten Schultag mitgenommen hatte, wurde ich bei der Arbeit geoutet. Ich hatte es definitiv nicht kommen sehen und ich hatte mich definitiv nicht darauf vorbereitet, wie ich reagieren sollte.

Der Rest der *HEMS*-Crew und ich saßen in der Nachtschicht herum und spielten Karten, warteten und hofften, dass wir einen Einsatz bekämen. Es war makaber, aber das Hoch nach einem Flug war genug, dass wir uns Notfälle wünschten. Das Adrenalin, die Angst vor dem Unbekannten, der Rausch, irgendwo einzutreffen in dem Wissen, dass ein Leben auf dem Spiel stand, wenn wir nicht unsere Ärsche hoch bekämen, gab uns allen Grund, es zu wollen, es immer und immer wieder tun. Zumindest auf den Flügen, wo der Patient gerettet wurde.

Die Flüge, bei denen wir zu spät ankamen oder ein Opfer beim Transport starb oder wir später hörten, dass der Patient es nicht geschafft hatte, das waren die Nächte, die einen wirklich runterbringen konnten.

Aber jetzt saßen wir nur herum, Wasserflaschen standen auf dem Tisch, Chips und Süßigkeiten in Schalen auf der Theke, als die Frage aufkam.

»Also, Rafferty, du bist der Neue. Ich denke, es ist an der Zeit, dich kennenzulernen. Ich meine, wenn wir einander unser und das Leben unserer Patienten anvertrauen, sollten wir wissen, mit wem wir arbeiten, richtig, Jungs?«

Ein fülliger Mann namens Steve grinste mich an, als er das sagte. Ich war sofort durch Steves Kommentar beunruhigt, aber als ich mich im Raum umsah, bemerkte ich, dass niemand allzu interessiert daran war, was Steve sagte. Ich setzte alles auf eine Karte und lächelte den Mann an. »Sicher, frag nur.«

»Wer wartet zu Hause auf dich?«

»Grayson ist mein Sohn, ein toller Junge, hat gerade mit der Schule angefangen und liebt sie.« Ich wusste, dass der Stolz in meiner Stimme offensichtlich war.

»Und wie gefallen deiner Frau deine Nachtschichten?«

»Keine Frau, also kein Problem.«

»Wo bleibt dein Kind in der Zeit? Hast du Glück mit einem 24-Stunden-Babysitter?«

»Nee, er ist zu Hause bei meinem Mitbewohner.«

Und los geht's.

»Ein bisschen wie Freunde mit gewissen Vorzügen, was?« Steve wackelte mit den Augenbrauen.

»Ich bin mir nicht sicher, ob ich es so nennen würde«, wich ich aus.

»Gut, gut. Genau wie Bobby da drüben seine bei ihm lebende Freundin nicht als steilen Zahn bezeichnet oder dass er nie vorhat zu heiraten. Ich bin mit einem tollen Mädchen verheiratet, Sally. Bobby hat sein Mädchen, Tina. Und Jeff hat seine Frau vor ein paar Jahren wegen Krebs verloren, aber er verabredet sich jetzt wieder. Wie heißt sie, Jeff? Sue? Susie? Susan?«

Ich hörte zu, als Jeff den Namen Suzanne zusteuerte, aber im Hinterkopf versuchte ich Steves Befragung zu verstehen. Bevor ich es auf den Punkt bringen konnte, fuhr er fort.

»Wie heißt dein *Mitbewohner*?«

Ohne zu zögern, lächelte ich. »Bryan. Ein guter Freund aus meiner Zeit in der Army.«

Und da bemerkte ich das Blinzeln in Steves Augen. »Bryan? Ist das der, mit dem du neulich am Telefon gesprochen hast? Ich bin mir ziemlich sicher, dass du ihn *Babe* und *Baby* genannt hast. Bitte sag mir, dass du nicht so ein kleiner Homo bist, vor dem ich meinen Arsch beschützen muss.«

Ich werde wahrscheinlich nie herausfinden, ob das Gespräch eine Falle gewesen war, aber ich schaute ganze fünf Sekunden auf meine Karten herunter, stellte mir Bryans schönes Gesicht vor und sah mich dann zu den anderen im Raum um.

»Wenn du mich fragst, ob ich schwul bin, lautet die Antwort ja. Wenn du fragst, ob ich dich ficken will, ist die Antwort ganz bestimmt nein.« Ich sprach ruhig, obwohl mein Herz drohte aus meiner Brust zu springen. »Ich versichere dir, dein Arsch ist in meiner Nähe sicher.«

Um mich herum wurde gekichert. Bobby schnaubte so heftig, dass das Wasser aus seiner Nase schoss.

»Tut mir leid, Steve, aber sieht so aus, als müsse sich Sally keine Sorgen machen, ihren kleinen Weiberheld zu verlieren.« Jeff klopfte ihm auf die Schulter.

Steve starrte mich einen Moment lang an und ich konnte fast sehen, wie sich die Rädchen in seinem Kopf drehten. Wollte er mir die homophobe kalte Schulter zeigen? Versuchen, mir mein Arbeitsleben schwer zu machen? Beantragen, ich solle aus seiner Crew verlegt werden?

»Jetzt warte mal eine Minute. Ich sage nicht, dass ich deinem kleinen schwulen Schwanz nahe kommen will, aber warum zur Hölle würdest du mich nicht ficken wollen, wenn ich dir das anbieten würde?«, fragte Steve beleidigt.

Ich war an der Reihe zu schnauben.

»Erst mal versichere ich dir, dass an meinem schwulen Schwanz nichts klein ist. Zweitens bin ich mit Bryan absolut glücklich. Und drittens, willst du jede Frau ficken, die du siehst?«

Steve schien über diese Frage nachzudenken, bevor er den Kopf schüttelte.

»Na, dann würde es doch logisch erscheinen, dass ich nicht jeden Mann bumsen will, den ich sehe. Wird es ein Problem für die Crew, dass ich schwul bin?« Ich fragte Steve, aber dann schaute ich mich zu den anderen um.

-*-*-*-*-

»Bryan, es war so fantastisch. Jeder einzelne von ihnen, sogar Steve – wenn ich auch denke, dass er mich noch eine Weile beobachten wird, bis ich ihm meinen Wert beweisen und ihm zeigen kann, dass ich ein guter Kerl bin – alle haben mir auf die Schulter geklopft und gesagt, dass es ihnen nichts ausmache, solange ich den Vogel vom Boden und das Opfer sicher ins Krankenhaus bringe.«

Ich wusste, dass ich total aufgeregt war, aber Bryan über das erste Mal zu erzählen, dass ich öffentlich zugab, schwul zu sein und Bryan als meinen Partner vorgestellt hatte, hatte mich fast so hoch wie der Kick eines Fluges gebracht.

»Das ist toll, Baby, ich freue mich so für dich. Als du mit der Geschichte angefangen hast, war ich wirklich besorgt, dass Steve deswegen zum Arschloch würde, aber es sieht so aus, als ob er vielleicht damit klarkäme. Wahrscheinlich hat es geholfen, dass der Rest der Crew keine Sorgen hatte.« Bryan küsste mich fest.

»Yeah, außer Steve haben mir alle von einem Freund oder Familienmitglied erzählt, der schwul ist. Es ist, als hätten sie meine Verschiedenheit gesehen, aber mich trotzdem akzeptiert. Ich glaube nicht, dass ich bereit bin, meine Eltern anzusprechen, aber mein erstes Outing vor meinen Arbeitskollegen lässt mich denken, dass vielleicht alles gut wird.«

Ich wusste, dass meine Eltern nicht annähernd so reagieren würden wie die Crew, war aber noch zu berauscht, um mir darüber Sorgen zu machen.

~*~*~*~*~

»Dad, was ist gay?«, fragte Gray uns mitten beim Abendessen und Bryan und ich hielten mit den Gabeln auf halbem Weg zum Mund inne.

»Nun, es ist ein Wort, das vor vielen Jahren *glücklich* bedeutete, aber heute wird es eher verwendet, um einen Jungen zu bezeichnen, der einen Jungen mag, oder ein Mädchen, das ein Mädchen mag«, sagte Bryan völlig locker und rettete mich, während ich dasaß und meinen Sohn anstarrte.

»Ich bin also schwul, wenn ich einen Freund mag, der ein Junge ist? Ich dachte, wir sollen unsere Freunde mögen?« Gray kräuselte verwirrt die Stirn.

»Nein, schwul ist ein Junge, der einen anderen auf romantischere Weise mag.« Bryan sah mich an, um sicher zu sein, dass ich mit dem Gespräch einverstanden war.

»Romantisch? Wie Küssen?« Gray tat so, als müsse er sich schütteln.

»Ja, mehr wie Händchen halten und küssen, als nur mit einem Jungen befreundet zu sein.«

Bryan nickte und schob seinen unvollendeten Bissen gegrillten Lachs nach. Ich sah, dass Bryan dachte, das Gespräch sei vorbei, aber ich wusste, dass Gray mehr zu sagen hatte. Ich konnte es in seinen Augen sehen.

»Was geht in deinem Kopf vor, Buddy?« Ich hatte gelernt, offene Fragen zu stellen in der Hoffnung, Antworten zu bekommen, aber keine vorzugeben.

»Nun, heute nannten mich ein paar Kinder *Gay Gray*. Ich wusste nicht, was es bedeutet, aber ich wusste, dass sie es gemein meinten. Aber jetzt weiß ich es …« Gray sah uns verlegen an.

»Weißt du was?« Ich fragte, aber ich ahnte schon, wo es hinging, und ich fühlte Schuldgefühle in meinem Bauch.

»Ich weiß, dass sie mich wegen dir und Bryan *Gay Gray* nannten.«

»Ja, Buddy, wahrscheinlich. Stört dich das?« Ich hatte mein Essen an diesem Punkt aufgegeben, um sicherzugehen, dass Grayson sich gut fühlte.

»Es ärgert mich, aber nicht sehr. Ich meine, ich mag keine Schimpfworte, aber erst recht nicht, dass sie sich über dich und Bryan lustig machen.«

Verspätet dachte ich, ich hätte vielleicht darauf bestehen sollen, dass er in der Schule Grayson genannt wurde, anstatt dass er sich für das von ihm bevorzugte abgekürzte Gray entschied. Aber auch dann würden die Kinder reden. Ich meine, Bryan und ich hatten Gray zum Tag der offenen

Tür in der Schule begleitet, ich bin mir sicher, dass einige der Kinder es von ihren Eltern gehört hatten. Allerdings hatte ich gehofft, dass die meisten Eltern an dieser Schule etwas aufgeschlossener sein würden. Ich schätze wohl eher nicht.

-*-*-*-*-

Am nächsten Tag strahlte Gray am Esstisch.

»Was gibt's, kleiner Mann?« Bryan boxte ihn leicht mit der Faust.

»Die Kinder haben mich heute wieder Gay Gray genannt, aber ich ließ mich davon nicht stören. Ich habe ihnen nur gesagt, dass sie sehr gut reimen würde. Als der eine Junge wieder Gay Gray sagte, lächelte ich nur und erzählte ihm, dass ich definitiv gay sei, wenn er glücklich meinte, aber ich sei nicht die Art von Gays, die Jungs küssen wollen. Die Lehrerin hörte mich und lächelte mich an, aber diese Jungs guckte recht böse.«

»Ich bin stolz auf dich, Grayson. Du hast wie ein großer Junge gehandelt.« Ich lehnte mich vor, um ihn zu umarmen, und sah Bryan über seinen Kopf hinweg an.

Bryan zwinkerte mir zu und zerzauste Grays Haar, als er einen schmutzigen Teller zum Waschbecken brachte.

Ich hoffte, Gray würde sich nicht mit irgendwelchen anderen gemeinen Kindern herumschlagen müssen, aber ich hatte das nagende Gefühl, dass der Spott noch nicht vorbei war.

-*-*-*-*-

»Du weißt, dass das wahrscheinlich wieder passieren wird, oder?« Bryan sprach leise, während er sich bis auf seinen Boxerslip auszog, bevor er ins Bett kletterte.

»Ja, ich weiß. Ein Teil von mir will ihn darauf vorbereiten, aber der andere denkt, dass es eher wie Abwarten und Tee trinken ist.«

»Er hat sich heute sehr gut geschlagen. Ich weiß noch, wie gemein Kinder sein können, und das wünsche ich ihm nicht, erst recht nicht wegen unserer Beziehung.«

Bryan hatte sich an meiner Seite eingerollt.

»Ich empfinde es genauso. Lass uns nur sicher sein, dass wir mit ihm über die Schule reden und aufpassen, wenn er sich anders benimmt.« Ich hatte ein paar Artikel darüber gelesen, worauf man achten sollte, wenn einem Kind ein lebensveränderndes Ereignis widerfährt. Scheidung, Umzug, neuer Job, Schule – Dad küsst einen Kerl, ja, ich denke, das trifft auch darauf zu.

»Also, ich habe Juanita gebeten, Grayson dieses Wochenende zu versorgen. Sie holt ihn am Freitag nach der Schule ab und wir holen ihn am Sonntagnachmittag wieder zurück.« Bryan hatte mir in die Schulter gebissen und danach das Brennen mit seiner Zunge beruhigt. Er wackelte mit den Augenbrauen. »Was sollen wir dann nur mit unserer Zeit anfangen?«

»Mal sehen.« Ich öffnete eine Tourismusseite von Indianapolis auf meinem Tablet. »Wir könnten das *Lucas Oil Stadium* besichtigen, um das Zuhause der *Indianapolis Colts* zu sehen.«

Bryan runzelte seine Nase.

»Oder es gibt ein Spiel der *Pacers*. Interessiert dich die NBA mehr als die NFL?« Ich kannte die Antwort bereits.

»Äh, nicht wirklich.«

»Wir könnten uns die *NCAA Hall of Champions* ansehen? Uns ein Baseballspiel der Minor League reinziehen? Oder ein Indy Eishockeyspiel? Oh! Hier ist was, *Indy Eleven Soccer*? Oder vielleicht *Indy Crash*, das Frauenfußballteam?« Ich kicherte, während ich alle Sportmannschaften meiner neuen Stadt durchging. »Oder wir könnten die berühmte *Indianapolis 500* Rennstrecke besuchen?«

Bryan sah mich mit einem schiefen Lächeln an. »Yeah, es gibt also eine Menge Dinge in dieser Stadt, die völlig an mir vorbeigegangen sind. Sport hat mir nie wirklich was gegeben.«

»Vielleicht könnten wir essen gehen, einkaufen, am *Circle* spazieren gehen und uns einen Film ansehen? Oder sogar eine Show in einem der Theater mitnehmen?« Ich fuhr mit meiner Hand seine Seite hinunter und umfasste seinen Hintern, sodass sich unsere Leisten aneinander rieben. »Würde dir das ein wenig besser gefallen?« Ich streifte mit meinen Lippen sein Ohr, als ich diese Worte flüsterte.

»Wie wär's Freitagabend mit einer Schwulenbar mit Drinks und Tanzen, dann könnten wir am Samstag Abendessen, Shopping und Kino machen. Und uns am Sonntag erholen.« Bryan küsste sich entlang meine Brust und umkreiste mit seiner Zunge meine Brustwarze.

Ich schnappte nach Luft, als er leicht hineinbiss. Stöhnend versuchte ich unserem Gespräch zu folgen. »Aber, was ist mit Sex? Ich wollte eigentlich viel Zeit im Bett verbringen.«

»Oh, dafür wird es noch viel Zeit geben. Warum glaubst du, habe ich einen Tag zum Erholen eingeplant?« Bryan zwinkerte mir zu, als er von meinem Oberkörper hinunter heiße Küsse auf seinem Weg verteilte, bevor er meine steinharte Stange erreichte. »Aber nur für den Fall, dass du Angst hast, dass wir in der Bettenabteilung zu kurz kommen, lass mich dir jetzt einen kleinen Vorgeschmack verschaffen.«

Er grinste gemein und heiß, als er mich in seinen feurigen Mund nahm. Ich wusste, dass es ewig dauern würde, bis das Wochenende endlich kam.

Kapitel 18

Bryan

Ich machte am Freitag so früh wie möglich Feierabend.

Ich wusste, dass Jase Gray vom Bus abgeholt und ein wenig Zeit mit ihm verbrachte hatte, bevor er den Jungen zu Juanita brachte. Grayson war begeistert davon, das ganze Wochenende mit Emily und Ethan spielen zu können. Zuerst machte ich mir Sorgen, dass er Angst davor hatte, die Nacht woanders schlafen zu müssen, aber ich denke, er war es von Jase' Job bei der Armee seit seiner Geburt gewohnt, überall zu schlafen; er schien völlig entspannt, dass er bei Juanita übernachten würde. Ich erinnerte mich an das Treffen mit Jase in Texas, als Gray noch ein Baby war. Jase hatte immer gesagt, dass Gray ein problemloses Kind war, und dieser Aussage wurde er immer noch in mehrfacher Hinsicht gerecht. Ich hoffte, dass ihm diese Eigenschaft im Laufe des Lebens gute Dienste leisten würde.

Als ich nach Hause kam, fand ich eine Nachricht von Jase.

> Bryan,
> Ich bin um 18 Uhr hier, dich abholen.
> xoxo,
>
> Jase

Xoxo? Wir hatten über unsere gegenseitige Anziehungskraft gesprochen, über unsere Freundschaft, wir hatten über unsere zukünftige Beziehung gesprochen, aber wir hatten niemals Gefühle und Emotionen zum Thema gemacht. Diese einfache Unterschrift rückte diese Tatsache in den Vordergrund meines Denkens. Wir hatten über viele Dinge geredet, aber der wirklich emotionale Teil war irgendwie immer überspielt worden. *Xoxo* bedeutete Umarmungen und Küsse, richtig? War es nur einfach da, um die Mitteilung abzuschließen? Hatte er sich Gedanke darüber gemacht, was er schreiben sollte? Sich etwa gefragt, ob *In Liebe, Jase* viel zu früh gewesen wäre? Verdammt, ich dachte wirklich zu viel über diese Notiz nach.

Ich sah auf meine Uhr. Mist, 45 Minuten, um sich fertig zu machen. Plötzlich wurde mir schwummrig bei der Vorstellung, dass Jase mich zu unserem Date abholte. Ich hatte dies als eine einfache Verabredung zum Wochenende betrachtet, aber dass er sich die Mühe machte, mich abzuholen, brachte mich zum Lächeln und mein Herz schlug schneller.

Schnell den Haaren mit Pinzette und Rasierer zu Leibe gerückt, eine dampfend heiße Dusche mit der Lotion, die Jase am besten gefiel, ein paar Kleckse Gel ins Haar und ich hatte mich bis auf meine Kleidung komplett fertig gemacht. Ich stand unsinnig lange vor meinem Kleiderschrank und versuchte herauszufinden, was ich anziehen wollte. Ich war jemand, der am Wochenende bequeme Shorts oder Jogginghosen mit einem weichen T-Shirt liebte, elegante Hemden und Krawatten mit gelegentlich einem Anzug bei der Arbeit und modische Kleidung, wenn ich mit Freunden ausging. Ich wusste, dass wir an diesem Abend eine Schwulenbar besuchen würden, also wollte ich etwas, das sexy und chic war und in dem ich mich bewegen konnte.

Als ich realisierte, dass Jase bald eintreffen würde, schnappte ich mir ein Paar dunkle Jeans, schwarze Lederstiefeletten und einen passenden grau-schwarzen Pullover mit V-Ausschnitt. In der Bar wäre es warm und das Wetter war noch nicht kalt genug, um eine Jacke zu brauchen, der leichte Pullover dürfte dagegen genau das Richtige sein.

Als ich gerade fertig wurde, klingelte es. Ich wusste nicht, ob ich je so gespannt auf ein Date gewesen war. Ich war mit einigen super sexy, heißen, tollen Typen im Laufe der Jahre ausgegangen, aber keiner hatte mich so heißgemacht und mein Herz so schnell schlagen lassen wie Jase. Ich hatte nicht vergessen, dass wir erst als Freunde begonnen hatten, dann eine lustvolle Fantasie wahr wurde und wir jetzt zusammenlebten und funktionierten wie in einer echten Partnerschaft. Aber was war eine echte Partnerschaft, wenn wir nicht wirklich von unseren Gefühlen und Emotionen sprachen? Ich wollte mir die Begeisterung nicht verderben, aber mein Verstand flüsterte mir immer wieder zu, dass alles zu glatt, zu perfekt, zu schnell verlief. *Ruhe*, befahl ich meinem Kopf, *schließlich mussten Jase und ich diese getrennten Jahre überstehen. Wir verdienen diese gemeinsame Zeit.* Yeah, vielleicht hatten wir es verdient, aber etwas zu verdienen und es zu behalten war nicht das Gleiche.

Während ich meine negativen Gedanken wegwischte, riss ich die Tür auf und mein Herz blieb stehen.

Jase stand mit Blumen und einem sexy Grinsen in der Tür und sah mich fast schüchtern an. Er trug dunkle Jeans, Slipper und sein dunkelblaues Henleyshirt. Als er die Wohnung betrat, sah ich farbige Socken hervorblitzen. Hatte er gewusst, dass ich fast versessen war auf bunte, sexy Socken, als er sie für dieses, unser Date aussuchte?

»Hey, du siehst fantastisch aus.« Jase hielt die Blumen hinter meinem Rücken, als er mich fest umarmte, meinen Kopf griff und mich näher an seinen Mund zog, um mich schnell in Besitz zu nehmen. Und mich unsere Pläne fürs Ausgehen überdenken ließen.

»Du siehst auch richtig toll aus. Vor allem die sexy Socken, hm?« Ich küsste ihn noch einmal, lange und langsam, schwelgend im Geschmack und der Hitze seines Mundes. Ich habe wirklich, wirklich gedacht, dass es eine bessere Idee wäre, hierzubleiben.

»Magst du die Socken? Ich habe sie mir vielleicht nur von diesem super sexy Typen geliehen, den ich kenne und der eine wahnsinnig große Sammlung von heißen, farbigen Socken hat, die mit noch heißeren Jockstraps in seiner Kommode liegen.« Jase zwinkerte, seine Augen waren voller Schalk und Verlangen.

»Du hast in meiner Socken- und Unterhosenschublade herumgewühlt?« Ich sah ihn gespielt entgeistert an. »Ich fühle mich so… so… verletzt.« Ich fuhr mit meinen Händen langsam seinen Rücken hinunter, umfasste seine Arschbacken und spürte eindeutig einen Jockstrap. »Trägst du etwa auch noch meine Unterwäsche?« Dieses Mal musste ich nicht vorgeben, schockiert zu sein, ich war es wirklich. Nicht, dass es mir etwas ausmachen würde, wenn er meine Unterwäsche tragen würde, aber es kam mir etwas eigenartig vor.

»Nein, ich trage nicht deine Unterwäsche.« Jase gluckste. Er gab mir noch einen Kuss, bevor er in die Küche ging, die Blumen ins Wasser zu stellen. »Ich ziehe die Grenze bei Socken. Ich habe meinen eigenen Jockstrap für geheime, nächtliche Rendezvous. Erstaunlich, was ein neugieriger, gerade geouteter schwuler Mann durch Online-Shopping-Suche alles finden kann.«

»Oh, ich bin sicher, du warst hinterher direkt erleuchtet! Wenn du Fragen hast, dann frag mich. Und zeig's mir und führ es mir vor und …« Ich verstummte und dachte an einige Sachen, die ich gerne Jase für mich vorführen sehen würde.

»Es gab einige Dinge, über die ich mich definitiv gewundert habe. Meistens habe ich mich über die Funktion vieler Kleidungsstücke gewundert. Zum Beispiel das Warum oder was der Zweck ist oder gar die Aufgabe?«

Er neigte den Kopf, während er wohl an einige der Dinge dachte, die er im Online-Shop gesehen hatte.

»Lektion fürs Leben: nicht alles Schwule hat eine Funktion«, scherzte ich möglichst ernst.

Jase starrte mich für eine Sekunde an, dann lachte er los. Er nahm mein Gesicht in die Hände und küsste mich kräftig auf den Mund. »Gut zu wissen, Bry, gut zu wissen. Danke, dass du mir jetzt das beigebracht hast, weiser Mann.«

»Vergiss es nicht.« Ich küsste ihn zurück, bevor wir in den Abend starteten.

~*~*~*~*~

»Ich mag es nicht, wie der Kerl dich andauernd ansieht«, knurrte mir Jase ins Ohr, als wir uns zusammen auf die Tanzfläche begaben. Wir befanden uns in einem Meer sich rhythmisch windender Körper, aber ich fühlte mich, als wären wir unsere eigene kleine Insel. Unsere Hitze, unser Duft, unser Schweiß vermischen sich und verbanden uns, als der Bass tief in unsere Knochen ging.

»Welcher Typ?« Ich wusste, es war nicht lustig, aber ich mochte diesen Anflug von Eifersucht.

»Dieser verdammte Typ da drüben an der Bar. Er starrt uns an, seit wir reingekommen sind, und es gefällt mir nicht. Du bist mit mir hier und ich habe nicht vor zu teilen.« Jase sah aus wie ein mürrischer kleiner Junge, der seinen Keks oder sein Lieblingsspielzeug nicht teilen wollte.

Ich wandte meinen Blick dem fraglichen Mann zu. Superheißer, toller Körper, und er starrte durch mich durch und direkt auf Jase. Jetzt war ich an der Reihe, eifersüchtig zu sein.

»Ähm, Jase, er starrt nicht mich an, er fickt dich mit seinen Augen.« Ich zog ihn etwas fester an mich. »Und nun ist es an mir zu sagen, dass ich es nicht mag, wie dieser Kerl dich dauernd ansieht.« Ich lachte finster und meine Zunge und Zähne kümmerten sich um sein Ohr.

»Hör zu, ich muss mal pissen. Bist du dann bereit, hier zu verschwinden? Ich glaube, ich hatte schon mehr, als ich von meiner ersten ›Geh mit deinen Freund in eine schwule Bar und tanze, als ob es euch egal wäre‹-Erfahrung vertragen kann. Gib mir fünf Minuten und ich bringe dich nach Hause und zeige dir meine sexy Socken.« Jase wackelte mit den Augenbrauen.

»Äh, wir tanzen seit zwei Stunden. Ich glaube nicht, dass deine Socken noch so sexy sein werden, wenn wir nach Hause kommen.« Ich lachte, aber das Wort »Zuhause« ließ mein Herz schneller schlagen.

»Wir duschen den Schweiß und Gestank ab, dann kannst du das Paar auswählen, das ich tragen soll. Und wenn du ganz lieb bist, behalte ich sie an, während ich mich an deinem sexy Arsch vergehe.« Die drei oder vier Drinks, die Jase getrunken hatte, hatten offensichtlich seine Zunge gelockert und zeigten einen viel schwuleren, verspielteren Jase. Ich genoss Jase in fast jeder Art, die ich bekommen konnte, aber der verspielte mit losem Mundwerk war einer meiner Favoriten.

»Geh pinkeln, du großer Dummkopf.« Ich schubste ihn zur Toilette.

Als er durch die Menge torkelte, sah ich den sexy Kerl, der Jase angeglotzt hatte, wie er einen letzten Schluck nahm und sich von der Bar abstieß. Ich wusste genau, wohin er unterwegs war. Wie aus der Pistole geschossen stand ich auf und ging ihm nach. Ich ließ den Wichser auf keinen Fall zu meinem Typen. Ich lachte kurz über den Gedanken, dass mein bestgeschulter Exsoldat meinen Schutz brauchte, aber er schien heute Abend ziemlich außer Gefecht gesetzt und hatte noch dazu getrunken.

Ich schlenderte lässig in die Toilette und hielt im Waschbeckenbereich inne, als ich die Stimmen hörte. Da ich keine Kampf oder Streit erkannte, auch keine hitzigen Worte, wartete ich eine Sekunde, um zu sehen, wie sich das Ganze abspielen würde.

»Ich habe dich die ganze Nacht beobachtet. Ich würde dich liebend gerne mit nach Hause nehmen und dir zeigen, was ein richtiger Mann mit deinem sündhaften Körper anstellen kann«, sagte der Mann von der Bar zu Jase.

»Nun ja, das ist ein sehr nettes Angebot, aber ich muss passen. Ich habe diesen großartigen Kerl und ich bin viel mehr daran interessiert, was wir gegenseitig mit dem sündhaften Körper des anderen tun können, als daran, was jemand anderes mit meinem macht. Er hat so etwas außergewöhnlich Besonderes an sich, das mein Herz und meinen Körper gefangen genommen hat, also habe ich nicht vor, das aufzugeben. Ich hoffe, du verstehst das.« Mit diesen Worten erledigte Jase schnell sein Geschäft und spülte, bevor er zu den Waschbecken ging.

Als er um die Ecke kam und mich dort stehen sah, lässig ans Becken gelehnt, meine Arme über der Brust gekreuzt und mit einem leichten Lächeln auf dem Gesicht, grinste er wie ein Idiot.

»Ich wurde gerade von einem ziemlich heißen Typen angemacht.«

»Ich weiß, ich habe es gehört.« Ich konnte nicht anders, als noch mehr zu lächeln. Jase dabei zuzusehen, wie er sich als schwuler Mann voll und ganz durchsetzte, wurde zu einem netten kleinen Abenteuer.

»Weißt du auch, was ich ihm geantwortet habe?« Jase hatte offensichtlich noch nicht alles kapiert und nicht bemerkt, dass wenn ich gehört hatte, wie der Kerl ihn anmachte, ich Jase' Antwort genauso mitbekommen hatte. Er hatte wirklich viel für seine Verhältnisse getrunken. Also hob ich fragend eine Augenbraue.

»Ich sagte ihm, ich hätte diesen wirklich tollen Kerl, einen sexy Ficker, den ich mit nach Hause nehmen werde. Ich wollte seine Gefühle nicht verletzen, aber es gibt niemanden auf der Welt, mit dem ich lieber über die Laken rutschen würde als mit dir.« Jase' Worte waren ernst und aufrichtig. »Das weißt du doch, oder? Niemand sonst fällt mir wirklich auf, bringt mich zum Lächeln oder lässt mein Herz höher schlagen als du. Niemals. Es ist, als hättest du eine magische Gabe oder so was.«

Ich zog Jase in eine enge Umarmung und liebkoste seinen Nacken, genoss den salzigen Schweiß auf meiner Zunge, als ich mit offenem Mund Küsse auf seiner noch erhitzten Haut verteilte.

Ich lehnte mich leicht zurück und nickte dem Kerl zu, der Jase angemacht hatte, als er sich die Hände wusch und den Anstand hatte, beschämt auszusehen.

»Gentlemen, genießt euren Abend«, murmelte er, als er seine Hände trocknete.

»Du auch.« Ich konnte es nicht lassen, mein Amüsement an der ganzen Szene ließ mich über beide Ohren lächeln.

Als ein anderes Paar in die Toilette taumelte, sich küsste, stöhnte, betatschte, beobachtete Jase sie für ein paar Sekunden, packte dann meine Hand und zog mich zurück in die dunkle Bar. »Wir müssen hier sofort verschwinden.«

»Warum, was ist los?« Ich machte mir Sorgen, als er mich mitzog.

»Nichts ist los, es sei denn, du denkst, es könnte ein Problem werden, wenn ich dich ausziehe und hier mittendrin deinen Arsch in den nächsten Tag ficke.« Jase schritt langsamer, beobachtete meine Reaktion.

Ich schluckte hart und schüttelte nur den Kopf. »Nein, das wäre überhaupt kein Problem.«

-*-*-*-*-

Jase hielt sein Wort und fickte mich in den Samstag. Daheim. Eigentlich war ich mir ziemlich sicher, dass wir beide eine lange Zeit recht komisch gehen würden.

Wir schliefen in den Samstag hinein, wachten für entspannten, lockeren Sex auf, duschten und durchsuchten anschließend das Internet, um herauszufinden, was wir mit dem Rest des Tages machen wollten.

»Also, da der sportliche Aspekt von Indianapolis bei uns ziemlich vergeudet wäre, wie wäre es mit Einkaufen, etwas essen und dann ins Indiana State Museum gehen? Ich meine, wenn wir hier wohnen wollen, sollten wir vielleicht etwas über die Geschichte des Staates wissen, oder?« Jase rief die Website des Museums auf seinem Tablet auf.

»Hört sich gut an. Glaubst du, wir können auch bei einer Show reinschauen?« Ich hatte seit meinem Umzug nach Indy mehrere Theaterproduktionen besucht und sie waren immer unterhaltsam gewesen.

»Ja, sieht so aus, als hätten wir eine große Auswahl an Aufführungen.«

Jase entschied sich schließlich für *Newsies.* Wir hatten das Museum besichtigt und einige Einkäufe gemacht, ein paar Klamotten sowie Spielsachen gekauft. Nach einem sehr späten Mittag- oder frühen Abendessen, je nachdem, wie man es betrachtete, und nachdem wir eine höchst unterhaltsame Produktion von *Newsies* gesehen hatten, waren wir todmüde, stolperten spät in der Nacht zurück in die Wohnung.

»Oh mein Gott, ich denke, jetzt ist es offiziell.« Jase stöhnte, als er auf die Couch fiel.

»Was meinst du?« Ich kicherte, als ich mich neben ihm ausstreckte.

»Ich bin alt. Ich kann nicht mehr zwei Nächte durchmachen oder einen Tag lang durch die Stadt laufen. Ich bin ein alter Mann. Ich fühle mich, als wäre ich von einem Güterzug überfahren worden. Ich wette, ich könnte bis Dienstag schlafen«, Jase klang schon so dramatisch wie eine Dragqueen.

»Okay, aber du wirst nur bis morgen schlafen, also lass uns ins Bett gehen, alter Mann.« Ich schlug ihm auf den Hintern und zog ihn von der Couch hoch.

»Wenn ich mich recht erinnere, bist du etwas älter als ich, also wenn ich ein alter Mann bin, bist du es auch.« Er lächelte schläfrig, verzierte mein Gesicht mit sanften Küssen, bevor er sich an meinen Mund begab.

»Älter an Jahren vielleicht, aber jung im Herzen. Ich hoffe, du kannst mit mir mithalten«, nuschelte ich in den Kuss hinein, ohne unseren Kontakt zu unterbrechen.

»Mit etwas Schlaf werde ich wieder so gut wie neu sein.«

-*-*-*-*-

Ich wurde mir gerade meiner Umgebung bewusst, aber der Traum, den ich hatte, war einfach zu köstlich, um ihn zu verlassen. Ich rollte mich auf den Bauch, kuschelte mich in mein weiches Kissen und genoss die Reibung des Lakens auf meiner Morgenlatte.

Jase hat mir in meinem Traum böse Dinge mit seiner Zunge angetan.

Bilder blitzten in meinen Gedanken auf; Zunge, Gleitmittel, Finger, die alle sexy kleine Spiele mit meinem Arsch anstellten. In meinem Traum packte ich entschlossen meinen Schwanz, bevor die Szene zu Ende war.

»Willst du alles verschlafen oder glaubst du, du könntest lange genug wach bleiben, um mitzumachen?«, knarzte Jase' Stimme in mein Ohr.

Schlafen? Aufwachen? Warte, träumte ich oder war das echt?

Bevor ich mich entscheiden konnte, ob ich in einer Fantasie schlief oder einer wilden Realität erwachte, ergriffen starke, heiße Hände meine Hüften und hoben meinen Arsch vom Bett hoch. Wenn ich träumte, war es der beste Traum, den ich je hatte. Wenn ich wach war, wollte ich jeden Tag auf diese Weise aufwachen.

»Öffne deine Augen, Bry«, sprach Jase leise in mein Ohr.

Ich blinzelte und ließ den Duft seines Körpers in meine Sinne eindringen.

»Küss mich.« Seine Stimme war kaum ein Flüstern, aber die Forderung klar. Ich drehte meinen Kopf, empfing seinen heißen Kuss und schwelgte im Kratzen seines stoppeligen Bartes an meinem Kinn.

»Bist du wach? Ich will absolut sicher sein, dass du weißt, was los ist, wenn ich mich in deinen Körper versenke.« Ich spürte, wie er sich zwischen meinen Beinen kniete, seinen heißen Schwanz an meinem Loch ansetzte.

»Oh Gott. Yeah! Ich bin wach!« Ich merkte, dass ich keuchte, unruhig auf diese wunderbare Dehnung und den Schmerz wartete, wenn sein Körper meinen vereinnahmte.

Als er mich schließlich ausfüllte, konnte ich wieder Luft holen. Es war immer gut gewesen, immer, aber langsam und mühelos war nicht das, was wir oft erlebt hatten. Ich liebte das Gefühl seiner Hände, die meine Hüften umklammerten, das Geräusch unseres Fleisches, wenn wir aufeinanderprallten, seine schweren Atemzüge und geflüsterten Worte, wenn er immer wieder langsam in mich glitt.

»Noch nicht!« Jase' Worte kamen schroff und kontrolliert. Mit einem letzten Stoß verspritzte er seine Magma-Glut in meinen Körper. Als er nach meinem Schwanz griff, pumpte er ein, zwei Mal, bis er befahl: »Jetzt komm für mich. Jetzt!«

Mit lautem Stöhnen blieb mir nichts anderes übrig, als seinem Befehl zu folgen.

Ich merkte kaum, wie er das Kondom entfernte und uns mit einem warmen Tuch abwischte. Als sein Körper wieder auf das Bett zurücksank und er mich in seine Armen nahm, ließ ich mich von der Wärme um mich herum zurück in meine Träume ziehen.

KAPITEL 19

Jase

Viel zu bald war es Zeit aufzuwachen, damit wir uns waschen und Gray von Juanita abholen konnten.

»Mhm, das beste Wochenende aller Zeiten«, murmelte Bryan, als wir anfingen, uns zu bewegen.

»Besser als das erste Mal, als wir zusammen waren?« Ich konnte mich noch an meine aufgestaute Sehnsucht und Angst erinnern, die mich vor so vielen Jahren trieb, als ich ihn das erste Mal in mich aufnahm.

»Jedes Mal mit dir ist wunderbar, aber dieses Wochenende war mehr. Ich kann es nicht genau sagen, aber es war einfach anders«, sagte Bryan, auf meiner Brust liegend.

»Ich weiß, ich habe es auch gespürt. Es gab noch nie einen Zeitpunkt, an dem ich mich nicht auf Sex mit dir gefreut habe, aber dieses Mal schien es mehr als nur Sex zu sein. Vielleicht, weil wir uns nicht verstecken oder hetzen mussten, aber ich fühle mich, als ob wir stärker miteinander verbunden wären. Das klingt irgendwie bescheuert, was?«

»Nee, vielleicht hat uns die Erschöpfung mehr als sonst unsere Schranken fallen lassen. Was auch immer der Grund gewesen sein mag, es war fabelhaft und ich will es immer wieder tun.« Bryan lächelte mich aus schläfrigen Augen an.

»Na, wenn wir Gray abgeholt haben, können wir unsere Terminpläne koordinieren und sehen, welches Wochenende für Juanita am besten geht. Ich habe so das Gefühl, dass ich das jeden Monat machen will.« Der Gedanke an ein Wochenende im Monat, das Bryan und mir alleine gehörte, war definitiv etwas, das ich haben wollte.

~*~*~*~*~

»Bryan? Alles in Ordnung?« Ich war angespannt, sobald ich sah, dass ich einen Anruf von ihm verpasst hatte, während ich auf einem Flug war.

Bryan war nicht der Typ, der mich während der Arbeit anrief, er wartete normalerweise, bis ich mich meldete, wenn die Schicht etwas ruhiger war.

»Nun, ähm, ja. Ich meine, nichts super Schlimmes, aber heute ist etwas passiert.«

Mein Herz stockte.

»Gray?«

»Ja, aber er ist okay. Hast du 'ne Minute oder soll ich warten, bis du zu Hause bist?« Bryan klang gestresst.

»Ich habe Zeit, sag mir, was los ist.« Ich konnte nicht abwarten, bis meine Schicht zu Ende war, um herauszufinden, warum Bryan angerufen hatte.

»Es gab heute einen Vorfall in der Schule. Sie wollten dich anrufen, aber du warst auf einem Flug, denke ich. Also haben sie mich angerufen, weil ich der Notfallkontakt bin, der vor Juanita aufgeführt ist.« Bryan schien auszuweichen.

»Bryan, Baby, ich muss wirklich wissen, was heute in der Schule passiert ist. Wenn du es einfach ausspucken könntest, würde ich das wirklich zu schätzen wissen.« Ich war nicht wütend auf ihn, aber die schlimmsten Szenarien liefen mir durch den Kopf, mit jeder Minute, die er sich nahm, um zum verdammten Punkt seines Anrufs zu kommen.

»Gray hatte eine Schlägerei.«

Mir wurde schwer ums Herz. Ich wusste sofort, dass es wegen Bryan und mir war.

»Die Gay Gray-Geschichte?«, fragte ich leise, meine Brust schmerzte in dem Wissen, dass mein Sohn wegen mir mit diesem Mist umgehen musste.

»Ja, ich schätze, der andere Junge hat noch ein paar andere für seine bigotte Gruppe eingesammelt und fing an Gray und ein weiteres Kind zu verhöhnen. Gray bekam es wegen seiner ›zwei Väter‹ ab und der andere Junge war Zielscheibe, weil er zwei Mütter hat. Ich schätze, das sind junge Fanatiker, die ein eigenartiges Verhältnis zu Chancengleichheit haben.« Bryan lachte humorlos.

»Was ist passiert?« Ich wusste, dass Gray kein Kämpfer war, also machte ich mir Sorgen, dass er verletzt wurde.

»Nun, so wie ich von der Rektorin und Gray erfahren konnte, haben die Angreifer Gray und Samuel verspottet. Gray und Samuel versuchten es zu ignorieren. Die Verhöhnung ging weiter. Ich schätze, das war in der Pause, sodass die Lehrer nicht in Hörweite waren. Gray sagte, er wolle es dem Lehrer sagen, aber er wollte auch versuchen, es alleine zu lösen. Irgendwann verkündete er, dass er glücklich war, zwei Väter zu haben, weil es besser war als seine beschissene Mutter, aber die anderen Kids ließen nicht locker. Ich schätze, Samuel hatte mit diesem Mist noch ein bisschen mehr zu tun und hatte endlich die Nase voll, er schlug nach dem anderen Jungen, aber hat nicht getroffen und dann brach der Kampf aus. Ein Schläger haute Samuel auf die Nase und war dann auf ihm drauf. Gray wollte nicht kämpfen, aber er wollte nicht dabei zusehen, wie Samuel zu Brei geschlagen wurde, also versuchte er den großen Jungen von seinem Freund runterzuziehen. Im Verlauf dieses Gerangels und der fliegenden Fäuste wurde er im Nasen- und Augenbereich getroffen. Er hat schon ein hübsches Veilchen.«

Ich vernahm Bryans Worte und mein Kopf drehte sich. Ich kniff mir in den Nasenrücken und versuchte meine Gedanken zu ordnen.

»Was ist passiert, als du in der Schule warst? Übrigens, danke dafür. Ich hasse es, dass du deine Arbeit für meinen Sohn verlassen musstest.«

»Hey«, Bryans Stimme wurde leiser, »ich würde alles für dich und Gray tun. Zweifle niemals daran.«

Mein Herz flatterte und ich konnte nicht anders als trotz meiner Frustration ein wenig zu lächeln.

»Als ich zur Schule kam, hatte die Rektorin den Anführer schon für eine Woche suspendiert und seine Gefolgsleute bekamen drei Tage. Samuel wurde einen Tag suspendiert, weil er als Erster zugeschlagen hatte. Gray bekam keine Strafe, weil er nur versucht hat, den anderen Jungen von Samuel runterzuziehen. Er saß im Büro mit Eis auf seinem Gesicht, als ich ankam. Verdammt, Jase, das stolze Lächeln auf diesem kleinen Gesicht mit den bemitleidenswerten kleinen Prellungen war so verdammt süß. Er lächelte mich an, als würde ich auf einem weißen Pferd herangaloppieren, um seinen Tag zu retten.« Bryans Stimme wurde brüchig. »Er hatte mich schon um seinen kleinen Finger gewickelt, seit er das erste Mal als Baby nach mir griff und mich festhielt.« Er räusperte sich und fuhr er fort. »Also, der Rektorin nach hat der Junge, der die Probleme hauptsächlich verursachte, einen ähnlichen Vater wie du. Völlig homophober Arsch, der seinem Sohn beibringt, alles zu hassen, was er nicht versteht oder womit er nicht einverstanden ist. Sie sagte, dass die Familie verwarnt worden sei, dass der Junge rausgeschmissen wird, wenn so etwas noch mal geschieht. Das ist wohl das Gute an dem Geld, das du für die Privatschule bezahlst, hm?«

Nach ein paar Minuten Reden, als ich sicher war, dass es Gray gut ging und er nicht allzu viele Schmerzen hatte, legten wir auf. Ich wusste, dass ich das Thema zu Hause noch einmal ansprechen würde. Ich wusste auch, dass ich mit Gray reden musste. Aber ich wusste nicht, was ich sagen sollte. Wenigstens hatte ich den Rest meiner Schicht Zeit, darüber nachzudenken.

Oder, was wahrscheinlicher war, mir Sorgen zu machen.

* * * *

Nach der Arbeit betrat ich die Wohnung. Mir war klar, dass ich nicht allzu lange aufbleiben konnte, der Rest der Woche hielt auch noch Arbeit für mich parat. Eine Woche Tagschichten war lang, aber erst diese Woche Nachtschichten brachte meine innere Uhr wirklich durcheinander. Glücklicherweise hatte ich nach jeder Woche eine Woche Pause, sodass ich wieder versuchen konnte, mich umzustellen.

Ich ließ meine Schlüssel auf den kleinen Beistelltisch fallen und lauschte angestrengt, wo Bryan und Gray denn wären. Viele Abende kam ich nach Hause und fand sie beim Spielen eines Videogames, *Warhammer* oder *Dungeons & Dragons*, oder beim Anschauen eines Films im Fernsehen vor. Heute Abend war es nicht anders, ich hörte sie in Grays Zimmer und so, wie sie sprachen, wusste ich, dass ich einige *Warhammer*-Figuren vor ihnen ausgebreitet finden würde.

Aber als ich vor Grays Zimmer stand, hielt ich inne, als ich ihn reden hörte.

»Bryan, warum hasst mich der Junge so sehr?« Grays Stimme war leise, voller Verwirrung, und mir brach das Herz. Ich wollte hineinstürzen und ihn beschützen, Bryan beschützen, aber ich hatte keine Ahnung, was ich sagen sollte, damit mein Sohn sich besser fühlte.

Doch Bryan antwortete, bevor ich etwas tun konnte.

»Der Junge hasst nicht dich, Gray. Ihm wurde beigebracht das zu hassen, was er nicht kennt oder nicht versteht. Es wird viele Menschen in deinem Leben geben, die aus Angst um sich schlagen werden. Die Leute werden Bemerkungen machen über die Hautfarbe, die Religion, die Sexualität einer Person.«

»Du meinst, wenn ein Junge einen Jungen küssen will?« Gray hatte sich noch nie so erwachsen und dabei doch wie ein unschuldiger kleiner Junge angehört.

»Yeah. Nicht jeder denkt, dass es für einen Jungen in Ordnung ist, einen anderen Jungen zu lieben und zu küssen. Du wirst Argumente hören, dass es in den Augen Gottes falsch ist.«

»Findest du es falsch?«, fragte Gray Bryan offenherzig.

»Das habe ich mal. Ich habe immer versucht zu verstecken, dass ich Jungs mag. Aber als ich älter wurde, erinnerte ich mich an all die Lektionen, die ich in der Kirche gelernt hatte, und zwei von ihnen stachen am meisten hervor. Gott macht keine Fehler, also weiß ich, dass er es nicht vermasselt hat, als er mich so gemacht hat. Und Gott lehrt uns, einander zu lieben. Er hat nicht gesagt, wir sollen nur die Menschen lieben, mit denen wir einverstanden sind, oder nur diejenigen, die so leben, wie wir denken, dass es richtig ist. Er hat auch nicht gesagt, dass wir nur die Menschen lieben sollen, die an Gott glauben oder die dieselbe Hautfarbe haben.«

»Ich wünschte, alle wären einfach nett zueinander.«

»Ja, die Welt wäre ein viel besserer Ort, wenn das so laufen könnte.« Bryan seufzte.

Ich hörte sie ein bisschen weiterspielen. Ich fragte mich, ob das Gespräch vorbei war, und wartete noch ein paar Augenblicke.

»Bryan?«

»Ja, Gray?«

»Danke, dass du mich heute abgeholt hast. Als sie versuchten meinen Vater anzurufen, wusste ich, dass er wahrscheinlich in einem Einsatz sein würde, und ich hatte Angst, dass ich den ganzen Tag dort sitzen müsste.«

»Kein Problem, Kumpel, ich war froh, dass ich helfen konnte. Außerdem holte es mich aus einem wirklich beschissenen Meeting, mit dem ich mich nicht befassen wollte.« Ich hörte das Lächeln in Bryans Stimme. Es vergingen noch ein paar Augenblicke.

»Bryan?«

Diesmal hörte ich die Belustigung in Bryans Worten. »Ja, Gray?«

»Liebst du meinen Dad?«

Oh Gott. Wollte ich seine Antwort hören? Was, wenn es nein war? Was, wenn es ja war? Mein Herz klopfte so heftig, dass ich mir sicher war, dass die beiden es auf der anderen Seite der Wand hören konnten.

»Das tue ich. Ich liebte ihn zuerst als einen sehr guten Freund, und ich wäre auch zufrieden gewesen, ihn einfach nur als Freund zu haben. Aber es gab immer etwas Besonderes zwischen uns, das wir nicht ignorieren konnten. Er macht mich sehr glücklich und ich liebe ihn.«

»Also liebst du ihn wie einen Freund?«

»Ja, als Freund, aber mehr als das. Ich liebe ihn …«

»Du liebst ihn so, als ob du ihn die ganze Zeit küssen möchtest, richtig?« Ein Grinsen lag in diesen Worten.

»So was in der Art, ja. Stört dich das?« Ich wusste, dass Bryan wie ich mit angehaltenem Atem wartete, um die Antwort zu hören.

»Nein. Es freut mich, meinen Dad lächeln zu sehen. Als ich klein war – na ja, kleiner als ich jetzt noch bin –, war mein Vater immer froh, mich zu sehen, aber er lächelte nie andere Menschen an. Als meine Mutter wegging – ich kann mich kaum noch an sie erinnern, aber ich erinnere mich nicht daran, darüber traurig gewesen zu sein –, war Daddy glücklicher, aber er lächelte immer noch nicht viel. Seitdem wir dich durch unsere passenden Hüte gefunden haben, lächelt er immer mehr. Ich weiß, dass er lächelt, weil er dich liebt, das macht mich glücklich.«

Ich hätte zu gerne Bryans Gesicht gesehen, als er diese Antwort hörte. Ich bemerkte, dass meine eigenen Augen wässrig waren, also ging ich davon aus, dass auch er mit den Tränen kämpfte.

Gerade als ich reingehen wollte, fuhr Gray fort.

»Hey, Bryan?«

Diesmal lachte Bryan, ohne es zu verstecken. »Ja, Gray?«

»Was soll ich mit dem Jungen in der Schule oder seinen Kameraden machen?«

Bryan schwieg einen Moment.

»Nun, ich habe zwei verschiedene Antworten. Ich gebe dir beide. Zuerst würde ich sagen, ignoriere sie, erzähle es einem Lehrer, tu es mit einem Lachen ab oder gib ihnen eins auf die Nase. Nur du kannst entscheiden, wie du reagieren möchtest, aber du musst auch bereit sein, die Konsequenzen zu akzeptieren, wenn du dich für einen Kampf entscheidest. Meine zweite Antwort ist, dass du wissen musst, dass Leute wie dieser Jungen in deinem täglichen Leben von hier bis zum Ende deiner Zeit auftauchen werden. Ein Klassenkamerad, ein Chef, ein Kollege, ein völlig Fremder auf der Straße. Du kannst und solltest nicht gegen jeden kämpfen, der unhöfliche oder verletzende Worte sagt. Und vor allem: Denke niemals, dass du deinen Dad oder mich verteidigen musst, okay? Wir sind große Jungs und können es ertragen; wir würden nie wollen, dass du wegen uns Schwierigkeiten bekommst. Aber wie ich schon sagte, du wirst jeden Tag Hass, Fanatismus und Vorurteile hören und sehen. Ich weiß nicht, ob dein Vater damit einverstanden wäre, aber ich sage: Scheiß drauf. Scheiß auf sie alle. Du kannst die negative Einstellung der anderen nicht dein Leben bestimmen lassen. Verbring deine Zeit nicht damit, dir Gedanken darüber zu machen, was diese Leute sagen oder denken. Verbring dein Leben damit, das Positive zu suchen, das Gute in den Menschen, bemühe dich, selbst das Gute zu sein, das andere Menschen in ihrem Leben brauchen. Okay, jetzt räumen wir besser auf, bevor dein Dad nach Hause kommt. Er wird von deinem Tag hören wollen. Und vielleicht solltest du ihm nicht sagen, dass ich dir Ratschläge gegeben habe, die die Worte ›Scheiß auf sie‹ beinhalteten, okay?«

Ich musste mir den Mund zuhalten, um nicht laut aufzulachen.

Als Gray aus seinem Zimmer kam, erstrahlte sein Gesicht in einem Lächeln. Ich ging auf die Knie, zog ihn in meine Arme. Als ich Bryan ansah, blinzelte ich ihm zu und formte mit den Lippen die Worte *Danke dir* über den Kopf meines Sohnes hinweg. Bryan zuckte mit den Schultern und versuchte, lässig zu erscheinen, aber ich sah den Beweis dafür, wie sehr ihn das Gespräch berührt hatte, als er einen Finger hob, um eine einsame Träne wegzuwischen.

-*-*-*-*-

Später am Abend lagen Bryan und ich recht bald im Bett. Er machte das nicht immer, aber ich liebte es, wenn er früh ins Bett kam, nur um mir nahe zu sein, obwohl ich verdammt früh am Morgen aufstehen musste, um zu meiner Tagschicht zu kommen.

»Weißt du noch, als wir uns in Texas getroffen haben und Gray noch ein Baby war?« Ich hielt ihn an meine Brust gedrückt und sprach leise über seinem Kopf.

»Ja, warum?«

»Ich erinnere mich, wie viel Angst du vor ihm hattest, dass du ihn kaputt machen könntest oder so.« Ich kicherte.

»Er war so klein und ich hatte vorher noch nie mit Babys zu tun. Aber dieses kleine Grinsen schlängelte sich in mein Herz.« Bryans Hand zog kleine Kreise um meine Brustwarze, bevor er leicht über meinen Bauch streifte. Mein Körper summte von seiner Berührung.

»Ich erinnere mich, dir gesagt zu haben, dass du gut mit meinem Baby ausgesehen hast, und du sahst verdammt gut mit ihm aus. Die Panik in deinen Augen, als du ihn deine Hand greifen ließest, und du ihn dann verwundert angeschaut hast, das war ein so wunderschöner Anblick, von dem ich wirklich nicht gedacht hätte, ihn ersetzen zu können. Bis heute Abend.« Ich hielt inne, nicht sicher, ob Bryan wusste, wie viel ich gehört hatte.

»Warst du während der ganzen Unterhaltung draußen vor dem Zimmer?«, kam es prompt, aber ich wusste, dass er die Antwort kannte.

»Positiv.«

Bryan lachte. »Verdammt, Jase, ich hatte solche Angst. Ich hatte keine Ahnung, was er fragen würde oder wie ich antworten sollte. Also beschloss ich, ehrlich zu sein und so zu antworten, wie ich mir wünschte, dass jemand mit mir gesprochen hätte, als ich noch jünger war und Fragen hatte.«

»Du hast es geschafft, ernsthaft. Ich war erstaunt über die Aufrichtigkeit deiner Antworten und war erleichtert, dass du es warst und nicht ich.«

Bryan biss mir in einen Nippel, sodass ich vor Schmerz auffuhr. »Das ist dafür, dass du mich deinen Daddy-Job machen lässt.« Er lächelte mich an.

»Sorry, tut mir leid. Ich werde dafür in ein paar Jahren die Gespräche über feuchte Träume und Ständer übernehmen. Wie wäre es, wenn wir denn beide gemeinsam beim Safer-Sex-Gespräch dabei sind?« Ich fürchtete mich davor, wenn mein Junge erwachsen würde, aber ich war bereit, mich dem mit Bryan an meiner Seite zu stellen.

»Hört sich gut an. Vielleicht sollten wir bis dahin an einem Entwurf arbeiten, nur damit wir vorbereitet sind.« Bryans Stimme klang fröhlich, aber ich erkannte die Veränderung in ihm fast sofort.

»Was ist los?« Ich umfasste seine Wange.

»Ich weiß, du hast das ganze Gespräch gehört und bist sehr zufrieden damit, wie ich damit umgegangen bin. Aber ich fragte mich nur, was du über den anderen Teil des Gehörten denkst.« Bryans Wangen erröteten und er duckte sich schüchtern.

»Wäre das dann der Teil, wo du sagtest, du liebst mich?« Ich wollte ihn nicht quälen. Jedenfalls nicht sehr.

Er nickte.

»Wie wäre es, wenn ich dir zeige, was ich bei diesem Teil empfunden habe?« Ich rollte ihn auf den Rücken und bewegte mich sofort in meine Lieblingsposition zwischen seinen Beinen.

»Du musst dich ausruhen!«

»Das wird lang und langsam werden, verbraucht also keine Energie. Danach werde ich besser schlafen.« Während ich sprach, griff ich nach Gleitmittel und Kondom.

Bryan blickte auf die Folienverpackung hinunter, die Frage stand ihm ins Gesicht geschrieben.

»Was?«

»Ich habe mich nur gefragt, ob du bereit wärst, uns beide testen zu lassen und dann darüber zu sprechen, nichts mehr zu benutzen?«, fragte er leise.

»Definitiv. Aber bis dahin werde ich mich nicht beschweren.« Ich legte meinen Mund auf seinen, erforschte ihn langsam.

Ich küsste ihn am Hals und Rumpf, nahm langsam seinen Schwanz in meinen Mund und grinste, als er durch seine Zähne Luft sog.

Als ich mich und ihn auf unsere Vereinigung vorbereitete, hörte ich kurz auf. »Könntest du dir vorstellen, das mit mir zu machen?« Ich hatte nicht mehr als für den Bruchteil einer Sekunde über die Frage nachgedacht, bevor sie aus meinem Mund kam.

Seine Augen flogen auf und nahmen meine Hand wahr, die meinen Schwanz mit Gleitmittel einschmierte, und die andere, die sanft seinen Eingang erforschte. »Was? Du willst unten liegen?« Bryans Stimme klang ungläubig.

»Vermutlich nicht immer, aber ich würde gerne spüren, wie es ist. Wenn es dir damit gut geht.«

»Definitiv. Sag mir nur wann. Du gibst das Stichwort und ich bin da.«

»Okay, vielleicht an einem unserer langen Wochenenden, aber jetzt gerade bin ich genau hier.« Mein Rohr drängte sich an sein Loch, während ich sprach.

Ich wusste, dass ich nie müde werden würde, dabei zuzusehen, wie sein Körper meinen Schwanz aufnahm. Und zu wissen, dass der Anblick absoluten Glücks auf seinem Gesicht meinetwegen war, ging mir unglaublich nah.

Ich machte bewusst langsam, stieß tief zu, zog mich langsam zurück, bevor ich mich an Bryans Schultern festhielt und noch tiefer ging. Als ich mich vorlehnte, sein Keuchen einzufangen, als ich seinen süßen Punkt traf, stieß ich meine Zunge im gleichen langsamen Rhythmus in seinen Mund.

»Was du vorhin zu Gray gesagt hast, dieses Gefühl ist mehr als gegenseitig.« Ich verlangsamte sogar noch mehr, um zu sprechen und sicherzustellen, dass er jedes Wort hörte.

»Ja? Und was ist das für ein Gefühl?«

Ich hätte wissen müssen, dass Bryan mich nicht so einfach vom Haken lassen würde, er wollte, dass ich die Worte sagte!

»Das Gefühl, bei meinem besten Freund zu sein, das Gefühl, nur dann vollständig zu sein, wenn du in meinen Armen liegst, das Gefühl, absolut kopfüber verliebt in dich zu sein.«

»Mhm, ich mag dieses Gefühl.« Bryan vertiefte den Kuss, bevor er sagte: »Ich liebe dich, Jase.«

Als die Erlösung uns erzittern ließ, stieß ich ein letztes Mal tief in ihn. »Ich liebe dich, Bryan.«

Kapitel 20

Bryan

Ich liebte Jase. Jase liebte mich. Wir beide liebten Gray und er liebte uns beide. Wir hatten großartige Freunde, die uns geholfen hatten, uns daran zu gewöhnen, eine dreiköpfige Familie zu sein. Wir gingen in die Kirche, wenn Jase keine Schicht hatte. Gray verabredete sich samstags mit den Kindern unserer Freunde, wenn er nicht bei Juanita mit Emily und Ethan spielen war.

In der Schule hatte sich alles beruhigt. Er berichtete, der Raufbold sei ziemlich still zurückgekommen. Seine Mitläufer mussten sich fast zu Tode erschrocken haben, sie gingen ihm aus dem Weg. Gray und Samuel genossen es, Zeit außerhalb der Schule zusammen zu verbringen und hatten sich über ihre gemeinsamen Erlebnisse in der Schule sehr verbunden.

In den Geschichten, die Gray über einige der Kinder in seiner Klasse erzählte, und den Geschichten, die unsere Freunde über ihre eigenen Kinder oder die ihrer anderen Freunde berichteten, schien Gray eines der ausgeglichensten Kinder der ganzen Gruppe zu sein. Unbekümmert, lernfreudig, andere Meinung akzeptierend, lieb und freundlich, Gray war eine absolute Freude.

Das soll aber nicht heißen, dass er nicht manchmal meckerte oder sich gegen Regeln auflehnte, nur insgesamt hatte er mir meinen Weg in die Elternschaft sehr einfach gemacht.

Wir waren eines Sonntags nach der Kirche zum Mittagessen gegangen und am späten Nachmittag mit der Absicht nach Hause gekommen, ein wenig zu ruhen und danach vielleicht Brettspiele zu spielen. Gray hatte vor unseren Schläfchen um einen Film gebeten, also hatten wir uns auf die Couch gelümmelt.

Als der Film anfing, sah Gray sowohl Jase als auch mich an, bevor er übers ganze Gesicht strahlte. »Ich weiß, nicht jeder versteht, wenn ein Junge einen Jungen liebt, aber ich bin froh, dass ihr euch liebt. Es macht mich wirklich glücklich. Ich glaube, einige meiner Schulfreunde hätten lieber zwei Väter oder Mütter oder zumindest zwei Eltern, die nicht die ganze Zeit schreien und streiten.«

Jase und ich lehnten uns beide vor, um Grays Kopf zu küssen, stießen dabei fast aneinander. Zwischen Lachen und Küssen auf Grays Kopf sahen wir uns den Film an. Zusammen. Als Familie.

»Komm schon, Buddy, der Film ist vorbei. Es ist doch schon Schlafenszeit.« Jase nahm einen bereits schlaftrunkenen Gray hoch und trug ihn zu seinem Bett.

Als er ins Wohnzimmer zurückkehrte, zog mich Jase in eine lange Umarmung und einen Kuss. »Kommst du mit mir schlafen?«

Ich nickte, ich wusste, dass es keinen Ort gab, an dem ich lieber schlafen würde, als neben Jase.

-*-*-*-*-

Fünf Minuten? Eine Stunde? Ich weiß nicht, wie lange es war, aber ich wachte mit einem Ruck auf, als Gray ins Zimmer stürmte.

»Daddy? Bryan? Grandma und Grandpa sind hier. Tut mir leid, es klingelte und ich fragte nach, wer da war. Ich habe nicht an das Geheimnis gedacht, bis sie reinkamen. Ich glaube nicht, dass sie sehr glücklich sind.«

Ich spürte den Verlust von Jase' Umarmung bis tief in meine Seele. In Sekundenbruchteilen hatte er sich von mir weggeschubst, Gray gepackt und stand da, frontal mit seinen Eltern konfrontiert. Mr. Rafferty hätte das Zimmer wahrscheinlich mit der Wut in seinen Augen anzünden können. Mrs. Rafferty sah äußerst unbehaglich und traurig aus, hatte aber auch den Anstand, peinlich beschämt dreinzuschauen.

»Was zum Teufel geht hier vor, Sohn? Warum bist du im Bett dieser Schwuchtel?«

»Dad, das reicht, nicht vor meinem Sohn.« Jase' Stimme war fest, aber ich hörte das Beben in ihr.

»Du willst nicht, dass ich vor deinem Sohn fluche, aber du schläfst vor ihm im Bett dieser Tunte? Du ekelst mich an. Ich werde meinen Enkel nicht von ein paar Homos verderben lassen. Er kommt mit uns mit. Du kannst auch mit uns kommen und in den Griff bekommen, was immer dieser Schwule aus dir gemacht hat, aber wenn du nicht mit uns kommst, wirst du deinen Sohn nie wiedersehen. Das verspreche ich dir. Ich habe Anwälte und Richter als Freunde. Ich werde ihn dir wegnehmen, schneller als du schauen kannst. Du hast zwanzig Minuten. Wir packen für Gray alles zusammen, du kannst mit uns kommen oder hierbleiben, aber du wirst dich entscheiden.« Mr. Raffertys Worte waren tödlich und der Hassblick, den er mir entgegenwarf, fuhr mir bis in die Knochen.

Die alten Raffertys gingen mit Gray im Schlepptau aus dem Zimmer. Der Kleine warf einen besorgten Blick über die Schulter zu seinem Vater und mir. Ich versuchte ihn anzulächeln, nickte ihm zu, vorauszugehen, aber in meinem Inneren brach mir das Herz.

Jase drehte sich zu mir um und fiel neben dem Bett auf die Knie. Heftige Schluchzer erschütterten seinen Körper, als er nach mir griff. Ich saß auf dem Bettrand und hielt ihn in meinen Armen, während seine Tränen meine Jogginghose durchnässten.

Ich streichelte seinen Kopf und fuhr mit der Hand seinen Rücken hinauf und hinunter, wollte ihn trösten und beruhigen. »Schh, Jase. Schh, Baby. Es ist okay.« Aber meine Worte waren hohl. Ich wusste, nichts war okay. Ich wusste, dass er keine andere Wahl hatte, als mich zu verlassen. Er durfte Gray nicht verlieren. Er würde seinen Liebhaber nie seinem Sohn vorziehen, und das hätte ich auch nicht erwartet.

»Du holst dir besser, was du für die Reise brauchst. Ich packe den Rest deiner Sachen und wir finden einen Weg, dass du sie bekommst.« Ich wollte, dass er sah, wie stark ich war, ihn unterstützte und verständnisvoll war, aber alles, wonach mir der Sinn stand, war, mich im Bett zusammenzurollen und zu heulen, bis der Schmerz verschwunden war.

»Wie kann ich dich verlassen? Wo wir uns gerade gefunden haben? Wie kann ich den einzigen Mann, den einzigen Menschen verlassen, bei dem ich mich je so lebendig gefühlt habe? Ich kann dich nicht noch einmal verlieren, Bryan. Ich glaube nicht, dass ich es überleben würde.« Seine Stimme zittere, Tränen flossen aus seinen Augen und seine Hand streichelte mein Gesicht.

»Jase, Baby, ich weiß, dass du das nicht aus freien Stücken tust. Ich weiß, dass du bei Gray bleiben musst. Ich würde nie zulassen, dass sie ihn ohne dich mitnehmen. Ich kann den Gedanken nicht ertragen, dass der Kleine seinen Vater verliert.« Er war vielleicht nicht von Geburt an mein Sohn, aber mein Herz brannte vor Schmerz; ich fühlte mich, als würde ich meinen eigenen Sohn verlieren.

»Ich gehe mit ihnen, vorerst. Ich schicke dir SMS und rufe dich an. Hast du Anwälte unter deinen Freunden? Ich muss sie kontaktieren. Ich kann das nicht zulassen. Das kann ich einfach nicht.« Jase nahm mein Gesicht, gab mir einen heißen, weinerlichen Kuss auf den Mund. »Ich liebe dich, Bryan, bitte vergiss das nie. Das Schicksal hat uns mehr als einmal zusammengeführt. Ich kann nicht glauben, dass es uns so enden lässt.«

Die Atmosphäre im Wohnzimmer war angespannt. Jase und Gray in Tränen aufgelöst, der Junge klammerte sich an seinen Vater. Mr. und Mrs. Rafferty standen wartend dort. Ich fühlte mich unbehaglich in meinem eigenen Zuhause, wusste nicht, wie ich mich verhalten sollte, was ich tun sollte.

»Merriam, bring Grayson zum Auto!«

»Ja, Frank.«

Jase' Mutter sah mich mit etwas wie Trauer in ihrem Blick an, bevor sie ihre Hand nach Gray ausstreckte. Bevor ich wusste, was passierte, ließ er seinen kleinen Koffer mit seinen Habseligkeiten fallen und warf sich in meine Arme.

Ich fiel auf die Knie und genoss die enge Wärme seiner Arme um meinen Hals.

»Können sie das tun, Bryan? Können sie mich wirklich dir und meinem Dad wegnehmen?« Seine Stimme war ein leises Flüstern in meinem Ohr. »Warum sagt mein Dad nicht einfach, *ich scheiß auf euch*?«

Ich kicherte humorlos, mein Herz zerbrach in noch mehr winzige Scherben.

»Wir werden versuchen, das in Ordnung zu bringen, Gray. Hör einfach auf deinen Vater und denk dran, dass ich dich immer lieben werde.« Ich erstickte an meinen Worten, die ich ihm ins Ohr flüsterte.

»Das reicht, nimm deine verdammten schwulen Griffel von meinem Enkel, du hast ihn genug verdorben. Merriam, jetzt!«, brüllte Frank und ich sah, wie Jase den Drang zuzuschlagen bekämpfte.

Gray folgte seiner Großmutter, mit einem letzten Blick zu mir und einem verzagten Winken.

»Ich werde dir eine Chance geben, Sohn. Sag mir die Wahrheit, was hat diese Schwuchtel dir angetan? Wie hat er dich dazu gebracht, so widerwärtige Dinge zu tun?« Franks Augen flehten Jase an, diesen Ausweg zu nehmen, zu leugnen, was wir zusammen hatten.

Ich konnte Jase nicht so dastehen lassen. Ich wusste in meinem Herzen, dass er versuchte, Gray zu retten, aber ich sah das Feuer in seinen Augen flackern, als ob er bereit wäre, seinem Vater zu sagen, er solle sich verpissen.

»Sie haben recht, Mr. Rafferty, das war alles mein Werk. Ich versprach ihm freie Miete, während sein Sohn sich in der Schule und er auf der Arbeit einlebte, wenn er ein wenig romantische Zeit mit mir verbringen würde. Ich bin ein einsamer Mann und Jase hier zu haben, hat mir bei dieser Einsamkeit geholfen. Zwischen uns ist nichts Widerwärtiges passiert, Sir.« Es war eine gewaltige Lüge, und eine wirklich schlechte noch dazu, aber es war alles, was mir damals einfiel, um Jase aus der Klemme zu helfen.

Jase schaute mich mit ungläubigen Augen an, schien sagen zu wollen, *»Ist das das Beste, was dir eingefallen ist? Das wird er dir nie abkaufen.«*

Aber ich wusste aus Erfahrung, wenn ein Mensch etwas verzweifelt glauben will, wird er nach jedem Körnchen einer Lüge greifen und es akzeptieren, wenn es ihm die Dinge leichter macht. Und Mr. Rafferty tat genau dies.

»Das habe ich mir gedacht, du dreckige kleine Tunte. Ich werde nicht zulassen, dass du meine Familie verdirbst. Nimm deinen erbärmlichen Homo-Arsch von meinem Sohn, verdirb jemand anderen mit deiner abscheulichen, sündigen Natur.«

Er riss in diesem Moment die Tür auf, hatte seine hasserfüllten Augen auf mich gerichtet, während er darauf wartete, dass Jase die Wohnung und mein Leben verließ. Ich wollte mich an Jase klammern, ihn anflehen, bei mir zu bleiben, aber ich hatte keine Ahnung, wohin das in unserem beschissenen Rechtssystem führen würde. Ich wusste, dass Jase auf Nummer sicher gehen musste, zumindest bis er seine Eltern beruhigen und mit einem Anwalt sprechen konnte. Aber ihn aus der Tür gehen zu sehen, ohne auch nur eine Umarmung, war das letzte Messer in meinem Herzen.

Hölzern schloss ich die Tür ab, stolperte zu meinem Bett und glitt geräuschlos unter die Laken. Erst als mich der Duft von Jase umgab, ließ ich mein Schluchzen heraus.

Kapitel 21

Jase

Mein Herz zersprang vor Schmerz, in meinem Kopf hämmerte es und zähneknirschend drängte ich den Zorn in mir zurück.

Wie können meine Eltern es wagen, mir als erwachsenem Mann mein Glück zu verwehren? Wie können sie es wagen, meinen Sohn gegen mich als Druckmittel zu benutzen? Und wie kann ich es wagen … wie kann ich es wagen, mich einfach umzudrehen und es wie ein getretener Hund hinzunehmen? Das, was Bryan und ich hatten, einfach wegzuwerfen, meinem Sohn zu zeigen, dass unsere Liebe, unsere Familie es nicht wert waren, dafür zu kämpfen?

Ich saß schweigend auf dem Rücksitz des Autos meiner Eltern, Gray saß an meiner Seite. Ich war mir nicht sicher, ob ich sauer war oder darüber erleichtert, dass meine Eltern kein Gespräch suchten. Als ich realisierte, dass es eine lange Fahrt werden würde, wohin auch immer wir unterwegs waren, machte ich es mir bequem und fiel in einen unruhigen Schlaf, mit Gray, der an meiner Seite schnarchte.

»Daddy, ich muss pinkeln.« Seine Stimme weckte mich aus dem schlechten Schlaf.

»Dad, Gray muss pinkeln, kannst du rechts ranfahren?« *Verdammt, ich bin Soldat, ein erwachsener Mann, ein verantwortungsbewusster Vater, und ich fahre auf dem Rücksitz und bettle bei meinen Vater um einen Boxenstopp. Dieser Scheiß muss aufhören.*

Fünf Minuten später fuhren wir an eine Tankstelle. Ich begleitete Gray ins Gebäude, während Dad Benzin zapfte. Als wir auf der Toilette fertig waren, holte ich Gray einen Drink und einen Snack und wir gingen aus der Seitentür raus, außer Sichtweite meiner Eltern.

»Gray, es tut mir leid, dass alles so schiefgelaufen ist. Bryan und ich wollten dich nur beschützen. Aber wir werden uns nicht einfach damit abfinden, ich werde dagegen ankämpfen. Ich muss nur klug vorgehen. Ich hoffe, dass wir in einer Woche wieder zu Hause in Indianapolis sind.«

Gray lächelte müde. »Du magst den Song?«

»Hä?«

»Das Lied *Back Home Again in Indiana,* wir haben es in der Schule gelernt.«

»Dann ja, genau wie das Lied.« Ich küsste seinen Kopf und zerzauste seine Haare.

Als wir zum Auto zurückkehrten, kletterte Gray hinein und ich stellte mich neben die Zapfsäule, während mein Vater die Windschutzscheibe reinigte.

»Wohin fahren wir?« Ich hoffte wirklich, dass es nicht bis nach Florida ging, die Rückfahrt nach Indiana wäre verdammter Mist.

»Wir halten in Kentucky, um die Cousinen deiner Mutter zu besuchen, bevor es zurück nach Florida geht. Wir werden eine Woche dort sein. Gott weiß, dass sie bestimmt kein Kind und eine Schwuchtel mit uns dort erwarten, aber deine Mutter hat sich schon darauf gefreut, also kommen wir wohl nicht drum herum.« Mein Dad sah mich nicht einmal dabei an.

»Wir müssen bis Ende dieser Woche zu einer Art Vereinbarung kommen. Ich habe einen Job und Gray darf nicht so viel in der Schule verpassen.« Es war wirklich ein Segen, dass dies in einer meiner freien Wochen geschehen war, sodass ich mir keine Sorgen um das Fehlen auf der Arbeit machen musste. Ich musste die Schule anrufen und sie wissen lassen, dass Gray eine Weile weg war.

»Die einzige Vereinbarung, die mich interessiert, ist die, bei der du zustimmst, dich von dieser Homo-Schwuchtel fernzuhalten. Ich kann nicht glauben, dass sie ihn in die Army gelassen haben. Ekelhaft und ein Schandfleck für den guten Namen des Militärs, wenn du mich fragst. Ich werde den Beweis brauchen, dass du für immer von ihm weg bist und ich werde meinen Anwalt kontaktieren für den Fall, dass ich das Sorgerecht für Gray erlangen will, falls ich herausfinde, dass du überhaupt nur mit der Schwuchtel sprichst.«

Ich nahm die Informationen entgegen, aber antwortete ihm nicht. Ich nickte mit dem Kopf und setzte mich zu Gray ins Auto. Ich musste einen Plan ausarbeiten, aber ich brauchte Zeit dafür. Der beste Teil daran war, ich konnte wahrscheinlich zurück nach Indianapolis, meinen Job behalten, Gray in der Schule lassen … aber der noch unklare Teil war, ob ich Bryan an meiner Seite hätte oder ob er das überhaupt wollte. Mein Kopf wollte dies alles, aber mein Herz konnte nur flüstern: *Wie, glaubst du, wirst du jemals ohne Bryan leben können?*

-*-*-*-*-

Wir kamen erst spät in der Nacht im Haus der Cousine meiner Mutter an. Ich hatte eine sehr vage Erinnerung an diese Frau von vor langer Zeit. Sie war meiner Mutter sehr ähnlich, ruhig, egozentrisch, mehr darüber besorgt, was die Leute von ihr hielten, als das Richtige zu tun.

Ich war wütend auf meinen Vater, aber es war für mich schmerzhaft mitanzusehen, wie wenig meine Mutter für ihren Sohn eintrat. Ich schätzte, ich wollte nur, dass sie meinem Dad sagte, er solle sich verpissen, und mir, dass sie mich liebt, egal was passiert. Aber in über dreißig Jahren war das noch nie geschehen, also hatte ich nicht viel Hoffnung, es würde jetzt passieren.

Anstatt mit der Familie herumzusitzen, die ich eigentlich gar nicht kannte – und momentan auch keine Lust hatte kennenzulernen –, nahm ich Gray mit auf einen Spaziergang hinunter zum Fluss in der Nähe des Hauses. Kentucky schien mir ein wirklich schöner Ort zu sein … schade, dass ich es unter diesen Umständen nicht genießen konnte.

Als Gray und ich aus dem Haus gingen, hielt mich mein Vater auf. »Ruf ihn nicht an, schreib ihm keine SMS. Ich habe den Fehler gemacht, das nicht aufzuhalten, als Sierra versuchte, uns die Wahrheit zu sagen. Ich werde diesen Fehler nicht noch einmal machen. Wenn du zurück nach Indiana willst, brauche ich die Zusicherung, dass du nicht mit ihm in Kontakt treten, ihn nicht treffen wirst. Du bist dort, um zu arbeiten, Gray in die Schule zu schicken und euch ein Leben aufzubauen. Ein Leben *ohne* diese Schwuchtel! Keiner meiner Söhne wird schwul sein. Das werde ich nicht zulassen.« Die Augen meines Vaters glühten, seine Worte waren kalt.

»Dad, ich bin über dreißig Jahre alt, du kannst mich nicht vom Telefonieren abhalten.« Ich versuchte locker zu bleiben, aber ich wusste, dass ich auf wackligem Boden stand.

»Wenn du deinen Sohn behalten willst, ist es genau das, was ich tun kann. Ruf seine Nummer auf und gib mir das Telefon.« Mein Vater hielt seine Hand auf.

Ich schaute auf Gray herab, der das ganze Zusammenspiel mit großen, angstvollen Augen beobachtete. Mit einem tiefen Seufzen und dem Wissen, dass ich alles tun würde, um meinen Sohn zu behalten, rief ich Bryans Kontakt auf meinem Handy auf und übergab es meinem Vater.

Bevor er jedoch das Telefon nehmen konnte, hatte ich den ersten Teil meines Plans in Gang gesetzt.

»Dad, bevor du tust, was immer du tun wirst, muss ich ihn wenigstens kontaktieren, damit er den Rest unserer Sachen packt und sie mich abholen lässt, wenn er nicht zu Hause ist.«

Mein Vater nickte kurz. Ich nahm das Telefon und tippte eine Nachricht, von der ich wusste, dass sie Bryans Herz ebenso brechen würde wie meins.

Ich: *Ich muss den Rest unserer Sachen abholen. Ich werde Ende der nächsten freien Woche kommen, um die Kisten zu holen. Ich MUSS vorbeikommen, WENN du auf der Arbeit bist. Vielen Dank für Dein Verständnis.*

Ich wusste, dass Bryan meinen Zeitplan gut genug kannte, um zu wissen, von welcher Woche ich sprach. Ich wusste auch, dass er außer sich wäre und sich wunderte, warum ich nicht angerufen hatte. Aber erst einmal musste ich meinen Vater beruhigen, bis ich irgendeinen Rechtsbeistand hatte.

Als ich das Telefon meinem Vater übergab, sah ich mit ungläubiger Abscheu zu, wie mein Vater es mit teuflischer Freude genoss, den Kontakt, das Anrufprotokoll und die SMS-Nachrichten zu löschen.

»So. Ich bezweifle, dass du seine Nummer auswendig gelernt hast, damit solltest du auf dem richtigen Weg bleiben. Gib diese lächerliche Vorstellung auf, dass er dein Freund ist oder dir etwas bedeutet. Er hat dich benutzt, für sein eigenes perverses Vergnügen.« Dad schüttelte seinen Kopf offensichtlich angewidert von dem Gedanken, dass ich mit Bryan befreundet oder mehr sein könnte.

Ich lächelte grimmig, als ich Grays kleine Hand in meiner fühlte, wir vom Haus weg Richtung Flussufer gingen. Der Abend war warm genug, um nur eine leichte Jacke zu tragen, aber die Kühle des Jahreszeitenwechsels lag in der Luft. Gray entdeckte einen großen Felsen und rannte voraus, um darauf zu klettern. Als ich ihn erreichte, schaute ich auf den Felsen und fragte mich, wie mein Äffchen so schnell nach oben gekommen war.

»Komm hoch, Daddy. Du kannst den Fluss und die Häuser auf der anderen Seite sehen.«

Als ich oben angekommen war, ließ ich mich neben Gray nieder und wir beobachteten für einige Augenblicke schweigsam das Wasser.

»Werden wir Bryan jemals wiedersehen, Dad?« Gray sah über seine Schulter, bevor er sprach. Ich hasste die Erkenntnis, dass er jetzt schon wegen meines Vaters mit seinen Worten wachsam war.

»Das hoffe ich doch.« Ich wusste nicht, wie weit ich im Einzelnen darauf eingehen sollte.

»Aber wir können ihn nicht mal anrufen oder ihm eine SMS schicken.« Grays Stimme klang so deprimiert, wie ich mich fühlte. »Er macht sich wahrscheinlich große Sorgen um uns.«

»Ich weiß das, Buddy, und es tut mir weh, wenn ich daran denke, wie traurig und allein er ist. Aber Bryan weiß, dass ich vor ihm oder jedem anderen immer um dich kämpfen werde. Also ist das einer dieser Momente, in denen wir uns zwingen müssen, das Richtige zu tun, auch wenn es schwerfällt, und hoffen, dass sich am Ende alles zum Guten wendet.« Ich wusste, dass meine Worte ernsthaft und aufrichtig waren, aber sie stachen mir wie Nadeln ins Herz, als wäre es ein Nadelkissen.

»Ich vermisse ihn jetzt schon. Ich vermisse mein Zimmer dort. Ich vermisse Juanita und ich vermisse dein Lächeln für ihn.«

»Hey, ich habe immer noch ein Lächeln, weil ich dich noch habe.« Ich wollte nie, dass mein Sohn dachte, er wäre nicht genug, um mich glücklich zu machen.

»Ich weiß, aber dein Lächeln für Bryan war anders als dein Lächeln für mich.«

Die Woche über, die wir in Kentucky verbrachten, taten Gray und ich unser Bestes, um so lang und so weit wie möglich vom Haus wegzubleiben. Ich unterschrieb einen Mietvertrag für ein beschissenes kleines Studioappartement auf der anderen Seite der Stadt von Bryans Wohnung. Ich hatte keine Ahnung, wie ich meinen und Grays Stundenplan ohne Bryan und Juanita umsetzen würde, aber vorläufig musste ich meinem Vater beweisen, dass wir einen anderen Ort weit weg von Bryan hatten.

Er las den Mietvertrag durch, öffnete eine Karte von Indianapolis, um zu sehen, dass die Adresse einige Meilen von Bryan entfernt war, und nickte kurz. »Das ist ein Schritt in die richtige Richtung.«

Am nächsten Tag zeigte ich ihm einen Brief von Grays Lehrerin, in dem sie schrieb, wie sehr sie ihn vermissten, wie gut er sich in der Schule eingelebt hatte und was für ein wunderbarer Schüler er war.

»Dad, es geht ihm dort so gut, dass ich ihn da nicht mehr rausnehmen kann.«

Er faltete den Brief und legte ihn zur Kopie des Mietvertrags.

Zwei Tage später erhielt ich die E-Mail von der Arbeit, auf die ich gewartet hatte. Ich hatte mehrere Male überlegt, Bryan auf der Arbeit anzumailen, aber ich hatte das Gefühl, dass Dad den Laptop, den ich hier benutzten durfte, überprüfte, da er der Dame des Hauses gehörte. Also schrieb ich nur E-Mails an angemessene Leute und sagte nichts Belastendes.

Ich hatte meinen Schichtleiter gebeten, mir die letzte Leistungsbewertung in der *HEMS*-Crew zu schicken. Ich wusste, dass sie hervorragend sein würde, weil ich nichts anderes getan hatte, als den Vogel mit Geschick und Leidenschaft zu fliegen.

Die Brust meines Vaters schwoll an, als er die Bewertung las. »Verdammt guter Job, Sohn, verdammt guter Job. Das ist die Art von Dingen, mit der wir unseren Namen verbunden sehen wollen. Nicht mit verdammten Homosexuellen.«

Der letzte Teil meines Plans, Gray und mich wieder nach Hause zu bekommen, würde warten müssen, bis ich in der Lage war, einen Rechtsbeistand persönlich zu kontaktieren. Ich wollte niemanden mailen oder versuchen anzurufen, damit Dad vielleicht noch Wind davon bekäme.

Das musste warten, bis ich von meinen Eltern weg war. Also setzte ich in der Nacht, von der ich hoffte, dass sie unsere letzte in Kentucky sein würde, den nächsten Teil des Plans in Gang.

Gray schlief auf dem kleinen Sofa im Wohnzimmer. Ich verließ ihn kurz, um meinem Vater in die Küche zu folgen.

»Dad, ich wollte dir danken.« Die Worte kamen mir kaum über die Lippen.

Seine Augenbrauen hoben sich, forderten mich auf fortzufahren.

»Zuerst war ich verärgert, dass du reingestürmt bist und unseren Alltag durcheinandergebracht hast, aber jetzt, wo ich von Bryan weg bin, sehe ich, dass du nur unser Bestes im Sinn hattest.« Ich hoffte, dass Gray fest schlief, damit er diese Lügen aus meinem Mund nicht hörte.

Vater verschränkte seine Arme vor der Brust, was darauf hinwies, dass er zuhörte und bereit war, jedes noch so gelogene Lob anzunehmen, das ich ihm geben wollte.

»Ich meine, es war ziemlich praktisch, dort miet- und kostenfrei zu leben und einen Babysitter in der Nähe zu haben, auch wenn Bryan nicht da war, um auf Gray aufzupassen. Bryan war immer mein Freund gewesen, aber erst als ich mit ihm zusammenwohnte, fand ich heraus, dass er schwul ist. Ich dachte, dass es nicht wehtun würde, dort zu bleiben, bis wir uns richtig eingelebt hatten. Ich denke, ich war einfach einsam und vermisste Verabredungen. Ich meine, du weißt, dass ich mich nicht wirklich häufig verabredet habe, seit Sierra weg ist. Als Bryan mir den Vorschlag machte, wusste ich nicht, wie ich ablehnen sollte. Aber jetzt, wo ich nicht mehr bei ihm bin, weiß ich, wie falsch es war. Also danke, dass du uns gerettet hast, was wirklich schlimm hätte enden können.« Ich fühlte mich körperlich krank, als ich meine kleine Rede beendete. Der Drang zu Kotzen verstärkte sich, als Dad seine Brust selbstgefällig aufplusterte und mir zunickte.

»Ich bin froh zu sehen, dass du das erkannt hast und darüber hinweg bist, was auch immer für ein kleiner Fehler das war.« Er nippte an seinem

Kaffee. »Ich habe ein paar Freunde in Indianapolis. Ich sorge dafür, dass sie wissen, dass du dort bist, damit sie nach dir sehen können, ob es dir gut geht.«

Er sagte es, als wäre es nur eine nette Geste seinerseits, aber ich wusste, dass seine Worte eine nur schwach versteckte Drohung waren, mich auf Linie zu halten und sicherzugehen, dass ich Bryan nicht zu nahe kam.

Am nächsten Tag brachen Gray und ich bei Tagesanbruch auf. Dad fuhr uns zu einer Autovermietung, damit wir uns auf den Weg machen konnten.

»Ich melde mich wieder. Mach das nicht kaputt, Sohn. Lass nicht zu, dass dieser Perverse in dein oder Grays Leben zurückkehrt; wenn du das tust, werden dir die Konsequenzen nicht gefallen.« Er schlug mir auf die Schulter und tätschelte Grays Kopf, bevor er in sein Auto stieg und die Straße hinunterfuhr.

Innerhalb von dreißig Minuten hatten Gray und ich ein Auto und fuhren Richtung Norden.

Als ich einige Meilen weiter auf die Uhr schaute, fragte ich Gray, ob er bereit fürs Frühstück sei. Wir hielten für Pfannkuchen, Eier und Speck an einem kleinen Diner.

»Als du noch ein Baby warst, gingen Bryan und ich mit dir in ein kleines Diner genau wie dieses hier. Damals hatte ich keine Ahnung, ob wir ihn je wiedersehen, geschweige denn in unserem Leben haben würden.« Ich seufzte, als ich die Erinnerung aussprach.

Gray überließ mich ein wenig meinen Gedanken, bevor er etwas sagte. »Daddy, wie lautet dein Plan?«

»Mein Plan?« Ich musste darüber lachen, wie ernst und sicher mein Sohn war.

»Yeah. Ich meine, wir sind den ganzen Weg nach Indianapolis gezogen, um Bryan zu finden. Ich weiß, dass du einen Plan hast, ihn wiederzufinden.«

»Wir wissen, wo er ist, Gray. Das Problem ist, dass Grandpa nicht will, dass wir mit Bryan zusammen sind. Und bis ich mit jemandem sprechen kann, der sich besser damit auskennt als ich, weiß ich nicht, welchen Ärger dein Großvater anrichten kann, wenn er herausfindet, dass wir immer noch Bryans Freunde sind.«

»Ich hoffe, du redest bald mit dieser Person, damit alles wieder so werden kann, wie es vorher war.«

-*-*-*-*-

Mein Vater hatte genau drei Leute, die mir folgten und auf mich aufpassten. Zwei von ihnen versuchten sich zu verstecken, aber ich wusste, dass sie da waren. Der andere stellte sich als Freund meines Vaters vor und sagte mir, dass er nur nach mir schaute, um sicher zu sein, dass es mir gut ging. Ich sah alle drei Männer in unserer ersten neuen Woche »zu Hause« mehrmals. Sie standen vor der *HEMS*-Station oder dem Krankenhaus, wenn wir einen Patienten dort einlieferten, oder gegenüber meiner Wohnung.

Ich war seit über zwei Wochen von Bryan getrennt, völlig ohne Kontakt. Ich hatte Nachtschicht gehabt und es brachte mich nahezu um. Ich quälte mich nach einer Stunde Schlaf aus dem Bett, um Gray zur Schule zu bringen, um dann nach Hause zurückzukehren und zusammenzubrechen, rechtzeitig aufzuwachen, ihn aus der Schule abzuholen, mit ihm zu Abend zu essen und dann sicherzustellen, dass alles für den Babysitter bereitlag. Ein Typ auf der Arbeit hatte eine Tochter im Teenageralter, die bereit war, nachts auf meinem kleinen Sofa zu schlafen, damit Gray nicht allein war, während ich arbeitete. Es war nicht perfekt, aber ich hoffe, es wäre nur vorübergehend.

In der Woche nach meinen Nachtschichten nutzte ich etwas von meiner militärischen Ausbildung für verdeckte Operationen, um die Männer abzuschütteln, die mich beschatteten, und ging in eine örtliche Kanzlei, die auf Familienrecht spezialisiert war.

»Mr. Rafferty, Mr. Walters erwartet Sie jetzt.« Die hübsche kleine Empfangsdame hielt mir eine Tür auf.

»Mr. Rafferty, schön, Sie kennenzulernen. Ich bin Ron Walters. Was kann ich für Sie tun?« Er deutete auf einen Stuhl und ich erklärte ihm meine missliche Situation.

Meine Zeit mit Bryan beim Militär, unser gemeinsames Wochenende in Texas, meine Frau, die ihre Rechte an Gray aufgab und sich von mir scheiden ließ, unser Umzug nach Indianapolis, das Aufeinandertreffen mit Bryan, meinen Job, Grays Schule, unser Leben mit Bryan. Ich habe alles rausgelassen. Dann kam ich zu meinen Eltern und den Drohungen, mir meinen Sohn wegzunehmen, wenn ich weiterhin in einer Beziehung mit Bryan lebte.

»Was ich wissen muss, ist, welche Rechte ich habe. Können sie mir meinen Sohn wegen meiner Sexualität wegnehmen?« Mir drehte sich der Magen um, während ich auf seine Antwort wartete. Sein Ratschlag war es, worauf sich mein ganzer nächster Plan gründen würde; wenn er sagte, dass meine Eltern eine Chance hätten, mir meinen Sohn wegzunehmen, wüsste ich, dass das Leben, von dem ich geträumt hatte, unerreichbar sein würde.

»Also, in den Vereinigten Staaten gibt es Fälle, in denen biologische Eltern ihre Kinder wegen der sexuellen Orientierung der Eltern verloren haben«, begann Mr. Walters und ich fühlte, wie mir die Luft wegblieb.

Ich lehnte mich nach vorne und hielt meinen Kopf in den Händen in dem Versuch, den Schwindel aufzuhalten.

»Wenn Ihre Eltern allerdings nicht beweisen können, dass Ihre Sexualität Ihrem Sohn schadet, dürften sie keine guten Argumente haben, wenn sie das Sorgerecht beantragen wollen. Sie haben einen festen Job, Gray ist in der Schule mit Freunden und guten Noten, Sie haben eine feste häusliche Babysitterin, Sie gehen in die Kirche und Ihr Partner ist ein aufrichtiges, etabliertes Mitglied der Gesellschaft von Indianapolis. Ich nehme an, dass keiner von Ihnen in der Vergangenheit irgendwelche Verhaftungen oder Drogenabhängigkeiten oder so etwas hatte. Sie haben beide einen sehr beeindruckenden militärischen Hintergrund. Wenn Ihre Eltern nicht den kompletten Schwachkopf finden, der den Fall übernimmt, wird kein Kollege seinen Ruf riskieren, sie zu ermuntern, das Sorgerecht für das Kind zu beanspruchen, mit absolut nichts weiter auf ihrer Seite als der Tatsache, dass ihnen die Wahl ihres Geliebten nicht gefällt.«

Mein Herz fing wieder an zu schlagen und ich ließ mir die Worte, die Mr. Walters gesagt hatte, durch den Kopf gehen. Ich schluckte hart und suchte nach meiner Stimme.

»Wenn ich also wieder bei Bryan einziehe, selbst wenn sie sich einen Anwalt suchen würden, um das Sorgerecht für Gray zu erhalten, sagen Sie, sie hätten keinen Rechtsanspruch?«

»Genau. Das heißt nicht, dass sie kein geldgieriges Arschloch finden, das nur darauf aus ist, seinen Gewinn aus einem Fall zu ziehen, von dem er weiß, dass er ihn nicht gewinnen kann. Aber selbst wenn sie jemanden finden, der den Fall übernehmen könnte, würden sie eine Menge Zeit brauchen, das Blatt für sich zu wenden.« Mr. Walters lächelte mich an. »Nun, in der Zwischenzeit sollten Sie und Bryan sicherstellen, dass Sie nicht dabei gesehen werden, zu viel Alkohol zu trinken, oder zusammen mit jemandem, der Partydrogen nimmt, und nicht mehr mit als einer Umarmung und einem Kuss vor Gray. Im Grunde die gleichen Dinge, für die jeder Elternteil in Schwierigkeiten käme, sie vor einem Kind zu machen.«

Ich stand auf und schüttelte Mr. Walters die Hand. »Vielen herzlichen Dank. Kann ich Sie kontaktieren, wenn die Alten sich für eine Klage auf das Sorgerecht entscheiden?«

»Natürlich, ich würde mich wahnsinnig freuen, wenn ich Ihnen helfen könnte, Ihren Sohn vor diesen homophoben Bastarden zu beschützen.«

Er zwinkerte mir zu und ich lächelte, fühlte das Gewicht von tausend Pfund von meinen Schultern genommen. Ich merkte, dass ich das Rechtssystem auf meiner Seite hatte.

KAPITEL 22

Bryan

Ich hatte Jase fast drei Wochen lang nicht gesehen und fühlte mich wie ein wandelnder Toter. Ich hatte mir zwei Tage freigenommen, nachdem er gegangen war, und meinem Boss gesagt, ich hätte die Grippe. Als ich am dritten Tag auftauchte, sah er mich an, meinte, ich sähe aus wie ein Schluck Wasser in der Kurve und schickte mich umgehend zurück ins Bett. Nachdem ich mich drei Tage lang in meinem Herzschmerz gesuhlt hatte, erkannte ich, dass ich mich zusammenreißen und wieder an die Arbeit gehen musste.

Mit Arbeit konnte ich die Gedanken an Jase und Gray in den Hintergrund drängen, also ging ich früh hin und blieb lange. Das Problem war nur, sobald ich die Firma verließ, kamen all der Schmerz und Kummer zurück und ich verbrachte den ganzen Abend in Selbstmitleid und die ganze Nacht damit, mich im Bett zu wälzen und zu drehen.

Zuerst war ich am Boden zerstört. Dann war ich wütend, dass ich von ihm nach dieser einzigen Textnachricht, die besagte, dass er sein Zeug am Ende der Woche abholen müsste, nichts mehr von ihm hörte. Dann fühlte ich mich schuldig, weil ich wütend war.

Ich wusste, er würde alles tun, um Gray vor seinen Eltern zu beschützen. Seine Eltern! An sie zu denken machte mich noch wütender. Ich war verloren ohne meine beiden Lieblinge. Ich fühlte mich hilflos, als würde ich ertrinken. Ich musste raus und den Schmerz vergessen.

Ich: *Hey, willst du was trinken?*

Braeton: *Sicher. Sag mir wo.*

Ich: *Im Greg's.*

Braeton: *Wir sehen uns in 30 Minuten.*

Ich wollte Braeton nicht wirklich vom Ende der Beziehung mit Jase erzählen, aber ich wurde verrückt dabei, alles in mir drin zu behalten. Ich hätte meine Mutter anrufen können, aber sie hätte wahrscheinlich einen Flug nach Indy gebucht, um sich um ihr todunglückliches Baby zu kümmern, und dafür war ich wirklich nicht oder noch weniger in der Stimmung.

Ich wusste, dass Jase am nächsten Tag vorbeikommen wollte, um sein Zeug zu holen. Ich weinte wie ein Kind, als ich Jase' und Grays Sachen zusammengepackte. Wir hatten so viel zusammen gemacht, doch der einzige augenscheinliche Beweis für die zwei in meinem Leben passte in genau drei Kisten. Der innerliche Beweis von Jase' und Grays Platz in meinem Leben aber stand mit blutigen Schnitten in mein ganzes Herz geschrieben.

Im Wissen, dass ich nirgends in der Nähe der Wohnung sein durfte, wenn Jase für ihre Sachen kam, aber mit dem Gedanken, dass ich einen weiteren Krankheitstag von der Arbeit brauchen könnte, wenn ich so viel trank, wie ich es vorhatte, packte ich eine Tasche und beschloss, dass ich Braeton um eine Pyjamaparty bitten würde. Was gibt es Besseres, um den Schmerz zu heilen, indem ich mich dumm und dämlich betrank und einen ehemaligen Liebhaber abschleppte? Da konnte nichts schiefgehen, oder?

-*-*-*-*-

»Bryan, du siehst echt scheiße aus, was ist los, Mann?« Braeton küsste mich auf die Wange und sah sich um, als würde er nach Jase suchen.

Ich war sporadisch mit Braeton in Kontakt geblieben. Hatte ihm Bilder von mir mit Jase und Gray geschickt oder ihm kleine Nachrichten hinterlassen, die nach seinen letzten Dates fragten, solche Dinge eben. Aber wir hatten nicht mehr miteinander rumgehangen, seit er an diesem Tag auf der *Gen Con* fortgegangen war.

»Er ist nicht hier, wir sind nicht mehr zusammen. Und danke für das Kompliment.« Ich rollte mit den Augen, um die hochschießenden Tränen zurückzudrängen.

»Oh-oh, das klingt mehr nach der Sorte »Trinken wir einen auf der Couch«-Gespräch. Willst du beim Schnapsladen vorbei und zu mir nach Hause fahren?« Braeton berührte mitfühlend meine Hand.

»Yeah, das hört sich gut an. Ich brauche ein verdammtes Fass *White Russian*, am besten direkt in meinen Körper gepumpt. Und du kannst mich nicht auslachen, wenn ich heule. Mein Gesicht sieht schon scheiße aus, aber es wird noch schlimmer. Ich warne dich nur vor.« Ich lachte humorlos und lehnte mich in Braetons um meine Schultern gelegten Arm. Es war nicht die Berührung, die ich mir wünschte, nicht einmal annähernd, aber es war der beruhigende Kontakt von einem Freund, und das brauchte ich mehr denn je.

-*-*-*-*-

»Können seine Eltern das einfach machen? Gray wegbringen, nur weil Jase schwul ist?«, fragte Braeton ungläubig über sein Weinglas hinweg. Ich hatte Braeton die Wahl eines Rotweins zum Nippen überlassen, während ich mich volllaufen ließ.

»Keine Ahnung. Ich weiß nur, dass sie unangemeldet auftauchten, uns im Bett schlafen sahen, in die Luft gingen, plärrten, dass sie Gray mitnehmen würden und Jase zwangen, mit ihnen zu kommen, wenn er seinen Sohn jemals wiedersehen wollte. Natürlich musste er gehen, ich weiß das; ich meine, in meinem Herzen *weiß* ich, dass er gehen *musste*. Aber das verändert das Ergebnis nicht. Er ist weg, Gray ist weg, ich bin allein und mein Herz ist gebrochen.«

Ich schniefte, nahm einen weiteren Schluck des cremigen Gebräus, bevor ich mich wieder in Braetons Armbeuge kuschelte.

»Ich wusste nach unserem allerersten Mal, dass ich mich von ihm verabschieden musste. Ich genoss unser Wochenende damals in Texas und wusste, dass es zu früh zu Ende wäre, als wir uns das zweite Mal trafen. Aber dieses Mal … dieses Mal fühlte es sich so real an, so erwachsen und ja – so endgültig.« Meine Augen wurden wieder nass und Tränen strömten mir übers Gesicht.

Meine Lippen fingen an taub zu werden, was immer ein Hinweis war, dass ich mehr als genug getrunken hatte. In meinem hochberauschten Zustand nahm ich mir jedoch noch einen Drink und zog Braeton auf mich runter.

»Whoa, Bry, was machst du da, Buddy?« Braeton lachte nervös.

»Es tut so weh, Brae, mach, dass es aufhört zu schmerzen, bitte.« Rückblickend war es nicht ganz mein bester Moment.

»Yeah, es tut morgen früh immer noch weh. Wenn du den höllischen Kater dazurechnest, wirst du dich schrecklich fühlen. Es ist aber nicht notwendig, deinem körperlichen und emotionalen Schmerz noch Reue hinzuzufügen. Du bist betrunken, ich nicht, also treffe ich heute Abend die Entscheidungen für uns. Du schläfst deinen Rausch hier aus, aber es gibt nichts anderes als freundschaftliches Kuscheln. Ich kann dir sogar zur Toilette helfen, wenn dein Körper beschließt, sich von den überreichlichen Mengen Alkohols zu befreien, die du gesoffen hast. Aber es wird keinen Sex zwischen uns geben.« Braeton setzte sich auf und zog mich mit sich.

Als wir uns gegenüberstanden, zog ich einen Schmollmund. »Früher mochtest du Sex mit mir. Ich bin Single. Ich bin betrunken. Ich bin bereit alles zu tun, damit der Schmerz verschwindet.« Meine Worte klangen gelallt, selbst für meine betrunkenen Ohren. Was zur Hölle hatte ich da gesagt?

»Ich mag dich sehr, aber ich habe dich nie geliebt. Jase liebt dich, du liebst Jase. Die Situation ist zurzeit verkorkst, aber nicht, weil ihr euch nicht liebt. Wenn du nicht betrunken wärst, würdest du dich niemals so anbieten. Ich werde mich nicht zwischen dich und Jase und in die besondere Beziehung zwängen, die ihr zwei habt.« Braeton lehnte sich vor und küsste mich auf die Wange, bevor er fortfuhr. »Sei ehrlich zu dir selbst, wenn ich mich in dieser Sekunde nackt ausziehen würde, wärst du dann auch nur im Ansatz erregt?«

Ich versuchte meinen Kopf lange genug daran zu hindern, sich in sich zu drehen, um über die Frage nachzudenken.

Traurig und vorsichtig schüttelte ich mein Haupt. »Nicht solange du nicht auf magische Weise zu Jase wirst, nein.« Ich fuhr mit den Händen über mein betrunkenes, taubes Gesicht. »Es tut nur so weh, Braeton. Wenn ich wüsste, dass es nur vorübergehend wäre, könnte ich etwas besser damit umgehen, aber die Wahrscheinlichkeit ist hoch, dass Jase für immer von mir weg ist. Ich weiß nicht, wie ich eine Zukunft ohne ihn oder Gray aushalten soll.«

Nachdem er meine Wange in einer Geste getätschelt hatte, die wohl tröstend sein sollte, zog Braeton mich von der Couch, griff sich die Tasche, die ich mitgebracht hatte, und führte mich zum Schlafzimmer. Nachdem er mir geholfen hatte, in ein T-Shirt und Shorts zu wechseln, legte er mich ins Bett und versprach, bald wiederzukommen. Ich schloss die Augen, aber der Raum drehte sich zu sehr. Als ich sie wieder öffnete, sah ich Braeton zwei kleine Kapseln und ein großes Glas Wasser neben das Bett stellen.

»Hier, trink das, bevor du schlafen gehst.« Er reichte mir ein zweites Glas Wasser und ließ mich das Ganze austrinken.

Braeton krabbelte ins Bett und legte seinen Arm um mich. »Bryan, du und Jase seid füreinander bestimmt. Ich meine, denk mal drüber nach. Ihr habt euch unter nicht ganz perfekten Umständen in Übersee getroffen. Dann seid ihr euch ein Jahr später wieder begegnet. Und vielleicht der wichtigste Umstand von allen war, dass du ihm auf einer der größten *Gaming Conventions* des Landes begegnet bist, weil du und sein Kind den gleichen idiotischen Hut trugen. Das Schicksal will euch beide zweifellos zusammen sehen. Es sind nur drei Wochen vergangen, kein ganzes Leben. Gib ihm etwas Zeit, bevor du beschließt, dass es vorbei ist. Es ist wie ein Sturm. Du hattest deine Ruhe vor dem Sturm, aber jetzt tobt er. Wenn ihr zwei dies übersteht, dann wartet auf euch der schönste Regenbogen, auf den ihr euch auf der anderen Seite freuen könnt. Und wie verdammt symbolisch ist ein Regenbogen in dieser Situation?« Braeton kicherte und ich musste lächeln.

Vielleicht hatte Braeton recht, wir mussten nur den Sturm überstehen.

~*~*~*~*~

Ich lag offensichtlich im Sterben.

Ich hoffte, Braeton würde mit der Erinnerung an meinen Ableben in seinem Bett leben können. Es würde mir unmöglich sein, mich jemals wieder in meine persönliche Hölle zurück zu begeben und dort weiterzuleben, besonders, wenn ich mich hier so tief unter seiner Daunendecke einkuscheln konnte. Ich war kurz davor, mich zu übergeben; mein Kopf musste von einem Baseballschläger getroffen worden sein und ich stank so heftig, dass es selbst mich beleidigte. Aber ich brauchte mich ja nicht zu waschen, wozu auch, ich wollte im Bett bleiben und sterben!

»Raus aus den Federn, Bry!« Braetons Worte waren wie Fingernägel auf der Kreidetafel meiner Sinne. Er schien lauter und fröhlicher zu sprechen, um der trostlosen Aussicht meiner gegenwärtigen Situation entgegenzuwirken.

»Nee, geh weg, lass mich in Frieden sterben. Mein Herz ist bereits zerstört; bald wird mein ganzer Körper versagen; lass mich nur in Ruhe. Es ist besser so.« Ich versuchte die Übelkeit hinunterzuschlucken, die tief in mir brodelte, als ich einen Dufthauch von Kaffee und Eiern mit Speck erhaschte.

»Das geht nicht, mein Freund. Erstens musst du duschen, weil du mehr als nur ein bisschen riechst, und meine Laken müssen nun desinfiziert werden. Zweitens musst du etwas Wasser und Kaffee trinken und fettes Essen in den Magen bekommen, um all die *White Russians* zu absorbieren. Und drittens sollten wir zu dir rübergehen, damit du dich in deiner Katerstimmung auf deinem eigenen Bett suhlen kannst. Außerdem habe ich heute Abend eine Verabredung, also musst du gehen, tut mir leid, Bruder.«

»Was?!« Ich setzte mich schnell auf und erkannte meinen Fehler sofort. Mit meinem sich umdrehenden Magen und dem herumwirbelnden Raum war es unmöglich, dass ich das schaffte, ohne Rücksprache mit dem Sanitärporzellan zu halten.

»Nein, Braeton, da kann ich noch nicht rüber. Jase kommt heute vorbei, um seine Kartons zu holen, und ich darf nicht dabei sein.«

Ich wusste, dass ich es nicht mehr lange zurückhalten konnte, taumelte mit einem Satz aus dem Bett zum Klo, um meinem Körper zu erlauben, sich von dem Alkohol zu trennen, der nicht schon in jede Zelle meines Körpers eingedrungen war.

Als ich fertig war, kam Braeton herein und stellte mir eine heiße Dusche an. Er hängte ein Handtuch an den Haken, half mir hoch und zog mich aus, wobei er eine Show daraus machte, den Atem anzuhalten, weil ich nach meinem intestinalen Drama nicht mehr nur muffig, sondern auch noch ekelerregend säuerlich stank.

In der Dusche ließ ich das heiße Wasser über mich laufen und fühlte mich ein bisschen besser, als der üble Geruch weggespült wurde. »Ernsthaft, Braeton, ich kann heute nicht rübergehen.«

»Bryan, es ist 18 Uhr. Du sagtest, Jase käme, während du auf der Arbeit bist. Wenn du heute zur Arbeit gegangen wärst, wärest du wahrscheinlich schon auf dem Heimweg und Jase weiß das. Ich denke, man kann mit Sicherheit sagen, dass er dort gewesen und schon lange weg ist. Und ich habe dir schon gesagt, ich habe ein Date. Es wäre sehr schwer, meinem neuen Liebhaber zu erklären, warum mein ehemaliger Liebhaber in meinem Bett zusammengeklappt ist. Komm schon, Duschgel-Mann, leg einen Zahn zu.«

Ich ließ das Wasser auf mich niederprasseln, während ich versuchte, all das zu verstehen, was Braeton mir gerade gesagt hatte.

»Whoa, es ist schon so spät? Warum hast du mich so lange schlafen lassen?«

»Nun, erstens warst du total weggetreten. Zweitens gab es keinen Grund, dich aufzuwecken, weil ich ja wusste, dass du so tun würdest, als würdest du sterben. Und drittens wollte ich dich nicht schon wieder über Jase jammern hören.« Braeton stand mit verschränkten Armen vor der Duschtür.

»Oh, meine Güte, es tut mir leid. Bitte vergib mir, dass ich so eine weinerliche Zicke bin, weil ich die Liebe meines Lebens verloren habe.« Wütend stellte ich das Wasser ab. »Ich gehe jetzt. Ich würde dir diesen Abend ungern ruinieren, wie ich es gestern Abend offensichtlich schon getan habe.«

»Bryan, hör auf damit. Ich hatte zwar nie gesagt, du wärst eine weinerliche Zicke, aber jetzt bist du es. Du bist mein Freund, aber ich glaube, du solltest daran denken, dass da noch eine andere Person mit drinsteckt und der kleine Junge seinen Dad mehr braucht als du deinen Freund.« Braeton warf das Handtuch in meine Richtung und verließ das Badezimmer.

Ich lehnte mich schwer gegen das Waschbecken und ließ den Kopf hängen. *Scheiße, er hat recht. Benimm dich nicht so, als ob es nur um dich ginge, Keating.* Das Bild von Grays ängstlichen kleinen Augen, wie er zu mir zurücksah, als er mit Mrs. Rafferty hinausging, traf mich wie der Schlag. Ich musste Jase für immer aufgeben, wenn es bedeutete, dass Gray sicher und glücklich mit seinem Vater leben konnte.

Nachdem ich mich angezogen, so viel Wasser und Kaffee getrunken hatte, wie ich hineinbekam, und Braeton zufriedengestellt hatte, indem ich ein paar Bissen Eier mit Speck zu mir nahm, folgte ich ihm zu seinem Auto, damit er mich nach Hause bringen konnte.

Einen Fuß vor den anderen zu setzen, war die einzige Möglichkeit, wie ich es zum Fahrzeug schaffte. Einen Fuß vor den anderen, Braetons Hand haltend, war die einzige Möglichkeit, wie ich es in meine Wohnung schaffte. Einen Fuß vor den anderen, einen Tag nach dem anderen, war die einzige Möglichkeit, die ich mir vorstellen konnte, es auch ohne Jase durch mein Leben zu schaffen.

Kapitel 23

Jase

Ich hörte seinen Schlüssel in der Tür einen Sekundenbruchteil, bevor ich die beiden Stimmen hörte. Gray und ich waren zu Bryan gegangen, um ihn zu überraschen. Ich dachte, er wäre schon vor ein paar Stunden nach Hause gekommen, aber wir waren darüber eingeschlafen, als wir auf der Couch auf ihn warteten. Als ich langsam meine Augen öffnete, wurde mir klar, dass die Dämmerung das Wohnzimmer bereits verdunkelt hatte.

Die Vordertür schwang auf und das Herz rutschte mir in die Hose. Wir waren gerade mal drei Wochen weg. In dieser ganzen Zeit war mir nie in den Sinn gekommen, dass er, so ohne mich, weitergezogen wäre, oder wie sich nun herausstellte, zurückkehren würde. Aber da, direkt vor mir, mit meinem Sohn auf meinem Schoß, sah ich, wie der Mann, der mein Herz besaß, sich in die Umarmung seines früheren Geliebten fallen ließ.

Ich konnte nicht atmen. Ich konnte nicht klar denken. Wir waren hier, um ihm die gute Nachricht zu überbringen. Wir wollten fragen, ob er uns wieder in seinem Leben haben wollte. Wir waren hier, um unsere kleine Familie wieder komplett zu machen. Aber er stand dort in Braetons Armen, die Nase im Nacken des anderen Mannes vergraben, atmete schwer und suchte dessen Berührung.

»Daddy, ich dachte, du hast gesagt, dass Bryan sich freut, uns zu sehen. Er sieht nicht sehr begeistert aus, er sieht aus, als ob er seinen anderen Freund statt dir umarmt.« Grays verschlafene Stimme brach die Stille meiner voyeuristischen Trance und alle drei Erwachsenen im Raum erstarrten in einem stillen Schock.

Ich hörte Bryan dumpf zu Braeton sagen. »Sag mir, dass das ein Albtraum ist, Brae. Sag mir, dass er nicht wirklich hier ist. Du hast versprochen, dass er jetzt weg ist. Ich glaube nicht, dass ich das kann.«

»Reiß dich zusammen, Bryan.« Braeton stieß ihn weg und schenkte mir einen entschuldigenden Blick. »Sorry, Jase, da ist noch eine Menge Alkohol in seinem Kreislauf und ich bin recht sicher, dass er im Moment nicht klar denken kann.«

»Bryan, ich glaube, du hast Besuch. Sehr wichtige Besucher. Sei kein Dummkopf, sag Hallo.« Braeton gab ihm einen kleinen Schubs.

»Bist du wirklich hier?« Bryans kratzige Stimme fragte mich das.

»Ja, wir sind wirklich und wahrhaftig hier.« Ich griff nach ihm und zog ihn auf die Couch, um ihn bei Gray und mir in unserem Kuschelhaufen zu haben.

»Bye Leute, ich muss dringend mein Date abholen und mich auf eine ausschweifende Nacht vorbereiten.« Braeton zwinkerte uns zu. »Oh, Jase, nur damit du es weißt, falls er sich nicht daran erinnern kann, letzte Nacht gab es nur Freundschaft. Ich wusste, dass er es sonst bereuen würde. Und ich weiß, was ihr beide habt, ist viel zu wichtig, um mich einzumischen. Außerdem solltest du mal sehen, was mein Date für einen großen …«

Als ich mich räusperte und seine mögliche vulgäre Äußerung unterbrach, bevor er meinen Sohn damit verdarb, errötete Braeton.

»… Füße! Du solltest die Größe der Füße meines Dates sehen! Definitiv größer als Bryans, also will ich nichts riskieren. Ihr beide gehört zusammen, und ich verdiene große … Füße.«

Braeton drehte sich um und ging zur Tür, murmelte, dass er sich nie daran gewöhnen würde, in der Nähe eines Kindes zu sein.

-*-*-*-*-

»Es tut mir sehr leid, dass ich dich so erschreckt habe.« Bryan fühlte sich offensichtlich so entsetzlich, dass er mich glauben lassen wollte, mit Braeton sei etwas passiert. Er hatte mir eine vage und offensichtlich peinliche Erinnerung mitgeteilt, dass er sich in der Nacht zuvor Braeton angeboten hatte, aber zum Glück war Braeton der Klügere – und Nüchternere – von den beiden gewesen.

»Ja, das hat mich irgendwie erschüttert. Drei Wochen lang dachte ich nur an einen Weg zurück zu dir, aber ich hätte nie gedacht, dass ich dich in den Armen eines anderen vorfinden würde.«

Wir drei hatten einige Minuten auf einem Haufen auf der Couch gesessen, bis Gray unruhig wurde und meinte, ob er denn Emily und Ethan besuchen könne.

Bryan und ich lagen ausgestreckt auf der Couch, berührten uns mit jedem Zentimeter unserer Körper, der sich berühren konnte, und warteten darauf, dass der Lieferdienst unser Abendessen brachte.

»Ich bin in den letzten drei Wochen immer und immer wieder zusammengeklappt, aber gestern Abend kam alles in einem riesigen – und nicht sehr schmeichelhaften – Kollaps zusammen. Zum Glück war Braeton da, um mich da durch zu bringen und mich davon zu überzeugen, dass wir beide bereit sein müssen, diesen Sturm zu überstehen. Als ich dich hier wieder sah und dachte, ich müsste mich nun noch mal von dir verabschieden, hätte es mich fast umgebracht. Ich hätte wissen sollen, dass du uns das nie wieder durchmachen lässt.«

Mein Telefon läutete, gleichzeitig ging die Klingel, kündigte das Essen an.

Als Bryan mit dem Essen zurück war, schickte ich gerade eine Nachricht ab. »Juanita fragte, ob Gray über Nacht bleiben könne. Ich sagte ihr, es sei in Ordnung.«

Als wir ein paar Happen aus den verschiedenen Schachteln nahmen, lächelte ich, weil Bryan sich so eng wie möglich an meine Seite drückte.

»Entschuldigung«, lächelte Bryan schüchtern. »Ich fühle mich, als würde ich, wenn ich dich nicht anfasse, aus diesem Traum aufwachen und befände mich immer noch in dem Albtraum, der an dem Tag begann, als du gehen musstest.«

»Hey, ich bin hier und ich habe nicht vor, jemals wieder zu gehen. Zumindest solange du mich – uns – bei dir haben willst.«

Bryan lehnte seinen Kopf gegen meine Schulter: »Wirst du mir erzählen, was in den letzten drei Wochen passiert ist? Warum konntest du mich nicht kontaktieren? Wie hast du herausgefunden, wie das mit uns funktionieren kann, ohne Gray zu verlieren?«

Ich erzählte von der Zeit, die Gray und ich mit meinen Eltern in Kentucky verbracht hatten. Von der perversen Befriedigung meines Vaters, als er Bryans Kontaktinformationen löschte, der Vereinbarung, die ich mit ihm getroffen hatte und die es uns erlaubte, nach Indianapolis zurückzukehren, den Männern, durch die er mich beobachten ließ, der Drohung meines Vaters, seinen Anwalt die Klage auf das Sorgerecht vorbereiten zu lassen, falls ich jemals in Bryans Nähe erwischt würde.

Bryan setzte sich mit einem beunruhigten Blick auf. »Oh mein Gott, Jase, du solltest nicht hier sein. Wenn diese Männer ihm erzählen, dass du bei mir bist, fängt alles von vorne an. Du darfst Gray nicht verlieren und du kannst ihn nicht einem hässlichen Sorgerechtsstreit aussetzen.« Tränen begannen sich in seinen Augen zu sammeln und ich war davon berührt, wie sehr er meinen Sohn und mich beschützen wollte.

»Jetzt kommt der beste Teil, Bry. Bevor ich zu dir kam, habe ich mit einem Anwalt gesprochen. Meine Eltern *könnten* einen Rechtsanwalt finden, um ihren Fall zu übernehmen, aber sie hätten es sehr, sehr schwer, das Sorgerecht zu erstreiten. Wir haben beide saubere Militärakten, keine Vorstrafen, keine Drogen, solide Jobs, und wir tun nichts, um Gray körperlich oder emotional zu schaden. Es gab Fälle, in denen ein Kind einem schwulen biologischen Elternteil weggenommen wurde, wenn es Beweise für Schäden gab. Aber der Rechtsanwalt, mit dem ich gesprochen habe, sagte, dass meine Eltern so gut wie keine Chance hätten, dass diese Klage angenommen würde, geschweige denn sie zu gewinnen.«

Ich spürte, wie Bryan dieselbe tiefe Erleichterung durchfuhr, die ich Anfang der Woche erlebt hatte.

»Also kannst du bleiben? Du und Gray könnt hierbleiben? Was ist, wenn deine Eltern nach dir suchen und dich überprüfen?«

»Ich habe gestern ausführlicher mit dem Anwalt abgesprochen. Er wird zur Sicherheit eine Erklärung von Gray aufnehmen, falls meine Eltern das Sorgerecht einklagen wollen. Er denkt, dass Grays Aussage, dass er glücklich ist, die Schule liebt und gute Freunde hat, hilfreich sein wird.« Ich konnte nicht aufhören, Bryan zu berühren, seine Hände zu halten, seinen Hals zu küssen, mit einer Hand seinen Rücken rauf und runter zu streicheln.

~ * ~ * ~ * ~ * ~

Später kletterten wir ins Bett, nachdem wir die Reste vom chinesischen Essen im Kühlschrank verstaut hatten und unsere Körper warm und entspannt von einer heißen, dampfenden Dusche waren.

Als ich Bryan auf den Rücken rollte, stieß ich meine Hüften gegen seine. »Ich weiß, dass es ein paar emotionale Wochen waren. Also, wenn du nicht bereit bist, verstehe ich das.«

Er griff zwischen unsere Körper, um meinen Schwanz zu betasten, bevor er seinen eigenen an mich drückte. »Ich bin definitiv bereit für alles, was du im Sinn hast.«

Ich nahm seinen Mund in Besitz und glitt mit meiner Zunge immer wieder hinein, um seinen Geschmack zu genießen, von dem ich befürchtet hatte, ihn nie wieder zu erleben.

Zögernd hielt ich inne und sagte leise. »Ich weiß, ich habe gesagt, dass ich irgendwann mal unten liegen will, nur um zu sehen, wie es ist, aber ist es für dich okay, wenn ich diesmal oben bin? Ich will dich einfach nehmen und dich um mich herum spüren.«

»Ich werde oben liegen, wenn du das irgendwann willst, aber du musst wissen, dass ich mich nie darüber beschweren werde, dein Bottom zu sein. Es ist mein Lieblingsplatz auf der ganzen Welt. Ich liebe dich so sehr, Jase.«

Mit seinem Gesicht in meinen Händen zwang ich ihn, mich anzuschauen. »Und ich liebe dich.«

Den Rest der Nacht verbrachte ich damit, Bryan an seinem liebsten Platz auf der Welt glücklich zu machen.

Epilog

Bryan

Ich konnte nicht glauben, dass wir wieder auf der *Gen Con* waren. Vor einem Jahr hatten mich Jase und Gray hier gefunden und mein Leben würde nie wieder dasselbe sein.

Wir sind umgezogen. Nur auf eine andere Etage, wir wollten nicht zu weit weg von Juanita und ihren Kindern. Jase' Eltern haben es nicht geschafft, eine Klage für das Sorgerecht in Gang zu bringen.

Dafür aber tauchte seine Mutter einige Monate nach der Drohung, Gray mitzunehmen, vor unserem Haus auf, um sich bei Jase zu entschuldigen. Sie erzählte ihm, dass sie es hasste, wie Frank sowohl ihn als auch Gray erschreckt hatte, und sie wollte, dass sie beide glücklich wären. Mit tränenden Augen sagte sie, sie könne nicht verstehen, wie Jase mit mir glücklich sein könnte, aber sie würde daran arbeiten, es zu akzeptieren, wenn er wirklich glücklich wäre.

Wir haben seitdem nicht viel von ihr gehört und wir erwarten es auch nicht, aber es war schön zu wissen, dass sie uns Gray nicht wegnehmen werden. Und es hilft auch, dass sie nicht genau wissen, wo wir jetzt wohnen, obwohl das nicht allzu schwer herauszufinden sein dürfte, wenn man es darauf anlegt.

Ich bezweifele, dass Frank und Jase sich jemals verzeihen werden, aber ich halte an der winzigen Hoffnung fest, dass Merriam irgendwann wieder vorbeikommen wird.

Ich stand ganz in der Nähe des Platzes in der Halle, wo Gray mich letztes Jahr gefunden hatte, und sah rüber zu Jase und runter zu Gray. Wir drei gaben ein lächerliches Bild ab mit unseren passenden lila *Cthulhu*-Hüten, aber es war ein *glückliches* lächerliches Bild und das war alles, was zählte.

Auf meiner anderen Seite stand Braeton und schenkte mir das vierte oder fünfte große, dämliche Lächeln, seit wir uns eine Stunde vorher mit ihm zum Mittagessen getroffen hatten.

»Was zum Teufel grinst du so?« Der Typ fing an, mir echt Angst zu machen.

Er schüttelte nur den Kopf und sah über meine Schulter zu Jase.

Jase räusperte sich nervös. Warum war er bei der *Gen Con* nervös?

Ich drehte mich zu ihm um. »Bist du okay, du wirkst so seltsam?«

Jase atmete tief durch, Braeton trat ein Stück zurück und Gray schaute mich mit einem erwartungsvollen Lächeln aus seinen strahlend blauen Augen an.

»Ich kann nicht glauben, dass ich das mit diesem verflixten Hut auf meinem Kopf mache, aber Gray bestand darauf.« Jase' Wangen waren gerötet, sein Lächeln galt nur mir. »Vor fast zehn Jahren warst du mein bester Freund und dafür liebte ich dich. Wir haben viel durchgemacht, viel gesehen und ich würde nichts davon ändern. Als wir uns wieder trafen, liebte ich dich noch ein wenig mehr und auf eine andere Weise, als ich erkannte, wie es wäre, mein Leben mit meinem Kind mit dir zu verbringen, aber es sollte nicht sein. Heute vor einem Jahr brachten uns das Schicksal – und diese verflixten Hüte – wieder zusammen und ich habe mich noch einmal verliebt. Ich will alle Stürme mit dir überstehen. Ich will deine Hand halten, während wir sie aussitzen. Ich will jeden Regenbogen sehen, wenn die Wolken aufklaren und die Sonne hervorblinzelt.« Jase hörte auf zu reden und fiel auf ein Knie.

»Wenn du uns haben willst, haben Gray und ich uns gefragt, ob du mich heiraten willst?«

Ich stand verblüfft einige Sekunden lang da. Die beiden Lieben meines Lebens, mit dummen, gestrickten Krakenhüten auf den Köpfen, beobachten mich erwartungsvoll. Braeton räusperte sich. »Eine Antwort wäre jetzt vielleicht ganz passend, Bry.«

Ich schüttelte den Schock ab, nickte mit dem Kopf durch die überschießenden Tränen, und ließ mein Herz zu ihm sprechen.

»Ich liebte dich damals, dann habe ich dich wieder geliebt. Ich liebe dich jetzt und ich werde dich jeden Tag lieben für den Rest unseres Lebens. Mit Stürmen und allem.«

Ich zog Jase auf seine Füße, und hob Gray in meine Arme. »Solange wir uns immer Zeit nehmen, die Regenbögen anzusehen.«

»Heißt das, du heiratest uns?«, fragte Gray leise.

»Yeah! Natürlich werde ich euch heiraten. Ihr seid schließlich meine beiden Lieblinge.«

ENDE

MAIN Verlag

Stephanie Mangliers

Und neben mir bist du

ISBN: 978-3-95949-230-0

Im Grunde war es so: Wenn ich morgens die Augen aufschlug, war ich schwul. Ich war so lange schwul, bis ich mein Zimmer verließ. Aber sobald ich durch die Tür kam, war ich hetero.

Der junge Lukas hat kein schönes Leben.
Erst als sein Vater, ein ausgemachter Schwulenhasser, stirbt, kommt ein wenig Hoffnung auf. Lukas erfährt, dass er einen Bruder hat. Vielleicht seine Chance, endlich etwas zu erfahren, wonach er sich sein ganzes Leben sehnt: Familie und Zusammenhalt.

Er schnappt sich Simon, seinen besten Kumpel und Friend-with-Benefits, und macht sich daran, sein Leben auf die Reihe zu kriegen. Nur hat sein Bruder so gar keine Lust auf ihn. Überhaupt gerät Lukas plötzlich in alle möglichen Verwicklungen. Nicht zuletzt mit dem verdammt schnuckeligen Alex, der sein Leben ziemlich auf den Kopf stellt.

Lea Marie Cruse

Der Freund meines Freundes

ISBN: 978-3-95949-189-1

Das Leben könnte für Christoph so schön sein. Wenn da nur nicht das mit dem Sex wäre. Denn sein Freund James möchte ständig mit ihm schlafen. Problem: Christoph ist noch Jungfrau und Romantiker. Es muss perfekt sein. Mit James.
Der lässt jedoch nicht locker und bald droht das Liebesglück der beiden in Liebesfrust umzuschlagen. Die Rettung? Vielleicht der sehr offen lebende Chris, der sich von Affäre zu Affäre schläft. Chris hat natürlich direkt eine Antwort parat.
Und mischt damit Christophs Leben ziemlich auf.

Chris P. Rolls

Christophs Street Day

ISBN: 978-3-95949-242-3

Es war vielleicht nicht die beste Idee zu erwähnen, Bruce Willis anziehend zu finden. Kurzerhand wird Christoph von seiner engagierten Pflegenichte Jenna zusammen mit ihrem ungewöhnlichen LGBT-Freundeskreis auf den CSD in Berlin geschleppt.

Nachdem seine langjährige Freundin und erste Liebe ihn verlassen hat, wollte Busfahrer Christoph in Berlin einen Neuanfang wagen und zog in die Nähe seiner Schwester und deren bunter Familie.

Nie im Leben konnte er ahnen, dass ihn nicht nur das wilde, glitzernde Treiben, sondern vor allem ein Paar bezaubernde Augen und die unerwartete Umarmung einer Dragqueen umhauen würden. Hinter der atemberaubenden Felicita steckt der ebenso heiße Fernando, der Christoph einlädt, ein besonderes Experiment zu wagen. Könnte dies ein ganz spezieller Neuanfang sein? Vielleicht war es am Ende dann doch eine gute Idee…

Eine Story fürs Herz.